诺贝尔文学奖作家文集·黛莱达卷

主编 / 张　谦

风中芦苇

[意]格拉齐娅·黛莱达 / 著
蔡　蓉 / 译

Canne al vento

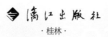
漓江出版社
·桂林·

"诺贝尔"与漓江血脉相连
——"诺贝尔文学奖作家文集"序

张　谦

　　"诺贝尔文学奖作家文集"从 2015 年 10 月问世，迄今已囊括 24 位诺奖作家作品，出版平装本 4 种、精装本 35 种，在制及储备选题 30 余种，成了读书界一个愈加引发关注的存在，被读者区别于漓江[①] 之前的"老诺""红诺"，亲切地称为"黑诺"[②]。所以，确实到了一个梳陈、小结我社"诺贝尔文学奖作家文集"出版情况，向大家汇报的时间点。

　　"诺贝尔"是漓江的基因和脉动，是时光深处的牧歌，是漓江人为之集结的号角。中间我们有过十来年的停顿和涣散，"诺贝尔"不知道去哪儿了，历史的演进回环往复，背阴面的不可理喻，本身就是存在的冰冷逻辑。2012 年我回到社里，开始几年做不了什么事，

[①]　无特殊说明，此文中均指漓江出版社。
[②]　"老诺""红诺""黑诺"，不同阶段漓江版"诺贝尔"系列丛书。"老诺""红诺"均指"获诺贝尔文学奖作家丛书"。"老诺"（精、平装）的装帧设计者是翁文希，奠定了读者心中最早的漓江版"诺贝尔"品牌形象；"红诺"（精、平装）是上海装帧设计家陶雪华的设计，启用烫金元素，与微玉橘红色的封面相映生辉，彰显气派；"黑诺"（主推精装）指"诺贝尔文学奖作家文集"，是我社主力美编、装帧设计家石绍康的设计，内敛雅致，独具匠心，以黑色为主体衬色，烘托出作家肖像的大师气场。

当时的社领导提醒说："不要搞什么套书，一本一本地做！"所以2015年4月最早出来的加缪《鼠疫》平装本，上面没打丛书名。也是2015年4月，我被接纳为社班子成员，担任副总编辑。2015年10月，第一本落有"诺贝尔文学奖作家文集"（以下简称"作家文集"或"文集"）丛书名的图书诞生了，它是加缪《西绪福斯神话——论荒诞》（平装本）。当年年底，刘迪才社长到任，带着上级管理部门"把漓江做大做强"的精神，旗帜鲜明抓主业，抓核心板块和漓江传统优势外国文学品牌。"作家文集"在2016年接续做了两本"加缪卷"平装本《局外人》和《第一人》以后，开足马力做精装。记得问世的第一个精装本，是美国作家辛克莱·路易斯的《大街》，拿到样书的那一刻，直觉告诉我：路子对了。

然而并不是找对了路子就没有繁难，是的，时代变了，市场变了。在对诺贝尔文学奖新晋得主的追捧几成赌局的当下，文学出版即便携资本入场也不够了，成了资本加运气的博弈。此时回过头来再看上个世纪八十年代的漓江，那出版江湖中的一抹清流，乘着改革开放的春风，在中国图书市场所开创的"诺贝尔"蓝海，抓住了稍纵即逝的"窗口期"，成就了不可复制的"漓江现象"①。

"书荒"时代进场，带领漓江同仁做"获诺贝尔文学奖作家丛书"的刘硕良前辈，"使得建社不久又偏居一隅的漓江出版社，以有计划和成规模地推出外国文学优秀作品，很快成为全国外国文学方面的出版重镇。这是一段值得人们津津乐道的出版佳话，也是一个

---

① 见李频《改革开放出版史中的"漓江现象"》，我社即将出版的《围观记》序一。

值得大书一笔的出版传奇"[①]。改革开放伊始，解放思想，实事求是，读者重新经历了思想启蒙，无异于继十九世纪末严复翻译《天演论》以后国人再次"睁眼看世界"，"我们没有失去记忆，我们去寻找生命的湖"[②]。漓江当时提供给读书界的诺贝尔文学奖读物，重在一人一卷的快捷出场，速成阵容，从小对史、地感兴趣的刘硕良，围绕题中之义，于无形中给读者提供了第一印象的新鲜概念和地图式导览。从 1983 年年中开始推出诺奖丛书头四种——《爱的荒漠》《蒂博一家》《特雷庇姑娘》和《饥饿的石头》[③]，到二十世纪末，总共出了八十余种。"让中国读者了解到世界上除了巴尔扎克、托尔斯泰、高尔基，还有很多优秀的作家，诺奖作家就是其中很重要的一个组成部分。"[④]

那是一个百废待兴，连常识都需要重新建构的时代。彼时，压力来自外部，更多以阻力形式呈现。"漓江的开拓并非一帆风顺，诺贝尔丛书的上马就遭到一些大义凛然却并不甚明了真相或为偏见所左右的人士的非议"[⑤]，但形势比人强，改革开放的大潮激浊扬清，建设的主流压倒了破坏，给各行各业满怀豪情的建设者提供了施展才华的空间。漓江因此而实现了勇立潮头满足读者的需要（而且读

---

① 见白烨《"围观"与"回望"的意义》，我社即将出版的《围观记》序二。
② 见北岛诗作《走吧》。
③ 其中《爱的荒漠》和稍后出版的《我弥留之际》《玉米人》一起，荣获新闻出版署主办的首届全国优秀外国文学图书奖一等奖。
④ 见《一个闪亮的名字联系一个时代的文学记忆——刘硕良：把诺贝尔介绍给中国》，《新京报》记者张弘采写，2005 年 4 月 5 日《新京报·追寻 80 年代》。
⑤ 见刘硕良《改革开放带来的突破和飞跃——漓江出版社诞生前后》，《广西文史》2008 年第 4 期。

者面很广，工农兵学商①），并与未来将要实现影响力的成长中的各界精英达成了精神源头的水乳交融和灵魂共振——很多后来成名成家人士，皆谈及上世纪八十年代受过漓江版外国文学图书滋养，有的几度搬家，甚至远涉重洋，至今书架上仍小心珍藏着漓江的老版书。

就这样，我们前有光荣的家史，前辈的激励，后有加入世贸组织后对于头部资源的白热化市场竞夺，有业界同行在经典名优赛道的竞相追逐，想要在其中脱颖而出，确非易事。当初外在的压力，变成了现在内在自我提升的动力：你敢不敢自己跟自己比，有没有勇气和能力对标漓江光辉岁月，提振传统并发扬光大？种种繁难之下，依然得努力往前走，这也便是人生的挑战和乐趣所在。

今年是做"诺贝尔文学奖作家文集"的第八个年头，也是我正式就任漓江总编辑的第一年。九十高龄的刘硕良老师从年初就开始屡屡打电话给我，让我挂名该文集的主编。我一直坚辞不受。"诺贝尔"差不多是漓江的图腾级存在，我只是站在前人的肩膀上继续仰望星空，尽本分做点添砖加瓦的事情，岂敢妄自掠美。即便是当年主编"获诺贝尔文学奖作家丛书"的刘老师，退休以后也就功成身退，不再在漓江版"诺贝尔"上挂主编名。这几乎是中国当下通行的国情。也就是说，"作家文集"出版八年，眼看渐成气候，却没有任何人挂主编名，只是在翻开每本书的卷首，有一页"出版说明"——

---

① 见《"获诺贝尔文学奖作家丛书"读者反映》，刘硕良著《三栖路上云和月——为新闻出版的一生》，漓江出版社，2012年9月1版1次。

"诺贝尔文学奖作家文集"系我社近年长销经典品种，是对二十世纪八九十年代我社品牌图书、刘硕良主编的"获诺贝尔文学奖作家丛书"的继承与发扬，变之前一人一书阵容为每位作家多卷本。如果说老版"诺贝尔"是启蒙版，那么新版就是深入版，既深入作者的内心，也满足读者的深度需求，看上去是小众趣味，影响的是大众阅读倾向。这就是引领的意义，也是漓江版图书一贯的追求。

　　然而吊诡的是，如果用因退休机制的作用被动不在场的刘老师，来为正在进行时的"作家文集"的无主编状态背书的话，我忽然发现，并不能自圆其说。同时，自己在班子任上八年，如果不依规依制给该文集一个担当和交代，那所有参与这套丛书出版的漓江人，就会变成一个失语的群体，八年来大家的辛苦鏖战，也会失去应有的分量和表达，转瞬消失于历史的虚空当中。于是和刘社长达成共识：丛书是本届班子主持做的，主编由我来挂，即便过些年轮到我也解甲归田，在岗一天就要担当一天，就由我这个亲历者来理一理来龙去脉吧。

　　加缪是一切的开始。无论从作品的分量还是作家的魅力，尤其是在年轻人里的观众缘来考量，作为撬动一套书的支点，加缪都是不二选择。更何况，2015 年我们推出《鼠疫》时，加缪作品刚刚进入公版期没几个年头，真乃天无绝人之路！

我试图通过加缪获得一种视角，这个视角能穿透我所生活的海量信息时代貌似超级强大的无限时空，定位非中心城市的个人存在意义。①

这里的"个人"，也喻指在时代的洪流中需要敲破坚冰重新出发的漓江。加缪卷我们出了五种，论品种数是文集中比较丰满的——《鼠疫》《西绪福斯神话——论荒诞》《局外人》《第一人》《卡利古拉》，除了前四种既做了平装，也做了精装，后面品种一心一意只做精装——因为相信在优质精品道路上的勠力追求，一定可以加持图书的可收藏性。《鼠疫》《局外人》《第一人》是存在主义文学大师加缪的小说代表作，而 2018 年 10 月推出的《卡利古拉》，则是文集中比较少见的戏剧品种，它和哲学随笔《西绪福斯神话——论荒诞》一起，使加缪卷作为诺奖作家的小文集，实现了文体多样化方面的鲜明追求。这个追求在福克纳卷上继续得到体现，福克纳卷截至目前一样出了五种，除了国内读者熟知的经典——李文俊译《喧哗与骚动》《我弥留之际》，还补充了国内首译《士兵的报酬》《水泽女神之歌——福克纳早期散文、诗歌与插图》和《寓言》。其他品种数达到四五种体量的，还有路易斯卷、纪德卷、斯坦贝克卷、丘吉尔卷、泰戈尔卷、显克维奇卷。两三种的有黛莱达卷、米斯特拉尔卷、聂鲁达卷、吉勒鲁普卷、梅特林克卷、拉格奎斯特卷、蒲宁卷。由于受限于作家本身的创作规模以及我们发掘的速度，目前尚有普吕多

———————————

① 　见沙地黑米（本名张谦）新浪博客读书笔记《在隆冬知道》，2015 年 6 月 5 日。

姆、吉卜林、艾略特、保尔·海泽、塞弗尔特、叶芝、拉格洛夫、皮兰德娄、夸西莫多、蒙塔莱等卷只是单一品种的体量。当然，每位作家小文集的规模（品种数）依然是活性的，现状的陈述并不能规定未来的变化，我们的核心思路，是每位作家做三至五种。

由于漓江推出的诺贝尔文学奖获奖作家都是外国作者，所以出版"作家文集"有一个不可避免的环节，就是要找到合适的译者。唯有如此，才能将诺贝尔文学奖作家作品尽量以"信、达、雅"的方式介绍给国内读者。

在译者的选择上，我们注重新老搭配。托前辈的福，漓江拥有的传统译者资源称得上是国内"顶配"。老一辈翻译家令人肃然起敬，他们往往具有很深厚的文学素养和优雅的个人修养，译文水准很高，经得起岁月的沉淀和时间的考验，我们非常珍视与他们的合作。而年轻一辈的翻译家也有优势，他们的语言和思维都能贴合当下读者的习惯，亦多全球化背景下的旅居、旅行，能较多接收并释放当下外国文学和文化的辐射，在对原著文化背景、思想内涵的传达体现上，能有推陈出新的理解。

"作家文集"最先启动的加缪卷，用的就是漓江译者老班底里的李玉民译本。其他像潘庆舲、姚祖培合译辛克莱·路易斯《巴比特》，李文俊译福克纳《我弥留之际》，黄文捷译黛莱达《邪恶之路》，赵振江译米斯特拉尔《柔情》，王逢振译赛珍珠《大地》，杨武能译保尔·海泽《特雷庇姑娘》，都是"老诺"阵容里的保留节目。在"黑诺"里，漓江与这批王牌译家译作再续前缘。此外，"作家文集"还见证了一代翻译家的成长——胡小跃译普吕多姆《枉然的柔情》，裘小龙译叶芝《第二次来临——叶芝诗选编》，分别是"老诺"里普吕多姆《孤独与沉思》和叶芝《丽达与天鹅》的升级版，当年漓江看好的青年翻译家，已然成为译界翘楚，译本也得到更丰富的增补和更成熟的修订。也有老朋友新加入的译本，比如倪培耕原译泰戈尔《饥饿的石头》是"老诺"阵容里的，到了"黑诺"更名为《泡影》，都是泰戈尔短篇小说选；同时"黑诺"再添倪译泰戈尔长篇小说《纠缠》。福克纳卷除了收入李文俊之前在"老诺"就有的代表译作《我弥留之际》，"黑诺"还增加了李译《喧哗与骚动》《押沙龙，押沙龙！》。青年译者的新作有一熙译福克纳《士兵的报酬》，王国平译福克纳《寓言》，远洋译福克纳《水泽女神之歌——福克纳早期散文、诗歌与插图》，顾奎译辛克莱·路易斯《大街》，等等。

也有一部分老译家，其译作的版权流转到其他出版机构去，与"黑诺"失之交臂，或者年深日久几近失联，或者凋零如秋叶片片——时光总有理由分开我们，才显得在一起的机缘实在是难能可贵。

现在年轻人外语好，除了做文学翻译，还有很多更实惠的选择，所以真正像老一辈翻译家那样，把译事当成毕生的事业追求，在这个领域安于寂寞悉心耕耘的并不多，或者说，漓江还没有迎来与这个群体的高频次、大规模相遇。我们现有的中青年译者队伍，一来人数远不够多，二来除了翻译本身，想法会比老一辈多一点——漓江很惭愧，至今没能把这份义化事业做成生财有道、惠及万方的大产业。好在文学哪怕历来就与眼前利益没太大关系，这个世界热爱文学的人也一直层出不穷。之所以在这里把家底摆一摆，也是为了方便下一步遇上有缘人。

译本体例上，"黑诺"尽量做到向"老诺"学习，"每卷均有译序和授奖词、答词、生平年表、著作目录，力求给读者提供一个能真实地反映诺贝尔文学奖及其每一得主风貌的较好版本"[①]。老漓江的优秀传统要保持，有章可循是一种福分。

一个素朴有力的团队，会带来别样高效的支撑感。我们的青年编辑队伍正在老编辑的带领下茁壮成长，他们是漓江的秘密花园，正在蓄能无限，漓江的未来，有他们书写，靠他们传扬。

在这里，必须致敬一下给漓江"老诺"担任过策划编辑和责任编辑的主力核心团队，他们是当年的译文室成员：宋安群、吴裕康、莫雅平、金龙格、沈东子、汪正球。

1995 年，沈东子策划过一套泰戈尔"大师文集"6 卷本，除了后续加入"黑诺"的倪培耕几种译作，亮点是直接去信季羡林先生，取得了授权，收入季译《炉火情》一种。丛书虽然没打"诺贝尔"标签，却开启了做诺奖作家小文集的思路。

1998 年，漓江出了三套诺奖作家小文集。时任总编辑宋安群策划了《赛珍珠作品选集》，向美国哈罗德·奥柏联合会购买了版权，出版了五部小说、一部传记和一本文论。本人担任过其中《东风·西风》和《赛珍珠传》两种图书的责任编辑，还为赛珍珠母亲的故事写过责编手札——

------

① 见刘硕良《新时期有数的宏伟工程——"获诺贝尔文学奖作家丛书"序》。

美好的人和事，因为人们的珍爱而获得自己的历史，在这个意义上说，历史，就是人们对于美的牵挂和担心。时乖命蹇，说变就变，我们珍爱的事物能够留存多久？一旦大限到来，让碎片有了碎片的安息，人心也就有了人心的解脱吗？①

吴裕康策划了君特·格拉斯"但泽三部曲"（《铁皮鼓》《猫与鼠》《狗年月》），经德国 Steidl 出版社授权出版。有意思的事情就此发生了：我社在 1998 年 1 月至 1999 年 4 月出完这三种书，1999 年 9 月 30 日，瑞典文学院将诺贝尔文学奖颁给了君特·格拉斯。所谓猜题和押宝都很准的名编辑、大编辑，漓江早年就有现实榜样。

汪正球策划的"川端康成作品"，洋洋大观出了十卷。

以上四种诺奖作家文集，都没打"诺贝尔"标签，装帧设计也各有套路，却都绕不开内在承袭的同一种思路。所以说，在漓江做"诺贝尔"，是有传统的，可追溯的，漓江人血脉里的遗传密码，在不同时期阐发着基因的显隐性。

从 2023 年算起，诺奖作家未进入公版期的尚有 60 多人，这是一片资本角逐的热土，对这个领域作家作品的竞夺，不是漓江的强项。众人还没睡醒的时候，漓江前辈就已经外出狩猎了；现在的漓江人，专注于在家种田——我们无富可炫，有技在身，到手的都不是战利品，而是作品本身，值得像农人看待种子那样，悉心培育，精

---

① 见《我们珍爱的事物能够留存多久》，作者米子（本名张谦），《读书》1998 年第 10 期。

耕细作，用时间打磨，为每一部好作品寻找好译者、好编辑、好制作，直至它找到那个两情相悦的读者。

犹如观潮，漓江现在挤不进前排，索性站远一步，不追刚刚出炉的"当红炸子鸡"——新科获奖者。同时代的读者本来很想读到同时代优秀外国作家的作品，但这有个前提，就是译本要好。而"当红炸子鸡"的临时译本，前有市场期待，后有合同追魂，难得沉下心来从容打磨，多半是急就章似的翻译，反正搭配的也是快餐面似的阅读，说白了就是一场对诺奖新科得主生吞活剥的消费——真正的赢家，既不是作者、译者和读者，也不是编辑，而是商业。当然，在这个领域深耕多年，早有准备的同行是个例外。漓江与所有认真的同行惺惺相惜。

公版书是退潮后海滩上的贝壳，经历过海浪的洗礼、时间的检验，哪些受人欢迎，比较容易感知，可以从容选择。而同时代的作家作品，一时被潮头卷得高高，抛得远远，过了当红的这个时间节点，就被读者抛诸脑后，这样的例子不胜枚举。事实证明，由于作品本身或是翻译的质量问题，有的新科获奖作家作品，确实不如早年诺奖作家作品那么富有感染力。

说到这里，很有必要广为派发一下英雄帖：如果有诺奖作家、优质译者、原著出版社，以及权威版权代理机构听到漓江的声音，认可我们的理念，那么，您好，欢迎加入我们共同的事业！

"作家文集"精装本批量问世以后，我们分别在 2018 年和 2019 年年初的北京图书订货会上，以"执子之手——漓江与'诺贝尔'的不了情"和"'诺贝尔'与漓江血脉相连"两个专题向公众亮相，后者还荣膺该届订货会评出的"优秀文化活动奖"。2018 年 9 月，百道网特为这套书，对我本人进行了专访报道①。

成立于 1980 年的漓江出版社，在改革开放的春风里应运而生。建社不久就做"诺贝尔"，诺贝尔文学奖系列丛书，记录着一代又一代漓江人在向我国读者推介世界文学宝藏方面前赴后继、坚忍不拔的努力。"诺贝尔"和漓江人的职场生涯、美好年华紧密生长在一起，是漓江集体记忆中不可分割的一部分；漓江边的中国小城桂林，因为文学，因为诺贝尔，和斯堪的纳维亚半岛上的北欧古国瑞典就此牵连在一起——世间缘分，多么热烈美好，也足够千奇万妙。

金秋十月，在给此文收官之际，传来了法国作家安妮·埃尔诺获奖的消息。看来诺贝尔文学奖依旧不改我行我素之风——有多少百炼成钢的陪跑，就有多少新莺出谷的未料。谨以此文向充满无限可能的未来致意！漓江胸怀天下，初心不改，要以海纳百川的宽阔胸襟努力借鉴、吸收并呈现人类一切优秀文明成果。

2022 年 10 月 5 日　桂林

---

① 《曾经强悍的"诺贝尔旋风"影响过莫言、余华等，新一代出版人如何再创阅读高潮？》，百道网，2018 年 9 月 10 日。

[意] 格拉齐娅·黛莱达
（Grazia Deledda，1871—1936）

黛莱达生活照

黛莱达诞辰 150 周年纪念币

译者吕同六、蔡蓉伉俪（摄于 1965 年）

作家·作品

她那为理想所鼓舞的著作以明晰的造型手法描绘海岛故乡的生活，并以深刻而同情的态度处理了一般的人类问题。

——1926 年诺贝尔文学奖授奖词

黛莱达不是在叙述，而是在歌吟她叙述的事件。

——意大利著名文学史家萨佩尼奥

黛莱达是一位才女，天禀聪颖，才思横溢，她的作品倾倒了无数读者。她一生勤勉笔耕，著作等身，是第一位获得诺贝尔文学奖殊荣的意大利女作家。

——吕同六

命运注定我生长在孤僻的撒丁岛的中心。但是，即使我生长在罗马或斯德哥尔摩，我也不会有什么两样。我将永远是我——是个面对生活问题，冷淡而清醒地观察人的真实面貌的人……现在到处都是仇恨、流血和痛苦，但是，这一切也许可以通过爱和善良加以征服。

——格拉齐娅·黛莱达

目　录

译　序

一曲贵族之家的挽歌

吕同六

格拉齐娅·黛莱达（Grazia Deledda）对中国读者来说，似乎是一个颇为陌生的名字，但在意大利文学史册上，却是一个熠熠生辉的名字。

黛莱达是一位才女，天禀聪颖，才思横溢，她的作品倾倒了无数读者。她一生勤勉笔耕，著作等身，是第一位获得诺贝尔文学奖殊荣的意大利女作家。

黛莱达的生活道路鲜明地体现了她奋发、进取的个性。她是撒丁岛人，这个距离意大利本土近一百英里的海岛，许多世纪来以农牧业为主，经济衰竭，文化落后，与世隔绝。1871 年 9 月 27 日，黛莱达出生在撒丁岛东部山区的努奥罗城。她的父亲是个小土地所有者，自食其力，收入颇丰。可是，黛莱达仅仅在小学念了四年书便辍学了。因为在这穷乡僻壤，封建宗法观念根深蒂固，轻视妇女的偏见不允许她再继续读下去。

少女时代的黛莱达，是极富进取心的。她羡慕甚至嫉妒有机会接受高等教育的哥哥，因此发愤苦读，用心自学。幸运的是，她的父亲和她当神甫的叔叔的藏书相当丰富，她如饥似渴地阅读，像海绵吸水似的从书籍中汲取知识。德·亚米契斯、大仲马、爱伦·坡、卡尔杜齐、邓南遮、布尔热，是她当时喜欢的作家。对文学强烈的爱好很快转化为尝试写作的兴趣。她的习作先是在亲友中间传阅，十三岁时，她的一篇速写被一家刊物采用发表。1888年黛莱达十七岁，她的第一篇短篇小说问世。从此，她文思如泉涌，发表的作品源源不断。有志者事竟成。撒丁岛的一名黄毛丫头，终于登堂入室，闯进了意大利文学界。

黛莱达的成名作《邪恶之路》（1896），充满了撒丁岛的乡土气息。庄园主的女儿玛丽娅同雇农彼特罗相爱，但她又没有勇气同传统观念决裂，因而不敢接受彼特罗的爱。彼特罗失去了她的爱，逐渐走上了罪恶的道路。玛丽娅也失去了真正的幸福。爱情与道德，罪与罚，是这部小说的主题，而且这一主题从此贯串黛莱达的许多作品。对撒丁岛贫困、落后的阴暗面的展示，对日益没落的乡村文明流露出的淡淡的哀伤，婉约纤丽的文笔，对人物心理的着意刻画，使黛莱达的这部小说及其后的文学创作既打上了十九世纪和二十世纪之交意大利文学中占主导地位的真实主义的印记，又体现出黛莱达独树一帜的抒情心理小说的风格。

1899年年底，黛莱达离开故乡，来到撒丁岛首府卡利亚里。不久，她和丈夫迁往罗马，从此便在首都定居。在罗马期间，她广泛结识文艺界人士，了解欧洲和意大利文学发展的趋势，从而得以从新的文化高度，以更加开阔的视野，来审视与表现撒丁岛的历史与现状。

1900年8月，《新作选编》刊物连载黛莱达的长篇小说《埃里亚斯·波尔托卢》（1903 年出版单行本）。这是一出伤感而深沉的爱情悲剧。一对青年男女既不可遏止地追求爱情与幸福，又因性格懦弱而不得不逆来顺受；他们既决心与旧势力做抗争，但又惶恐地救赎罪过。这种种矛盾的、复杂的微妙心境，在黛莱达的笔下都得到了纤细入微的刻画。

长篇小说《常青藤》（1908 年在《新作选编》连载，同年出版单行本）、《玛丽安娜·西尔卡》（1915 年在《阅读》杂志连载，同年出版单行本）以及《风中芦苇》，是黛莱达创作盛期的代表作。《常青藤》叙述一个古老封建家族成员的不同遭际，《玛丽安娜·西尔卡》则描写一个出身于有产者家庭的老姑娘玛丽安娜·西尔卡同一个落草为寇的青年之间的爱情。它们从不同侧面展示出在资本主义关系的冲击下，建立在宗法关系基础上的撒丁岛经历的动乱和变迁，旧的经济、文明、道德遭逢的危机。现实主义的艺术力量，同哀怨颓唐的色调、象征主义的手法紧密交织，具有强烈的艺术感染力。

《风中芦苇》是最能体现黛莱达的风格，也是作家最钟爱的一部作品。1913 年先在《意大利画报》连载，同年出版单行本。

这是一个庄园主家族的衰落史。这个家族就是小说的群体主人公。小说以家族的三姐妹的命运作为轴心，又把一个忠心耿耿为这个家族效劳的老长工的身世遭际作为情节主线，贯串始终。埃菲克斯在庄园主平托尔家打了一辈子长工，他的身世像一面镜子那样映照出平托尔家兴衰荣辱的变迁。他的一切都同这个家族紧紧拴在一起，像青苔附着于石头一样，难解难分。他经历过这个大家庭家赀豪富的黄金年代，又是这个家族一步步走向没落的见证人。如今，他留在这个家族保留下来的最后一小块土地上默默地耕耘，远离市镇，面对孤独，用他艰辛的劳作支撑着三位贵族小姐的生活。埃菲克斯不啻是为他人奉献一切的殉道者。

诺爱米是三姐妹中最年轻的一位。如果说，她的两个姐姐露丝、艾丝苔尔经过无情岁月的煎迫，已经习惯于忍受这种清苦的、死气沉沉的生活，变得麻木而冷漠，那么，诺爱米就不是如此了。虽然家族痛苦、忧伤的历史在她身上留下了浓重的阴影，但她对生活的热情并没有在她的内心熄灭。她对周围暮气沉沉的、僵化了的现实不满，她不甘心把自己的青春年华作为殉葬品，和家族的荣耀一起埋葬在废墟之中。对贵族之家既往的光荣的追忆，给她带来些许慰藉，但她更怀着一颗躁动不安的心去渴望和幻想未来的生活。她比两个姐姐傲慢、孤芳自赏，但因而也更执拗地渴求打破自己老一套、孤凄的生活。以旧生活的破裂的碎片，去重建另一种崭新的、富有活力的生活的愿望，在她的一双美丽的眼睛里燃烧。

贾钦托的到来，加速了这个贵族之家的衰落。许多年以前，平托尔老爷的三女儿丽娅，为了反抗不堪忍受的家庭专制，弃家私逃。丽娅不幸早逝，遗下一个儿子贾钦托。他无依无靠，便返回撒丁岛。

贾钦托被平托尔家族的三姐妹视为"陌生的外乡人"，他的意外出现，犹如一块石头投入一潭死水，打碎了三姐妹平静的、刻板的生活，也搅乱了埃菲克斯厮守在最后一块蛮荒的土地上辛勤劳作的世外桃源式的生活。贾钦托不像三位姨妈那样听天由命，也不像埃菲克斯那样安分守己，他有点儿好逸恶劳，向往富足的、轻松快活的生活，又经受不起外界的引诱，于是不多时便债台高筑，不得不去借高利贷。但他懦弱的本性又透出一种善良、朴实和率直，这也许是他最终没有堕落的缘故。末了，他不得不出走他乡，找到一份和牲口干的活一样繁重的苦活儿，开始自食其力，并在贫苦姑娘格莉塞达纯洁的爱情中获得了幸福。

三姐妹不喜欢这个外甥的所作所为，对他怀有一种半是敌意半是怜悯的情绪。然而，说也奇怪，诺爱米却渐渐地体验到，她的内心深处萌发了对贾钦托的一种奇特的感情，一种隐秘的、奥妙的感情。这种奇特的感情或许是她想冲决贵族之家的精神牢笼的渴望的一种奇特的、扭曲的表现。于是，她孤寂的心灵开放出生活之梦的花朵，犹如荒芜的古老陵园的乱石间绽开的玫瑰花。不过，这种扭曲的情感在冷酷的现实中注定是要破灭的。这一发现，使诺爱米的情感世界掀起了波澜，她既惊恐又激动，她想尝试禁果的甜蜜，又不得不竭力克制自己。她不禁暗自悲叹，嘤嘤啜泣。也许，这是因为幸福的痛楚，又也许是因为痛楚的幸福。

埃菲克斯发现了诺爱米对贾钦托的隐秘感情，满怀恐惧的心情。他以为这是命运对家族的惩罚，是对他当年帮助丽娅出逃的罪过的惩罚，是对他为了掩盖这一事件的真相而把平托尔老爷杀死在野外的罪过的惩罚。

随着情节的展开，埃菲克斯的形象越来越集中地体现出这个古老家族没落的特征。小说后面侧重写埃菲克斯为了救赎自己的罪过，背井离乡，沿途乞讨，四处流浪的遭际。当这个浪迹天涯的老长工吃足了苦头，弄垮了身子，硬是挣扎着重新回到女主人身边时，已是皮包骨头、奄奄一息的生命垂危者。他躺在厨房炉灶边的芦苇上。他因严重的肝病而连续发着高烧，他清醒地意识到死神正在向他召唤，他体验到一种肉体和灵魂获得解脱的甜蜜。因为他过分劳累了，他卑微的身份和干枯的躯体，再也无力支撑这哗啦啦行将倾圮的贵族之家。

诺爱米小姐即将出嫁给暴发户、高利贷主堂·普列杜。此刻，埃菲克斯几乎已经睁不开昏花的眼睛，但他注视着婚礼的筹备工作。他离开人世前最后一眼看到的，是新娘诺爱米双眼饱含的泪花。如果说诺爱米对贾钦托的爱情是没有希望的爱情，那么，诺爱米同堂·普列杜的婚姻，则是没有爱情的婚姻！诺爱米最终抗争不过命运的力量，不得不牺牲自己精神和肉体的自由，把自己作为祭品，奉献给垂涎她已久的堂·普列杜。贵族之家的体面得到了挽救。然而，透过这个庄园主家庭的解体的历史，读者分明见到了在以堂·普列杜为代表的金钱势力的冲击下，历史悠久而又闭塞落后的撒丁岛发生的相当缓慢而又不可逆转的变革，古老的封建宗法关系已经分崩离析。

埃菲克斯平静地、悄悄地告别了人世。他的死给古老的贵族之家涂抹上了一层哀怨的色彩。诺爱米出嫁了，她的婚礼也笼罩上了一重不祥的光圈。几乎发生于同一天的红白喜事，其实都是悲哀得不能再悲哀的悲剧。"风中芦苇"，不啻是主人公们的象征。他们被神秘、强大的命运所播弄，无能为力，恰如任凭狂风摆布的芦苇。

唯一的胜利者是堂·普列杜。起初他同恪守传统的平托尔家族之间看来似乎难以调和的矛盾，以及后来他同这一没落家族之间看来似乎很不和谐的联姻，实际上是商品经济关系同封建宗法关系之间的对立与冲突，这种对立与冲突给平托尔家族，给撒丁岛，带来了灾祸，又给它注入了活力。这便是一部贵族之家的没落史所蕴含的深刻的哲理。

《风中芦苇》是一部抒情性的社会心理小说。黛莱达在作品中充分显示了她极其独特的艺术才华。

作家对撒丁岛怀有一腔深沉的爱恋之情。展示在读者面前的海岛乡村，宛如一幅描绘着绿色的河堤、静静的碧水，点缀着洁白的卵石的油画，一切都是美好、温馨和亲切的。在黛莱达的笔下，撒丁岛的乡村不啻是一个神奇的世界，故土的历史、文明、风土人情和自然风光，无不染上一重神话般奇异的色彩。那天上银色的月亮，星星和云彩，田园间的树叶和花朵，无不是小精灵、仙女和幽灵们的幻化；那杜鹃富有节奏的啼鸣，蟋蟀的嚯嚯叫声，清风的微微吹拂，似乎是它们的声息。这些神秘的生灵飘忽不定，或藏身于晨曦的朦胧之中，或隐匿于黑夜的帷幕后面，或伴随着月光，使山丘和河谷都充满了盎然生气。这是多么充溢着诗意的美妙的景象啊！现时与往昔，现实与幻觉，神奇与迷信，在这里浑然一体；对二十世纪初叶撒丁岛乡村的社会与文明情状的现实主义叙述，同抒情诗般的、挽歌式的、朦胧的、超现实的风格，得到水乳交融的结合。

黛莱达最擅长把人物的心境同自然物境的描绘，把社会与道德的冲突同人物内心世界的冲突糅合起来，加以委婉舒徐的刻画，造就浓郁而典雅的抒情韵致。

那悠扬的琴声，在小说中不止一次地出现。有时，它的旋律是欢快、跳跃的，它催人兴奋，深深地拨动着人的情欲；有时，它的音调又是那么哀怨凄恻，如泣如诉。无须多着笔墨，人物的喜怒哀乐，青春躁动与坎坷悲凉的境遇，全在这琴声中获得了淋漓尽致的宣泄。

贯串全书的芦苇，更被黛莱达赋予了生命和活力。在万籁俱寂的夜晚，受罪与罚的纠葛折磨的埃菲克斯，辗转反侧，不能入眠；絮絮低语的芦苇，仿佛在向沉睡的大地祈祷。在这里，芦苇简直成了忏悔自己罪过的虔诚的基督徒埃菲克斯的化身。有时，瑟瑟作响的芦苇，朝埃菲克斯弯下身子，用犹如柔指，犹如舌头，充满生机的叶子抚摸他，舔他，对他神秘地、持续地悄声细语，重复着河谷地那些精灵的喃喃声、流水的潺潺声、朝圣者的颂歌声、磨坊的索索颤动声。在这里，芦苇又化作灵魂受到煎熬的老长工的贴心人，给他慰藉和柔情；又好像化作了整个大自然，使人感到神奇、亲昵。至于那个反复出现的"风中芦苇"的意象，更成了一种象征，一种永恒。

当埃菲克斯惊恐地发觉诺爱米同贾钦托的情感纠葛时，顿时忧心忡忡，他的内心激起汹涌不息的巨澜，而此时他周围的大自然却又是那么宁静、温馨："夜莺在婉转歌唱，整个山谷都沉浸在金色的光辉中，这是灿烂的晴空反照下略带淡蓝色的一种金色的光辉。"外在世界的安谧、光灿，有力地反衬出老长工此刻焦灼、惶恐的心态。两者之间形成的强烈反差，赋予小说一种巨大的艺术冲击力。

意大利著名文学史家、罗马大学教授萨佩尼奥在评论黛莱达的艺术风格时这样写道："黛莱达不是在叙述，而是在歌吟她叙述的事件。"应当说，这是很高的评价，也是很恰当的评价。

黛莱达的声誉越出了撒丁岛和意大利半岛，赢得了各国读者的欢迎。1926年，她因"那为理想所鼓舞的著作以明晰的造型手法描绘海岛故乡的生活，并以深刻而同情的态度处理了一般的人类问题"，荣获诺贝尔文学奖。

黛莱达一生写了长篇小说、中篇小说、短篇小说集五十余部。《风中芦苇》是这位女作家的长篇小说首次同我国读者见面。1991年是黛莱达诞辰一百二十周年，我们谨以此来表示对作家的热诚而真挚的敬意。

1990 年 12 月，北京

风中芦苇

第一章

　　平托尔家的仆人埃菲克斯在靠近河流的小庄园尽头加固堤坝，干了整整一天的活。这座堤坝是他一手修筑起来的，已经历经不少风风雨雨的年头了。黄昏时分，他在草屋前坐下。草屋坐落在白鸽子山冈的半山腰上，周围是丛丛淡青色的芦苇。他居高临下地细细打量着自己的劳动成果。

　　大自然的景色在他脚下一览无遗地展现，在黄昏的苍茫暮色里，庄园笼罩在一片寂静的氛围中，几处流水折射出粼粼波光；而那庄园，在埃菲克斯看来，与其说属于他的女主人们，还不如说是属于他自己的：三十年的苦心劳作和经营似乎已经使庄园完全归他所有了。两行印度无花果组成的篱笆，犹如两道蜿蜒曲折的灰墙，顺着山冈到河流，由高往低，层层叠叠地把庄园包围起来，他觉得就像这人世间的边界似的。

　　埃菲克斯并不去注视庄园以外的地方，因为那儿有一部分土地曾经属于他的女主人们。为什么要去回忆往事呢？惋惜徒劳无益，不如更多地去考虑未来，并希望得到上帝的恩典。

　　上帝许诺了一个好年成，至少说，上帝让山谷中所有的杏树和桃树开满了鲜花；山谷镶嵌在两行灰白色的山丘之间，西边的远处是青翠的山峦，东边则是大海；山谷里，春天的草木、流水、鲜花、各色闪光的斑点，相互辉映，伴随那河流的潺潺流水声，仿佛一个酣然入睡的孩童喃喃自语，安躺在一个蒙着绿色纱罩、系着蓝色带子的摇篮里。

天气已相当炎热了，埃菲克斯想起暴雨即将来临，它会使没有堤坝的河水猛涨，并使河水像一头怪物那样从河床里猛地纵身跃起，摧毁一切东西。他寄希望于上帝的恩典，是的，但眼下还不能信赖。连山谷边缘的芦苇顿时也警觉起来，在阵阵微风的吹拂下，交头接耳，仿佛在相互通报灾祸的到来。

为此，埃菲克斯劳动了整整一天。现在，在等待夜幕降临的时候，为了不让时光白白流失，他一面编织草席，一面心中默默向上帝祈祷，保佑他的劳动确有成效。

如果上帝不愿意他的堤坝像一座山峰那样坚强有力，那么，这小小的堤坝又有什么用处呢？

埃菲克斯用柳条编织了七条草席，这意味着他向我们的上帝祈祷了七次，愿上帝和圣母保佑。山下，在黄昏的蓝色雾霭中，小教堂和宁静的草屋的围墙，就像许多许多个世纪以前被遗弃的史前小村庄。此时，一轮明月冉冉升起，犹如一朵盛开在山丘灌木丛中的硕大的玫瑰，大戟花的芬芳气息在河边飘荡。埃菲克斯的女主人们也正在祈祷。年长些的艾丝苔尔小姐——愿上帝保佑她——肯定正思念着他这个有罪过的人，仅此一点就足以使他心满意足，补偿了他的辛勤劳作。

远处传来一阵脚步声，他不由抬起头来，他似乎听出来了，这是男孩迅速而轻巧的脚步，是天使来宣告快乐与忧伤的消息的脚步声。这是上帝的意旨，是上帝派他来宣布美好的和不幸的消息。但是他的一颗心却开始颤抖起来，连干裂的黑黑的手指也在颤抖，他手中银光闪闪的草席，在月光下好像索索抖落的细细的雨丝。

　　那脚步声已经听不见了，但埃菲克斯依然坐在那儿，木然不动地等待着。

　　明月在他面前升起，夜晚的各种声音提醒他，一天已经结束了。那是杜鹃鸟富有节奏的啼鸣，提早到来的蟋蟀的曜曜声，一种叫不出名字的鸟儿的悲切的呜咽声。那是芦苇抖动时发出的窸窸窣窣的声响，流淌的河水越来越清晰的淙淙声；尤其是微微吹拂的清风，仿佛从大地深处透出的某种神秘的喘息。是的，辛劳的仆人的一天结束了，然而，小精灵、仙女、游荡的幽灵们的神奇无比的生活开始了。古老的巴洛尼的幽灵是从加尔泰地方的城堡废墟上来的，他们在埃菲克斯左边远远的地方，沿着河流的两岸追逐着野猪和狐狸。他们的武器在岸边矮矮的桤木丛中闪闪发光，远处猎狗低沉的吠叫声，表明了他们的去向。

　　埃菲克斯听见了那些在难产时丧生的女人下河洗衣服的喧闹声，她们把亡者的胫骨当作棰棒，敲打衣服。他觉得隐约看见了阿马塔托雷——头戴七顶藏有珍宝的帽子的小精灵，他们被一伙长着钢尾巴的吸血鬼追赶着，在杏树林中东蹿西跳，飘忽不定。

　　阿马塔托雷经过时，月光下的树枝和石头都焕发出光彩。没有受过洗礼的小孩的幽灵和魔鬼的幽灵搅和在一起。在空中飘行的白幽灵化作朵朵银色的云彩，尾随着月亮。小矮子、小仙女们白天在自己的位于悬崖峭壁的石房子里，用金纺车织出了金布匹，在纺车闪射出来的巨大斑点的阴影下跳舞。而巨人们则在被月光沐浴的山峰的岩石间探出身来，手中紧拉着只有他们才能驾驭的巨马的缰绳，密切地窥视下面的动静，察看大戟植物丛中是否隐藏着蛟龙或富有传奇色彩的卡纳内阿大蛇——这些和基督同时来到人间的爬行动物，通常都在沼泽周围的沙地中活动。

尤其是在月光皎好的夜晚，所有这些神秘的生物使山丘和河谷充满了盎然生气：人们没有权利去打扰他们，干涉他们的存在，正如这些幽灵尊重人们在大白天的活动一样。这么说来，现在该是埃菲克斯离开此地，在守护神的庇佑下闭眼睡觉的时候了。

埃菲克斯在胸前画了个十字，随即站起身来，他似乎还在期待某个人的到来。不过他还是推开了权作小门的一块木板，倚靠着一个芦苇做的大十字架，这个大十字架是用来防御幽灵和魔鬼入侵草房的。

皎洁的月光透过草房的缝隙，照亮了这间狭小、低矮的屋子的角落，不过，对于身材像少年一样瘦小的埃菲克斯来说，屋子似乎是很宽敞的了。从屋顶到房梁，四周的墙壁，都是用芦苇和干草砌起来的，墙当中留了一个排烟的气孔，墙上挂着一串串洋葱、一束束干草和象征吉利的橄榄树枝，以及用棕榈树枝做的十字架、一幅蜡画、一把对付吸血蝠的镰刀、一小袋为死于难产的女鬼准备的大麦。每当一阵微风吹过，所有这一切全会轻轻颤抖起来，蜘蛛网丝也在月光下闪射出清冷的亮光。地上，放着带把手的水罐，炒锅反扣着，平常他就紧挨着水罐、炒锅睡觉。

埃菲克斯铺好席子，但没有立即躺下。他总觉得听见了有个孩子走路的脚步声。肯定有谁到这儿来了。果然，过了不多一会儿，邻近庄园的猎狗开始汪汪地吠叫，霎时间，方才在静夜轻声细语的祷告中似乎已酣然入睡的整个村子，立即充满了好像人们冷不防被惊醒而发出的喧哗和各种回声。

埃菲克斯又把门打开。一条黑影沿着山坡走上来，那山坡上，低矮的蚕豆地在月光的照耀下泛起银色的波浪。平时，夜间只要有人走过，他都会疑神疑鬼的，这会儿他又赶忙画了个十字。一个熟悉的声音在叫唤他，这是一个男孩清脆而多少有点焦急的声音，他住在平托尔家附近。

"埃菲克斯大叔，埃菲克斯大叔！"

"出什么事了？扎南托，我的女主人们好吗？"

"我觉得她们挺好的，只是她们打发我来告诉你，明天一早就回庄园去，她们有事要跟你说。可能是为了一封黄皮信，我看见诺爱米小姐拿在手里念，露丝小姐用白头巾包着头，活像修女似的在打扫院子，她也停下来，倚靠着扫把，细心地听。"

"一封信？你可知道是谁来的？"

"不知道，我不识字。但我祖母说，也许是您的女主人的外甥贾钦托先生来的信。"

埃菲克斯觉得有道理，事情应该是这样，但他仍然低下头来，用手搔搔脸颊，陷入沉思默想，他希望但又担心自己受骗。

男孩吃力地坐在草屋前的石头上，脱下鞋子，问他有什么吃的。

"我像头小鹿那样奔跑，我真害怕幽灵……"

埃菲克斯抬起黄色的、表情严峻得好像蒙上一层紫铜假面的脸孔，用他那一双小小的、眼眶深深陷进去而四周布满皱纹的蓝眼睛凝视着男孩，炯炯有神、富有生气的眼眸里流露出一种童稚气的焦忧。

"她们对你说，我应当明天还是今儿晚上回去？"

"明天，我告诉您了，埃菲克斯大叔！您回去，而我留在这儿替您看守庄园。"

埃菲克斯已经习惯于顺从他的女主人们，于是也不再提别的什么问题。他从一串洋葱里取下一头洋葱，从背包里拿出一块面包，男孩吃着洋葱和面包，开心地笑了，洋葱辛辣的气味又马上把他呛出了眼泪。他们开始东拉西扯地闲聊，谈到了村子里最重要的人物，先是教堂主管，然后是他的姐姐，再后是米莱塞——他本是叫卖柑橘和酒罐的小贩，自从娶了教堂主管姐姐的女儿，便成了村子里最有钱的商人。他们还谈到埃菲克斯主人的表兄，地方官堂·普列杜，他也是个有钱的人，但和米莱塞不一样。还有放高利贷的女人卡莉娜，她是神不知鬼不觉地发起财来的。

"小偷们想把她的墙打通来着，可白费心计，他们失败了。今儿早上，她在院子里哈哈大笑地说道：'如果小偷们跑进来的话，只能找到灰尘和钉子，我是穷苦人，就像耶稣那样一贫如洗。'但我的祖母说：'卡莉娜大婶在墙壁里藏了一小袋金子。'"

不过，对于埃菲克斯来说，这些都是无关紧要的事。他躺在草席上，一只手放在胳肢窝里，另一只手托着下巴，他听到自己心脏怦怦跳动的声音和路旁芦苇窸窸窣窣的声响，他觉得好像是一个恶魔的喘息声。

一封黄皮的信！黄颜色是不吉利的颜色。天晓得又有什么事要落到他的女主人的头上了。二十年来，在这个村子里，凡是有什么事打破平托尔家庭单调刻板的生活时，必定不可避免地要发生一场灾难。

男孩也在草席上躺了下来，但他毫无睡意。

"埃菲克斯大叔，今天我的祖母还谈道，您的女主人们曾像堂·普列杜那样富有，这是真的还是假的？"

"真的。"长工叹了一口气，说道，"可现在不是回忆这些事情的时候，你快睡吧。"

男孩打了一个呵欠。

"祖母告诉我说，自打马丽娅·克里斯蒂娜夫人去世以后，您那个上了年岁，但有福的女主人，就像一个被革除教籍的女人，给这个家庭带来了灾难，这是真的还是假的？"

"睡吧，我对你说过，现在不是谈论……"

"您让我再说一会儿！您的小女主人丽娅为什么逃走？我祖母说，您是知道的，您帮助丽娅出逃，您一直送她到桥边，她躲藏在那里，直到有一辆卡车经过，把她带到海边，从那儿她乘船走了。她的父亲堂·扎姆，您的男主人，直到临死以前还一直在找她。他就死在那里，在桥边。是谁把他杀了？我祖母说，您知道……"

"你的祖母是个巫婆！她和你，你和她，让死人安息吧！"埃菲克斯吼叫起来，但声音显得嘶哑，而男孩却粗鲁地嬉笑着。

"埃菲克斯大叔，您别生气，这样对您不好。我祖母说是幽灵杀害了堂·扎姆，这是真的还是假的？"

埃菲克斯没有作声，他闭上眼睛，用手捂住耳朵，但男孩的声音在黑暗中仍萦绕在耳边，嗡嗡作响。他觉得这仿佛是那些从消失的岁月里走出来的幽灵发出的声音。

可不，各种各样的幽灵犹如倾泻的月光，渐渐地穿透房门和窗户的缝隙，来到他的身边：马丽娅·克里斯蒂娜，她像圣人一样美丽又宁静；堂·扎姆，紫红的肤色，火暴的性子，活像个魔鬼。他们的四个女儿脸色苍白，性格像母亲那样柔顺，实际上她们的眼睛里燃烧着酷似父亲的火焰。还有那些男女仆人、亲朋好友，他们充斥这个地区贵族后裔的富有家庭，不料刮起一阵不祥的黑风，这些人失去了踪影，就像一阵寒冷的北风吹过，月亮四周的云彩迅即消散一样。

克里斯蒂娜夫人去世了。女儿们苍白的脸上多少失去了母亲留下的柔和的神情，而随着堂·扎姆在妻子去世后变得越来越像他的贵族祖先那样专横粗暴，把四个等待出嫁的女儿当作女奴一般禁闭在家中，她们眼睛里燃烧的火焰便越发炽热了。她们必须像奴隶般地操劳，烤面包，织布，缝纫，烹调，善于料理家中的财物，特别是在男人面前，她们不得抬起头来哪怕瞧一眼，也不被准许去想那些肯定不可能成为她们丈夫的人。岁月流逝，却没有一个求婚者找上门来。堂·扎姆越是要求女儿们奉行冷酷的生活准则，女儿们越发变成老姑娘了。假如他瞧见女儿们趴在窗口朝屋后的小巷张望，或者她们没有得到他的允许竟敢出门去，那就大难临头了。他扇她们耳光，声色俱厉地痛骂她们，并用死来威胁那些胆敢连续两次打小巷走过的小伙子。

白天，他在镇上无聊地转来转去，或者来到教堂主管人姐姐的商店跟前，在那儿的一条石凳上坐下。过路人一瞧见他就赶忙躲开，他们尤其害怕他的那条不饶人的舌头。他跟所有的人吵架，总是那么妒忌别人家的运气，每当他走过一座兴旺的庄园时，就愤愤地诅咒：“总有一天让你吃官司，倾家荡产。”然而，打官司却毁掉了他自个儿的土地，一场骇人听闻的灾难突然降临到他头上，好像是上帝特地要惩罚他的专横和偏见。

一天晚上，三女儿丽娅从家里出走。平托尔家在很长时间里得不到任何关于她的消息。死的阴影笼罩了这个家庭。镇上从来不曾发生过这样的丑事，也从来不曾发生过像丽娅这样出身高贵、受过良好教育的女孩以这样的方式从家庭出逃。堂·扎姆似乎要发疯了。他东奔西跑，跑遍了所有邻近的地方和小河两岸，苦苦寻找着丽娅。但没有一个人能够向他提供任何消息。丽娅终于给姐妹们来了信，说她找到了一个安身的地方，她为挣脱了束缚她的锁链而深感幸运。但姐妹们不能原谅她，硬是没有回信。堂·扎姆从此对其他三个女儿更加专横。他拍卖剩余的祖传家产，粗暴地虐待佣人，惹得众人讨厌。他马不停蹄地奔走，希望能发现女儿的踪迹，把她捉拿回家。丽娅的出逃带来的耻辱的阴影，沉重地压迫着他和整个家庭，他就像一个罪人负着枷锁。一天早上，人们发现他倒毙在镇子后面靠近小桥的大路上。看来他是死于昏厥，因为身上没有留下任何经受暴力的伤痕，只是在后颈上有一个小小的绿色斑点。

人们猜测，也许是堂·扎姆跟谁吵了架，被对手用棍棒打死。

不过，随着时间的流逝，这种流言也销声匿迹了。相反，占上风的倒是这样一种说法：他是由于受女儿出逃的刺激，心脏病突然发作而死去的。

正当姐妹们因受丽娅私奔这一丑闻的牵连而嫁不出去的时候，丽娅却写了一封信来，报告她结婚的喜讯。新郎是她在出逃的路上邂逅的一名贩卖牲口的商人。他俩如今在奇维塔韦基亚①过着相当富裕的生活，而且很快就要生孩子了。

姐妹们不能原谅丽娅再次犯下的这一过失：她竟以如此可鄙的方式跟一个随意遇见的平民阶层出身的男子结婚，因此她们不屑给她回信。

过了一些时候，丽娅又写信给她们，告诉她们贾钦托出世的消息。姐妹们给小外甥寄去了一件礼物，但仍然不给丽娅写回信。

又过去了一些年头，贾钦托长大了，每年复活节和圣诞节，他都给姨母们写信，姨母们则给他寄一件礼物。有一次，他写信说，他上学了。后来一次来信说，他到海军服役了。之后又告诉姨母们，他找到了职业。然后写信告知父亲去世的噩耗，再后是母亲去世的不幸。最后，他表示了前来探望姨母们并跟她们生活在一起的愿望，如果他能够在镇上找到工作。他不喜欢现今在海关干的小差事，这种工作既卑微又辛苦，简直是糟蹋青春。他喜爱过那种虽说艰苦，却很简单的室外生活。人们都建议他回到母亲曾生活过的岛上去碰碰运气，找一个正当的工作。

_____

① 罗马附近的一个港口城市。

姨母们开始讨论他的请求，她们愈是讨论得多，便愈难取得一致的意见。

　　"找个工作吗？"脾气最平和的大姨露丝提出怀疑。要知道，连本地人都难以在小镇上混下去啊！

　　相反，艾丝苔尔支持外甥的打算，只有最年轻的诺爱米持冷淡而嘲讽的态度。

　　"他也许以为到这里来可以当阔佬，那就让他来吧，让他来吧！他可以到河边去打鱼……"

　　"他自己说愿意干活，诺爱米，我的妹妹，那就让他去干吧，他可以像他父亲那样做牲口买卖。"

　　"那他早就应当先干起来，我们这一家子人可从来没有买来过公牛。"

　　"那是从前的事了，诺爱米，我的妹妹！再说现在有钱的阔佬正是些商人。你看到米莱塞了吗？他就声称'我现在就是加尔泰男爵'。"

　　诺爱米微微一笑，她深邃的眼睛里流露出一种狡黠的神情。艾丝苔尔觉得她的微笑比露丝提出的所有理由更让人沮丧。

　　每天都重复同样的话题。贾钦托的名字在这个家庭中回响，就连三姐妹默默不语时，贾钦托仿佛也出现在她们中间，其实从他出生之日起就是这种情形，他的陌生的影子给这个走下坡路的家庭带来了某种生气。

　　埃菲克斯记不清楚他什么时候曾经直接参与过他的女主人们的讨论。他没有这个勇气，首先是她们不曾征求过他的意见，其次是出于他良心上的不安。不过他是很愿意让贾钦托来的。

他喜欢贾钦托，始终把他当作家庭的一员那样爱他。

自从堂·扎姆去世后，他就留下来同三个女主人一起，帮助她们处理种种复杂的事务。亲戚们不再关照她们，相反地却歧视她们，躲避她们。她们只有料理家务的能力，而对她们获得的家产的最后一点剩余——小庄园，则完全无力经营。

"我还为你们干一年。"埃菲克斯曾这样说过。但真要离开她们，他却于心不忍。于是他留下干了二十年。

三位女主人依靠他所种植的小庄园的收入生活。在歉收的年份，到了支付工钱（每年三十个斯库多①和一双鞋子）的时候，艾丝苔尔对长工说：

"看在耶稣的分上，请你耐心等着吧，你的工钱不会少的。"

他确实够有耐心的了，积欠他的工钱一年比一年多，以致艾丝苔尔半开玩笑半认真地许诺他，如果他比她们活得长，那就把小庄园和房屋作为遗产留给他。

他如今已经年老力衰了，但他终究还是个男人，他的影子就足以保护三个女人。

现在由他来为她们的幸福操心了，至少要让诺爱米找到丈夫！说不定那封黄皮信会带来好消息？莫非它是宣布一笔遗产？或许正是有人向诺爱米求婚？在萨萨里②和努奥罗③，平托尔女主人们还有一些富有的亲戚，为什么他们当中的某个人不能娶诺爱米呢？

---

① 意大利五里拉的银币，一直用到第二次世界大战。
②③ 均为撒丁岛的城市。

堂·普列杜本人可能就写过这样的黄皮书信⋯⋯

于是在长工贫乏的想象里，事情忽然一下子变了样，宛如从黑夜进入了白昼，一切都显得光辉灿烂，甜蜜温馨：他的高贵的女主人青春焕发，像大鹰那样展翅飞翔，她们的倾圮的宅邸又重新高高耸立，周围的一切都是生机盎然，犹如明媚的春天里的山谷。

而对于他，可怜的长工，命运仍然安排他留在小庄园里安度余年，他仍然铺开他的席子，同上帝一起休息。在万籁俱寂的夜晚，只有芦苇仍然絮絮地私语，仿佛在向沉睡的大地祈祷。

第二章

天一亮，他就走了，留下男孩看守庄园。

通往小镇的是上坡路，他走得很慢，因为去年他曾患疟疾发过寒热，至今双腿发软。每走一段路，他就止住脚步，回过头去眺望那一片葱绿的小庄园。两道长满印度无花果树的矮墙环绕四周，山坡上昏暗的茅屋坐落在蓝绿色的芦苇和灰白色的岩山之间，他觉得就像一个鸟窝，一个真正的鸟窝。每朝前走一段，他就回头这样张望一回，满怀着惆怅的柔情，恰似一只离巢远飞的小鸟。他觉得他把自己最可宝贵的东西，把使他敢于面对孤独、与世隔绝的力量都留在那里了。他沿着大路向上走，穿过河边杂草丛生的荒地、灌木丛和低矮的胶树桤树林。他觉得自己仿佛成了一名朝圣者，肩上背着羊毛小背包，手拄一根木棍，朝着忏悔和赎罪的去处径直走去。

但愿这是上帝的意志。他继续朝前走。忽然间，山谷豁然开阔，在一个酷似大废墟的山丘顶峰，城堡的遗迹展现在眼前。一道乌黑的墙上洞开一扇空洞的蓝色的窗户，就像往昔的一只眼睛，凝视着冉冉升起的太阳涂抹的一幅玫瑰色的伤感景色；像波浪般起伏、闪耀着沙粒的灰白亮斑和灯芯草的淡黄色斑点的大平原，凝视着蓝绿色的小河、白色的小镇、犹如花蕊一般耸立在小镇中间的钟楼、小镇上方的山丘以及远处努奥罗山峦飘逸的淡紫色和金色的云彩。

埃菲克斯往前走着，在灿烂和宏伟的大自然中，他显得瘦小而黝黑。初升的太阳使整个平原光彩夺目。每一棵灯芯树都牵出一根银丝，从灌木丛的上方传来小鸟的啁啾声。这就是太阳的光带和阴影投照下的加尔泰山绿白相间的锥石，在他的脚下，小镇似乎是由古罗马城的一片废墟组成的。

废墟上一溜长长的矮墙，没有屋顶的茅屋，倒塌的墙壁，栅栏和院落的残余，废墟上完整无损而凄凉的棚屋，排列在巨石铺成的斜坡路两旁。火山石比比皆是，给人留下的印象是：一次突发的灾变毁灭了古老的城市，居民随之失散了。一些新建的房屋羞羞答答地耸立在荒芜之地，石榴树、角豆树、印度无花果丛和棕榈树赋予这凄凉的地方以一种诗意。

埃菲克斯越是向高处走，这种凄凉感越浓厚地笼罩心头。临近山丘的边缘，荆棘和大蓟构成的篱笆之间，一座古老的陵园残迹和倾圮的比萨式教堂，掩藏在山峦的阴影里。道路显得异常荒凉，山峰的巉岩此时很像一座座大理石塔。

埃菲克斯在紧贴着古陵园大门的一扇门前止住了脚步。这两扇大门几乎一模一样，门前都有三级野草丛生的破损的台阶。古陵园的大门用一块已经腐朽的木板勉强支撑着，而三位女主人的宅邸则保留了一个半拱形的砖砌大门。门的下楣上依稀可见残缺不全的族徽——一个头戴钢盔、手执长剑的武士，旁边写着：无畏战斗的勇士……

埃菲克斯穿过宽敞的长方形院子，院子的中央像街道一样用石板铺就，形成一道石头沟，便于雨水的排泄。他取下肩上的背包，瞧瞧他的女主人中可有谁出现。这座宅邸耸立在院子尽头，除去底层，只有一层楼，背后的山峦，像一顶巨大的白绿相间的帽子，沉重地扣在宅邸的上方。

木制阳台的下方，三扇小门敞开着。阳台的回廊环绕着房屋的上层，人们从已经陈旧的露天阶梯进入二层楼的里屋。一条几近黑色的绳索，拴在楼梯转角处牢固的木桩上，取代已经荡然无存的栏杆。房门、阳台扶手和栏杆，当初都是精细地雕刻的，而今已经受到蛀蚀，歪歪斜斜的，变成了黑色，到处都好像是被一只看不见的钻子粉碎过的尘末。

在阳台的栏杆中，除了依然完整无损的圆木柱，还可以看到一些残存的框架上镂刻的叶子、花朵、水果的浮雕。埃菲克斯回想起在他的孩提时代，这个阳台在他眼中很像环绕大教堂祭台的讲道坛和栏杆，当时，他那基督徒式的虔诚的崇敬不禁油然而生。

一位身材矮小的胖女人出现在阳台上，她身穿一套黑衣服，头上包一块白头巾，露出一张微黑的严峻的面孔。她俯下身来，瞧见了长工，她那杏仁似的黑眼睛闪耀着喜悦的光芒。

"露丝小姐，您好，我的女主人！"

露丝小姐敏捷地走下楼来，显露出她那双穿着深蓝色袜子的圆滚滚的小腿。她朝埃菲克斯微微一笑，长着黑色茸毛的嘴唇间露出一排整齐的牙齿。

"艾丝苔尔小姐呢？还有诺爱米小姐呢？"

"艾丝苔尔做弥撒去了，诺爱米刚起来。今儿个好天气，埃菲克斯！那边怎么样？"

"好，好，感谢上帝，一切都好。"

厨房也是中世纪的式样：宽敞、低矮，天花板的交叉房梁已被煤烟熏黑，一把加工过的木头椅子靠着这边的墙壁，那边是大的壁炉。透过窗格子，隐约可见远处翠绿色的山峦。光秃秃的淡红色墙壁上还可看到已经没有了的长柄平底铜锅的痕迹。光滑而闪闪发亮的几根石柱，很早的时候曾经用来悬挂马鞍、背包、武器，如今立在那里，仿佛是为了唤醒人们的记忆。

"那么，露丝小姐……"埃菲克斯问道，露丝正将一个小小的咖啡铜壶放在炉火上。她转过那张黑白相间的大脸，向他眨眼示意耐着点性子。

"你给我去打点水来，诺爱米要下楼了……"

埃菲克斯从凳子底下拿起水桶，走了出去，但走到门槛上时，他胆怯地转过身来，瞧着来回摇晃的水桶。

"信是堂·贾钦托写的吗？"

"信？是一封电报……"

"至高无上的耶稣！他难道发生了什么不好的事吗？"

"什么事也没有发生，什么事也没有发生，他去……"

在诺爱米下楼以前，他固执地追问下去是徒劳的，尽管露丝小姐是三姐妹中最年长的一位，并掌握着家中的钥匙（其实也用不着看管），但她从来不拿任何主意，也从不承担任何责任。

他来到水井边，这口井很像是古代撒丁岛用石块垒成的平顶圆锥状建筑，挖在院子的角落里，用石头围了起来，石头上放着几个破水罐，里面盛开着紫罗兰和一丛丛茉莉花，其中的一丛茉莉花爬上了围墙，好像在窥视那边大千世界可有什么东西。

这院子的一角，苔藓凄凉，还镀上了一层欢快的金色的紫罗兰、嫩绿色的茉莉花。这在长工的心田里勾起了多少往事的回忆啊！

他似乎又看见了丽娅小姐，苍白、纤弱，像根灯芯草似的，从阳台上探出身去，两眼直勾勾地眺望着远方，她也想窥视大千世界的那一边有什么东西。这是他在丽娅小姐出逃的那天看见她的情景，她站在阳台上，木然不动，恰似领航员用目光探索神秘的海洋……

这些往事的分量有多重啊！就像盛满水的木桶，沉甸甸地直往井下垂落一样。

可是，当埃菲克斯抬起头来，眼前看见的却不是丽娅，而是一个高高的女人。她轻捷地站在阳台上，正在扣黑色外衣的袖口。

"诺爱米小姐，您好，我的女主人！您不下楼吗？"

她稍许弯了弯身，浓密的、金灿灿的黑发，犹如两条缎带披散在白净的脸颊两旁；她用她那长长睫毛下亮闪闪的黑眼睛，回答了他的问候，不过没有开口说话，也没有下楼。

她打开房门和窗户，风撞击和打碎玻璃的危险已不复存在，因为玻璃已经多年没有了！她把一条米黄色的被子抱出来晒太阳。

"诺爱米小姐，您不下楼吗？"埃菲克斯在阳台下抬起头重复问道。

"这就下来，这就下来。"

她把被子摊开晾好，好像故意拖延时间似的，眺望一会儿右边的景色，又打量一番左边的景色，两边的景色都抹上了一重忧伤的美。河流冲刷过的沙石平原，成排的杨树，低矮的桤木，宁静的灯芯草和大戟，荆棘围绕的黑色教堂，长满青草的古老陵园；葱郁的绿色中间，死人的尸骨仿佛一簇簇白色的雏菊。远处是坐落着城堡废墟的山丘。

一簇簇金色的云彩在山丘和废墟上空飘游，早晨的温馨和寂静赋予整个田园一种陵墓式的庄重气氛。这块地方依然有许多昔日的遗迹，死人的遗骨就是过去的鲜花，云彩就是它的冠冕。

诺爱米对这一切全不在意。从孩提时代起，她就习惯于看见死人的骸骨了；冬天里，这些骨头仿佛在阳光下取暖，春天时则在露水下闪闪发光。没有一个人想着要把它们从那里清除掉，她何必要去操这份心呢？相反，艾丝苔尔小姐从小镇的新教堂往回走时，总是放慢脚步，温文尔雅地走着。虽然在家里的时候她从来都是急匆匆的，但一出门就显得不慌不忙，因为一个出身名门的小姐，在举止方面应当是庄重而文静的。她走到古墓的面前，画了十字，为亡者的灵魂祈祷。

艾丝苔尔小姐从不会忘记任何事情，也不会忽视任何事情，因此当她走进院子时，就发现有人在井边打过水。她把水桶放好，随后从花盆里取了一块小石子，走进厨房向埃菲克斯打招呼，问他可喝了咖啡。

"喝了，喝了，艾丝苔尔小姐，我的女主人！"

此刻，诺爱米小姐手中拿着电报，走下楼来，但她并不急于读它，好像是在吊这个长工——他过分好奇而焦急——的胃口。

"艾丝苔尔，"她在挨着壁炉的一张长板凳上坐下，说道，"你怎么不取下披肩呢？"

"今天上午大教堂还有一场弥撒，我还要出去。你念电报吧。"

艾丝苔尔也坐到长板凳上，露丝小姐跟着在凳子上坐下，这样三姐妹坐在一起，像三胞胎似的。她们之间只有年龄的差别。诺爱米还年轻，艾丝苔尔年长些，露丝则已显出老态了，但老态中却显出健壮、高雅、安详。

埃菲克斯站在她们面前，等待着。诺爱米小姐展开黄色的电报纸，呆呆地瞧着，却好像无法读懂电文似的；末了，她恼怒地把电报纸摇晃了一下。

"好啦，他说过几天就来这儿。就是这么一回事！"

她抬起头来，脸孔涨得通红，严肃地瞧着埃菲克斯，另外两位小姐也把目光投向他。

"懂了吗？就是这样，好像是理所当然的。他敢情是要回到自己的家似的！"

"你是怎么个说法？"艾丝苔尔问道，将一个手指头伸出披肩的十字交叉处。

埃菲克斯的脸上洋溢着喜悦的神情，眼睛周围细密的皱纹像一缕缕阳光似的舒展开来，他不想掩饰他高兴的心情。

"我是一个穷长工，我只能说，主知道一切的！"

"我的主，谢谢您啦！至少还有人是明白道理的。"艾丝苔尔小姐说。

诺爱米小姐的脸色却变得苍白，反驳的话就要脱口而出。尽管她像平时一样，善于在她认为无足轻重的长工面前控制自己，但此时却不能不反唇回击。

"这和上帝没有关系，这是另外一回事，关系到……"她犹豫了一会儿，"应当明确而干脆地告诉他，在我们的家里，没有他的位置！"

这时，埃菲克斯摊开双手，微微低下脑袋，似乎在说：那么你们干吗要和我商量呢？而艾丝苔尔小姐却笑了起来，站起身，不耐烦地拍打着她的披肩的两侧。

"那你要他上哪儿去呢？像找不到落脚地的外地人那样上镇长家里去吗？"

"我的意思是连回音也不用给他。"露丝说着，从诺爱米手中拿过那张神经质地叠了又叠的电报纸。"如果他要来，那就来吧，可以像接待一个外地人那样接待他——你好，客人！"她说道，仿佛在向一个刚进门的什么人打招呼似的。"好啦，如果他表现不好，总是会适时离开这儿的。"

艾丝苔尔却笑了起来，她望着三姐妹中最胆怯和最优柔寡断的姐姐，弯下身去，用一只手在她的膝盖上拍了一下：

"你想说，把他赶走，是吗？多好的主意，亲爱的姐姐。露丝，你有这样的勇气吗？"

埃菲克斯默默思索着。蓦地，他抬起头来，把一只手放在胸口。

"这事交给我吧！"他以坚定的语调许诺道。

于是，他的目光遇到了诺爱米的目光，他一直害怕那双恰似一潭深水的水汪汪而冷冰冰的眼睛。他心里清楚，年轻的女主人很认真地接受了他的许诺。

但他并不后悔做了这样的承诺。在他的一生中，他还承担过其他的责任。

他在镇上待了整整一天。

他对花园感到不放心——尽管在那个年头，偷盗情况很少发生。然而，他感到暗中的意见分歧弄得他的女主人们心神不安，在没有看见她们的意见取得一致以前，他不想离开。

艾丝苔尔小姐整理了一些东西后，又上大教堂去了。埃菲克斯答应随后赶去，但是当诺爱米上楼去时，他走进厨房，低声请求正跪在地上、在一张矮桌子上揉面的露丝小姐，把电报给他。她抬起头来，用沾满白面的手将头巾向后拉了拉。

"你听见她说的话吗？"她暗指诺爱米小声说道，"总是她！傲慢使她如此……"

"她有道理！"埃菲克斯若有所思地说，"出身高贵人家的人总是高贵的，露丝小姐。您也许捡到过埋在地下的硬币吧？您会以为它是铁的，因为它是黑颜色，但如果您把它擦拭干净，您就看得出来，它是金的……金子总是金子……"

露丝小姐明白，在埃菲克斯面前，原谅诺爱米出格的傲慢实在没有必要，何况她一贯是听从别人的意见，她因此感到欣慰了。

"你可记得，我的父亲是怎样傲慢吗？"她一面说，一面用她那双青筋突出的红通通的手揉着白面，"他讲话的时候也是这样。他是肯定不会允许贾钦托到来的，埃菲克斯，你说呢？"

"我？我是一个贫穷的长工，可是，我要说，堂·贾钦托不管怎么说是会到来的。"

"你是说，他是他母亲的儿子！"露丝小姐喘了口气，长工也喘了口气。过去的影子一直在那里缠绕着他们。

长工打了个手势，仿佛是为了驱走这个影子，他的一双眼睛注视着那双揉着白面的红红的手，恢复了平静。

"孩子是挺不错的，上帝会保佑他，但是应当关照他，不要让他得病发烧。还有，得给他买一匹马，因为他一直不在岛上生活，步行不习惯。我来负责这些事吧。重要的是你们几位之间要取得一致意见。"

露丝小姐很快用一种傲慢的声调说道：

"难道我们的意见不一致吗？你也许听到我们吵架了？埃菲克斯，你不去做弥撒吗？"

他明白她让他离去，便来到院子里，看看能否再同诺爱米说上话。她正在阳台上收被子，不便请她下来，只有上楼到她那儿去。

"诺爱米小姐，请允许我提个问题，您高兴吗？"

诺爱米怀抱着被子，奇怪地瞧着他。

"关于什么事情？"

"堂·贾钦托要来了，您高兴吗？您会看到，他是个挺不错的孩子。"

"埃菲克斯，你在什么地方认识他的？"

"从他写的信看得出来。他会很有作为的，但是应当为他买一匹马……

"一切都取决于你们几位之间能不能取得一致意见。这是最紧要的。"

她从被子上掸掉一根棉线，把它扔到院子里，她的脸色阴沉下来。

"什么时候我们意见不一致了？从来都是一致的。"

"是的……但是……好像堂·贾钦托要来，您不高兴。"

"我应当高兴得唱歌吗？他不是救世主！"说着，她走进一个小门，透过门框，瞧见里面是一间明亮的卧室，一张古色古香的床，一只旧的大箱子，一扇没有玻璃的窗户，朝着远处的绿色山脉。

埃菲克斯走下楼，摘了一小束玫瑰色的紫罗兰，用交叉在背后的手指夹着花朵，径直向大教堂走去。

临近山区的静寂和清新，笼罩着周围，只有荆棘丛中大山雀的婉转啼鸣清晰可闻，伴随着教堂里妇女们单调的祈祷声。埃菲克斯踮起脚尖，手指间夹着紫罗兰走了进去，跪在布道坛圆柱的后面。

大教堂残破不堪，整个建筑都是灰色的、潮湿的，蒙着一层尘埃；透过木头圆顶的小孔投射下的银灰色光束，倾洒在俯伏于地上的妇女们的头顶上。已经露出黑色裂缝的壁画上，那些淡黄色的人像跟这些身穿黑色和紫色衣裙而脸色像象牙似苍白的妇女非常相似，她们当中即使是最漂亮、最纤巧的，也是胸脯干瘪，肚子由于经常害疟疾发烧而明显地隆起。祈祷的声音，节奏缓慢而单调，听起来就像是超越了时间，超越了空间，在远处回荡。这是为一名刚满忌月的亡者做的弥撒，一块带金色穗子的黑布覆盖着神坛的栏杆，身穿黑色长袍、肤色白净的神甫抬起双手，缓缓地转过身子，两束光线在他的周围跳动，好像是从他那代表上帝的先知的头上发出来的。埃菲克斯没有听见年轻的圣器管理人摇动的仿佛是为了驱散周围幽灵的铃声。尽管方才他还沐浴着明亮的光线，听到鸟儿的歌声，此刻他却在幻觉中恍惚做着另一场弥撒：他的眼前出现了跪在家里长凳上的堂·扎姆，再过去一点是丽娅小姐——黑色的披肩，苍白的脸色，就像所有妇女时常瞻仰的古画上的肖像，她现在好像真的站在摇摇欲坠的黑阳台上。她简直跟画像上忏悔的圣女形象一模一样：爱、忧伤、追悔和希望在她深邃的眼睛里和痛苦的嘴角闪动着，赋予她欣慰的微笑和哀伤的泪花。

埃菲克斯凝望着丽娅，她就像置身于漫无边际的往昔的黑暗中，埃菲克斯站在她的面前，感到一阵眩晕，好像他自己也悬挂在神秘莫测的、黑暗的空间……他好像回忆起了非常遥远的、往昔的生活。他觉得，他周围的一切都具有蓬勃的生气，但它们都是一种神话般的、奇妙的生活；死者复活了，祭坛淡黄色帷幕后面的耶稣原来一年只向百姓显灵两次，如今从他的圣位上下来了，朝前走着，他也是那么瘦弱、苍白、默不作声；耶稣朝前走着，百姓紧随在后，他，埃菲克斯，也在百姓中间，朝前走着，走着，手里拿着一束鲜花，一颗充溢柔情的心激动不已……妇女们在歌唱，鸟儿在啼鸣。艾丝苔尔小姐在他的旁边快步走着，双手伸出披肩的十字交叉口。信徒的游行队伍走出小镇，整个小镇都盛开着石榴花和铁线莲，房屋全是新盖的，平托尔家的大门是崭新的、光闪闪的核桃木结构，阳台完整美观……一切都是崭新的，一切都是美好的。马丽娅·克里斯蒂娜神采奕奕地站在晾晒着丝绸被子的阳台上；诺爱米小姐显得分外年轻，跟堂·普列杜订了婚；堂·扎姆也走在游行队伍当中，像平时那样做出一副恼怒的样子，其实他是十分高兴的……

然而妇女们的歌唱停止了，一些人站起身来，准备离开大教堂。脑袋靠在布道坛圆柱上的埃菲克斯，猛地打了个寒战，从梦幻中醒悟过来，赶忙跟在艾丝苔尔小姐的身后，走出教堂回家去。

此刻，高悬空中的太阳，投射出炽热而炫目的光线，强烈照耀着比任何时候都更荒凉的小镇。女人们像幽灵似的默默地从教堂走出来，然后分散开去，消失了。平托尔宅邸的周围又重新陷入了孤独和冷静。

艾丝苔尔小姐走到水井跟前，用一块小木板遮住一株石竹花，快步走上楼，关上房门和窗子。她走过时，走廊发出吱吱嘎嘎的声响，从腐蚀的墙壁和木头上飘落下一层尘土样的灰色粉末。

埃菲克斯等待她走下楼来。他对着太阳坐在台阶上，歪戴的便帽稍稍挡住了一些照在脸上的阳光。他用一把折叠刀削着一根木桩，露丝小姐想把它竖立在柱廊下面。折叠刀在太阳下发出的熠熠闪光刺激着他的眼睛，已经凋谢的紫罗兰花被他的膝盖压得栗栗颤动。他感到心烦意乱，又不禁想起去年折磨过他的寒热病。

"那个魔鬼回来了吗？"

艾丝苔尔又走下楼来，手里拿着一个软木制的容器。他后退几步，好让她走过去，并抬起便帽下的被阴影遮住的面孔。

"我的女主人，您不再出去了吗？"

"这个时候你要我上哪儿去呢？谁也没有请我去吃饭！"

"我想对您说一件事。您高兴吗？"

"关于什么事，我的机灵鬼？"

艾丝苔尔对他颇为和蔼，但缺乏亲切感，她一直把他看成是一个普普通通的男人。

"是……是你们一致同意堂·贾钦托的到来吗？"

"是的，我很高兴。他应该是这样的。"

"他是一个挺不错的男孩子。会交好运的。应当给他买一匹马，但是……"

"但是什么？"

"开头不要让他太自由自在。年轻人总是年轻人……我回想起当我是年轻人的时候，如果一个人允许我握住他的一个小小指头，那我就会拧断他的整个手掌。另外，平托尔家的男人，您是知道的……艾丝苔尔小姐……他们是傲慢的……"

"如果我的外甥来了，埃菲克斯，我会像对客人似的对他说：'请坐下，你就像在自己的家里一样。'但他会明白，在这里，他是客人……"

此时，埃菲克斯站起身来，抖掉粘在裤腿上的木屑。一切都很顺利，可是一种惴惴不安的感觉使他十分烦躁。他还有一件事要说，但又不敢说出来。

他一步一步地跟着她走了一段，随后，脱下便帽，使出很大的劲儿把木桩栽上，又耐心地等待着艾丝苔尔回来汲水。

"给我，给我！"他一面说，一面从她手中接过水桶。当他向上提水时，他俯视着井水，避免面对面地瞧着女主人，因为他觉得开口向她要应当付给他的工钱是很难为情的。

"艾丝苔尔小姐,我没有看到芦苇垛,您将它们卖掉了?"

"是的,我把一部分芦苇卖给了一个努奥罗人,另一部分我用来修补屋顶了,我给泥瓦匠付了工钱,你知道,封斋节①的最后一天,大风把屋顶的瓦给掀掉了。"

他不再打算说什么了。有许许多多种方式可以把事情处理好,而不去伤害他所爱的人!于是他上女高利贷者卡莉娜那里去,顺道先去看望留守小庄园的那个男孩的祖母。她的个子很高,干瘦干瘦的,一张古埃及人似的四方脸,头上裹着一条叠起角的黑头巾,老太婆坐在近似黑色的石头垒起的棚屋的小台阶上纺线。长长的多褶皱的黄脖子上挂着一串珊瑚,两只金耳坠摇摇晃晃地吊在她的耳朵上,犹如两滴没有掉落的亮晶晶的水珠。看来她老糊涂了,竟忘记了摘除那些青年时期的饰物。

"您好!波多依大娘,日子过得怎么样?男孩留在庄园里了,但是今天晚上就回来。"

她用玻璃珠似的呆滞的眼睛盯着他。

"噢,你是埃菲克斯吗?上帝保佑你,那么是谁来信了?是堂·贾钦托吗?如果他回来了,要好好接待他。在发生那一切以后,他回到了自己的家里。他就是堂·扎姆灵魂的再现,因为老一代人的灵魂附在年轻人身上。你看我的孙女格莉塞达,十六年前的圣诞节出生的,那天正好她的母亲去世了。啊,你看她,不是她母亲的

---

① 指基督教复活节前的四十天。

再生吗？她来了……"

此时，格莉塞达从河边回来，头上顶着一篮子衣服。她个子高高的，提起裙子，露出小鹿般光滑、笔直的小腿。在她那古币似的苍白的脸孔上，还有一双细长的、水汪汪的眼睛，一条红带子围在腰际，束住敞开的衬衣和紧身衣，支撑着她尚未成熟的胸脯。

"埃菲克斯大叔！"她亲切而又生硬地叫着，一面把小篮子放在他的头上，搜寻他的口袋，"我可爱的老头！我一直惦记着您，可您什么也没有给我带来……连一个杏子也没有！"

埃菲克斯任她翻弄口袋，对她的殷勤感到高兴。但是老太婆的脸孔毫无表情，目光呆滞，温和地说：

"堂·扎姆的灵魂回来了。"

于是格莉塞达挺直了身子，她漂亮的面孔和美丽的眼睛变得严肃起来，很像祖母的面孔和眼睛。

"他回来了？"

"别提这些事了！"埃菲克斯说道，一面把小篮子放到姑娘的脚边。但她认真地听着祖母的话，听得入迷了。

他又上了路，他觉得他在围墙的每个角落都重新看到了过去。前面，靠着米莱塞灰房子的一张石头长凳上，坐着一位穿着绒衣的魁梧男人，棕褐色的衣服衬着他通红的脸庞和乌黑的胡须，显得格外醒目。

那不是堂·扎姆吗？像他一样挺着胸脯，两只拇指插在胸衣的小口袋里，其他通红的指头交叉按住怀表的金链带。他整天坐在那里，打量着过往行人，并嘲弄他们。由于怕他，许多人改道而行。埃菲克斯也是这样行事，避免让他见到，而绕道来到女高利贷者的家。

一道印度无花果篱笆就像一堵厚实的墙围绕着卡莉娜大婶的院子。她也在纺线，矮小的个子，光着脚穿着一双绣花鞋，白皙的小脸，一双像猛禽一般的金色眼睛在头巾的阴影里闪烁着。

"埃菲克斯，亲爱的兄弟！日子过得好吗？你的女主人呢？这是来看看我吗？请坐，请坐，歇一会儿。"

一群懒洋洋的母鸡在展开翅膀啄食，几只欢快的小猫跑到几头玫瑰色的乳猪跟前，一群洁白的和灰蓝色的鸽子，一头驴子系在木桩上，几行雁在空中飞翔，这些都赋予这篱笆后面的天地以一种诺亚方舟式的气氛。这幢小房子的背后是一座旧房，经过米莱塞的翻修，显得很高，屋顶崭新，但许多处灰泥已经脱落，仿佛被恼怒的时光在反抗想掠走它手中猎物的敌人时抓破了。

"你是问庄园吗？"埃菲克斯说道，他倚靠着卡莉娜旁边的墙壁，"很不错的，今年我们收到的杏子会远远多于叶子，因此我会把钱全部付还给你，卡莉[1]！别再放在心上了……"

她皱了皱光秃秃的眉毛，眼睛盯着她的梭子上的线。

"我压根儿就没有去想它。你瞧！但愿大家都像你，那么你该还我的七个斯库多就该是一百个了！"

"让雷劈了你！"埃菲克斯想，"你圣诞节的时候借给我四个斯库多，怎么现在已经是七个了！"

"好吧，卡莉，"他轻声说，垂下脑袋，好像是对那群一个劲儿

---

[1] 卡莉娜的别称。

地嗅他脚的小猪说话似的，"卡莉，再给我一个斯库多！这样一共八个，到了七月份，就像太阳确实是真的一样，我也肯定一个子儿不少地全部还清……"

女高利贷者一声不吭，但把埃菲克斯从头到脚打量了好长时间，朝他伸出手去，做了一个记录在案的动作。

埃菲克斯霍地向前跳了一步，一把抓住她的手腕；被小猫追逐的猪崽慌忙逃开了，在骚乱中，母鸡惊得扑棱扑棱地拍打翅膀。

"卡莉，让雷劈了你，如果没有像我这样的男人，你甭想放什么高利贷，只能去干捉蚂蟥的营生……"

"我倒情愿去捉蚂蟥，而不想吸你这种人的血，坏蛋！好吧，我的傻瓜，我给你斯库多，十个，一百个，我都借给你，如果你要的话，就像我借给那些比你更体面的人一样，就像借给你的女主人，给贵族和巴洛尼的亲戚们，但是不管怎么说，我总是要把你借的钱记录在案的，只要你还是一个傻瓜，也就是说直到你死为止……我会给你的……"

她去拿了五个里拉的银币。

埃菲克斯把钱捏在手心里走了，背后传来那女人饱含挖苦意味的道别声。

"告诉你的小女主人们，让她们好好保养自己。"

然而，他下定决心忍受任何痛苦，以便在贾钦托到来时他能显露出一副得体的仪表。他想买一顶新帽子来欢迎贾钦托，于是他来到米莱塞的店铺，低声下气地向坐在长凳上的男子打招呼。这是堂·普列杜，他的女主人的亲戚，家道颇为富裕。

堂·普列杜不屑一顾地把脑袋由下往上地微微抬起，算是打了招呼，但他却毫不懈怠地伸长耳朵，注意听长工说要买什么东西。

"安东尼·弗朗泽，给我一顶帽子，长一点的，不容易让虫蛀的……"

"我可没有在你女主人家里拿到帽子。"一向喜欢长舌的米莱塞回答说。堂·普列杜在室外轻轻发出了一记怪声表示赞同，店主登上货架前木桩做的小梯子。

"任何东西都会老的，什么都要更新，像每年都要迎来新年一样。"埃菲克斯回答说，一面把目光投向米莱塞瘦长的身子，他还穿着镇上人少见的长长的皮大衣。

店铺的铺面很小，但像个鸡蛋似的塞得满满的。货架上一匹匹花布鲜红夺目，旁边一瓶瓶薄荷映射出碧绿的光彩；一袋袋面粉挺出它们雪白的大肚子，对面是一桶桶大西洋鲱鱼凸出的黑色桶壁；小小的玻璃橱窗里，彩色画片上的裸体女人朝着一瓶瓶过时的糖果和一卷卷褪色带子送去甜甜的微笑。

米莱塞从一个盒子里拿出几顶黑布长帽，埃菲克斯张开手，量着帽檐的长度。这时有人打开了朝向院子的小门，在环绕的葡萄架前，一位神色庄重的妇女坐在一把长太师椅上，悠闲地纺线，像一位古代的女王。

"这是我的岳母，你问问她，我的这些帽子是不是九个佩扎①一顶。"米莱塞说。

---

① 一个佩扎等于半个里拉。

埃菲克斯依然在量着自己的额头，把戴在头上的帽檐往下拉拉，又打了个折儿。

"你选了一顶最好的帽子，怪不得人们说你不简单！你没有发现，这是一顶结婚戴的礼帽吗？"

"紧了点。"

"因为是新的，上帝的孩子，你拿走吧！九个佩扎，就像扔在马路上一样。"

埃菲克斯脱下帽子，用手轻轻抚摸，沉吟了一会儿，终于把从女高利贷者那里借来的钱放在柜台上。

堂·普列杜把脸孔探进门来，埃菲克斯买了顶如此上好的帽子，也引起了米莱塞岳母的注意。她点了点脑袋，招呼埃菲克斯，神情严肃地向他问起他的女主人生活得怎样。不管怎么说，她们都出身于贵族家庭，应当受到正派人的尊重，只有像她的女婿米莱塞这样发财致富的流浪汉，才不懂得尊重她们。

"请代我向露丝小姐问候，告诉她，我很快会去看望她，虽说我不是高贵人家出身，但跟露丝小姐一直是好朋友。"

"可您有一颗高贵的心。"埃菲克斯有礼貌地回答。但她轻轻地转动了一下梭子，好像说："算了吧！"

"我的当教堂主管的兄弟也非常尊重你的女主人，他总是问我："什么时候再跟尊贵的小姐们一起去庆祝救赎节？'"她用充满怀念的口吻继续说，"是的，从年轻的时候起，他们就聚在一起过节，毫无顾忌地娱乐，如今，人们似乎羞于欢笑了。"

埃菲克斯小心翼翼地叠起他的帽子。

"上帝保佑，今年我的女主人们去参加节日盛典……是为了祈祷，而不是为了娱乐……"

"这使我很高兴，请告诉我一件事，如果可以的话。丽娅的儿子果真要来吗？今儿上午，人们都在商店里谈论这件事。"

米莱塞走近门槛，听着堂·普列杜悄声说给他听的话，不禁笑起来。埃菲克斯见此情状，便庄重地说道：

"是真的！我正是为这件事到镇上来，因为我必须替他买一匹马。"

"一匹用芦苇扎的马吗？"堂·普列杜问道，露出傲慢的笑容，"噢，这就是为什么我看见你从卡莉娜的小屋里出来吧。"

"跟她有什么关系？我们从来不向她要求任何东西！"

"傻瓜，我敢说，我绝不给你们任何东西！但我会出一个好主意，是的！你们让那个男孩待在他那个地方吧！"

然而，埃菲克斯此时已高昂着脑袋，走出商店，腋下夹着那顶帽子，什么也不屑回答，扬长而去。

第三章

　　光阴白白流逝，平托尔家的贵族小姐们几个星期来一直在徒劳地等待外甥的到来。

　　艾丝苔尔小姐特地让人去订做了一种特别的面包，只有节日才吃的类似圣餐面饼的、细巧的白面包，还背着姐妹们悄悄地买了一篮子饼干。不管怎么说，总算有一位客人即将光临，接待自然是要隆重的。露丝小姐每个晚上都梦见外甥的到来。每天将近三点钟，是公共马车到达的时间，她就从大门缝里往外窥视。然而日子一天天过去了，周围的一切却依然如故，毫无变化。

　　五月上旬，诺爱米小姐独自留在家里，因为姐妹们像往年一样，都去参加救赎节的庆典了。这是从远古时代就流传下来的习俗，人们都说是为了去忏悔，其实也多少有些去娱乐一番的意思。

　　诺爱米小姐对忏悔和娱乐都没有兴趣。在那漫长的阳光明媚的下午，她坐在家中灼热的阴影下，想到姐妹们的这趟旅行，心中不免惆怅起来。她眼前浮现出一座灰色的圆形小教堂，恰似宽广院子里草坪中间的一个倒立的鸟巢；一间间小屋圈成的围墙五颜六色，风景如画，人群像一个吉卜赛人部落一样，熙熙攘攘地拥挤在里面；在神甫居住的小屋上方，是粗糙的圆柱观景台；还有蔚蓝色的背景，喁喁絮语的树木，在两个银色沙丘之间波光粼粼的大海。想到这些充溢着柔情的景象，一阵伤心的、催人泪下的感觉袭上诺爱米的心头。但她咬紧嘴唇，为自己的软弱而感到羞愧。

多少年来，每一个春天都给她带来这种烦躁不安的感觉。生活之梦的花在她身上开放，犹如古老陵园的乱石间绽开的玫瑰花一般。然而她知道，这是一个充满危机的季节，是她的精神最软弱的季节，随着炎热的初夏的来临，这一切都将消失。在周围笼罩的使人昏昏欲睡的宁静的驱使下，在罂粟花盛开的红色庭院里，在几片飘忽的云彩投下阴影的山峦上，在半数居民都去参加节日活动的市镇里，她任凭自己的幻想放纵地驰骋。

于是，她乘着幻想的骏马返回了往昔。

她好像又回到了少女时代，在五月的一个夜晚，登上了神甫的观景台。一轮如盘明月从海面上冉冉升起，整个大千世界仿佛都是金子和明珠的世界。手风琴把它那哀怨的乐声倾泻在被焰火映得十分明亮的庭院里，在红色的火光映照下，手风琴手轻盈的褐色身影，跳着撒丁岛舞蹈的女郎和少年的紫罗兰色脸庞，在灰白色的墙壁上跃动。幽灵般的黑影在被践踏的草地上和教堂的墙壁上摇曳；衣服的金色纽扣、银色饰带和手风琴的键盘熠熠闪光；余下的一切，全消失在月夜明珠的半明半暗中。诺爱米记得当她的姐姐们欢笑和玩耍的时候，她从来也没有直接参加过节日的活动，而丽娅则像一只兔子蜷缩在庭院草坪的一个角落，也许从那个时候起，她就已在酝酿着出逃的事了。

节日持续九天，最后整整三天在歌声和鼓乐声的伴奏下举行舞会。诺爱米一直待在撤去宴席的观景台上，在她周围，破碟子、一些冷冻过的绿苹果、被遗弃的盘子或汤匙，闪烁着暗淡的光，就连庭院上空的星星也仿佛受到舞蹈节奏的震撼而摇晃起来。是的，她既不跳舞，也不欢笑，她只要看到人们在快活地娱乐就心满意足了，因为她希望这样，她也就加入了生机勃勃的节日欢庆队伍之中。

然而，时光年复一年地流逝了，生机盎然的节日庆典在远离小镇的地方进行，正是为了能够参加节日活动，她的丽娅姐姐从家里出走了……

而她呢，诺爱米，依旧待在古老住宅的摇摇欲坠的阳台上，就像从前在神甫的观景台上一样。

将近黄昏时分，有人"笃笃"地敲诺爱米一直紧闭的大门。

原来是波多依大娘来询问可需要她干些什么事。尽管诺爱米没有请她就座，她却一屁股坐在地上，肩膀靠着墙壁，解下系在脖子上的头巾，开始以眷恋的心情谈论节日的庆祝活动。

"所有的人统统上那儿去了，我的孙子们也去了，愿圣母保佑他们。哎，所有的人统统都去了，那儿空气新鲜，因为瞧得见大海……"

"得留下看家，我的小姐。不管怎么贫寒，但家是永远也不该抛弃的，否则，妖魔就在家里扎根了，还是老年人留下来，让年轻人去吧！"

她叹了口气，低下头来，望着胸前的珊瑚项链，把它摆摆整齐，然后谈起从前她曾经如何跟她的丈夫、女儿和左邻右舍去参加节口活动。然后，她抬起眼睛，把目光投向古老的陵园。

"这些日子里，我好像又瞧见所有死去的人都复活了。他们全到那儿去参加娱乐活动了。我好像又瞧见了您的母亲——马丽娅·克里斯蒂娜，她坐在宽大庭院一个角落的凳子上，神情活像一位女王，身穿鹅黄色的裙子，黑色的绣花披肩，许多镇上的女人像女仆似的围在她四周坐着……她对我说：'波多依，你过来，尝尝这咖啡，你觉得怎么样？味道好吗？'是的，她是那么谦虚。噢，为了这个缘故，我一点儿也没有回到那儿去的兴致，我觉得，我好像把什么东西留在了那儿，而且我再也找不回来了……"

诺爱米动情地表示赞同，脑袋低垂在活计上；波多依大娘的话语在她听来，仿佛是她的过去的回声。

"噢，还有堂·扎姆，我的小姐。他称得上是节日活动的灵魂。他时常大声吼叫，像是暴风骤雨，可实际上他是个大好人。暴风骤雨过后总是会出现彩虹的。哎，是的，正是在那些日子，当我坐在屋子外面纺线的时候，我好像听到马蹄声……可不，就是他，骑着他的那匹黑马，挂包装得满满的，去参加节日活动……他打我身边经过时，向我打招呼：'波多依，你上来吗？快点，坏女人！'"

她激动地模仿着已故的贵族的话，然后，顺着自己的思路，忽然问道：

"这位堂·贾钦托不会来了吗？"

诺爱米立即显得严肃起来，因为她不允许任何外人介入她家里的事情。

"如果他来，自然会受到欢迎的。"她冷冷地回答。老大娘走了，她重又陷入冥想之中。她又如此沉浸于对往昔的回忆，以致现实几乎再也不能唤起她的兴趣来了。

房屋投下的热气腾腾的阴影渐渐覆盖了院子，大蓟的气息从平原飘了过来，她聚精会神地回想起丽娅出逃的经过。是的，那是一个像现在一样的黄昏，临近的山峦蒙上了乳白翠绿的色彩，整个天空一片金灿灿的。丽娅待在楼上的卧室里，一声不吭，只知道在屋子里来来回回地打转；然后，她走到阳台上张望，苍白的脸色，一身黑色装束，深暗色的头发，有点儿像是镀上金黄色的蓝天的反照。她凝望着远处的城堡，突然，她抬起沉重的眼皮，激动不安地挥动两只胳膊。此刻，她简直像一只展翅欲飞的春燕。她下得楼来，走到井台边，汲水浇花，紫罗兰甜蜜的芳香和大蓟的刺鼻气息混合在一起，最初的几颗星星已闪现在山峦上空。

丽娅走上楼梯，在高高的梯级上坐下，一只手搭在旁边的绳子上，两只眼睛直勾勾地盯着半明半暗的地方。

诺爱米总是这样回想起她，就像最后一次从她旁边走过，去卧室时瞧见她一样。她们睡在一张床上，可是那天夜里，诺爱米徒劳地等着她，一面等着她，一面入睡了，但仍然在等着她……

其他的事情，在诺爱米的回忆中就有点混乱了。那焦虑不安和莫名的恐惧交织的日子和时刻，仿佛有发高烧时的感觉……她只看到埃菲克斯苍白而扭曲的脸孔，他低低地弯着身子，瞧着地面，好像在寻找一种失落的东西似的。

"我的女主人们，镇静，请镇静！"他嘟嘟哝哝地说道，然而他自己却马上跑到镇上，向所有的人打听是否见到了丽娅，他还俯卜身子，向水井里张望，还朝远处观察。

后来，堂·扎姆回来了……

每一次回想到这里，诺爱米的头脑中就会轰然响起一声伴随暴风雨的巨雷，她便觉得需要活动活动身子，仿佛是为了打破这一场噩梦。

于是她站起身来，走进她的卧室，还是那间从前她和丽娅一起睡觉的屋子，还是那张生了锈的铁床，床架上粘贴了褪色的金色叶子和几串葡萄，其中只有几粒还显得有点像真的半红半紫尚未成熟的葡萄；还是几堵用石灰水刷过的白墙，乌黑的镜框里挂着油画，挂着那些老得连家里都没有一个人知道其价值的古老的复印画；还是那个被虫蛀蚀的柜子，上面放着一排柑橘和柠檬，它们在夕阳的照耀下像金苹果一样熠熠发光。

诺爱米想开始做些活儿，便打开柜子。柜门的支轴在静寂中发出嘎嘎吱吱的声响，好像拨动一根琴弦似的。柜子的台面铺了一层蓝色油光纸，上面放了几件衣服，已经失去光芒的太阳把一束玫瑰色的黯光投在衣服上。

橱柜里一切井井有条，上面放着一些旧的刺绣物、丝绸桌布和因为长期使用而发黄的、很像藏红花的毛毯；下层是散发着榅桲苹果芳香的衣服，常青花藤或灯芯草编织的小篮子，黄色的篮子底部显出用黑墨描绘的器皿、鱼虫纹、具有撒丁岛原始艺术风格的小偶像，等等。

诺爱米把她的活计放进这些小篮子中的一个，又拿起另外一个；篮子下面有一只纸封套着家族的文书、工具、包裹、诉讼案卷，它们都用驱除邪恶的黄缎带扎得紧紧的。可是，黄缎带既没有能够阻止家族的地产转入别人的手里，也不足以避免那场官司让对手赢得胜利。那黄缎带还系着一封从来没有人读过的书信，诺爱米每次拿起小篮子时就不由得打量着它，好像从大海的岸边注视着一具在海浪中随波逐流的海难者的尸体。

那是丽娅出逃后寄回来的一封信。

那天，诺爱米好像记性不佳，姐妹们的远离，一种本能的孤独而恐惧的感觉把她带回到过去的年代：同样是黄昏的橘黄色的暮霭，山峦罩上一重绛紫色的面纱，空气中弥漫着夜的气息，这一切都唤醒了二十年来一直沉寂的心灵。她站在窗户和柜子之间微暗的亮光里，她那沉默的黑影仿佛本身就代表了一个过去的形象，她好像是从古老的陵墓走来，登上楼梯，来探访那个被遗弃的家。她把被子和小篮子重新收拾整齐，关上柜门，又打开，橱柜发出嘎嘎吱吱的声响，似乎这是家里唯一有生命的东西。

她终于做出了决定，从黄缎带下抽出那封信，白色的信纸，就像是昨天才写好，还没有人读过一样。

诺爱米坐在床上，可是当她把一只手放在床头的黄铜扣上，刚刚展开信纸的时候，下面突然传来有人敲门的声音，先是一下，三下，然后是连续不断的敲门声。

她抬起头来，用恐惧的眼睛张望着院子。

"不可能是邮差，已经来过了……"

敲门声在静悄悄的院子里回荡。从前，她的父亲在她们耽误给他开门的时候就是这么叩门的……

她扔下信，跑到楼下，但走到大门槛上，又停住脚步，侧耳倾听。她的心激烈地怦怦跳动，似乎来人叩击的是她胸脯似的。

"上帝，上帝！不可能是他……"

她终于问道，声音有些严厉：

"谁啊？"

"朋友。"一个陌生的声音回答。

然而，诺爱米竟打不开门，她的双手颤抖不已。

一个青年男子，从外表上看像是个工人，高高的身材，白白的脸孔，身着绿色的上衣，脚穿一双布满尘土的黄皮鞋，留着和鞋子颜色一样的小胡子，站在大门前面，胳膊支撑在一辆自行车上。他一见诺爱米，立即脱下帽子，满头浓密的金发上留下了深深的印痕，他向诺爱米微笑着，两片富于肉感的嘴唇间露出漂亮的牙齿。

她很快就从那双眼睛认出了他，一双大大的、蓝绿色的杏核眼，它们是平托尔家族所特有的美丽的眼睛。不过，当陌生人登上大门的台阶，用他粗壮的胳膊紧抱住她时，她越发慌乱不堪了。

"艾丝苔尔姨妈！是我……姨妈们呢？"

"我是诺爱米……"她有点不高兴地回答，但很快就变得严肃起来，"我们没有料到你这么快就来了。艾丝苔尔和露丝去参加节日的庆祝活动了……"

"这儿有节日庆祝活动？"他一面说，一面从自行车上取下一只满是尘土的箱子。"噢，是的，我记起来了，是救赎节，噢，是的……"

他好像早已认得他如今所在的地方。这是他母亲多次在回忆中向他讲起过的柱廊，他把自行车推到那儿，开始解开捆扎箱子的绳索，用一条手帕拍打上面的尘土。

诺爱米暗自思忖道：

"应该把波多依大娘叫来，应该派人去找埃菲克斯……我一个单身女人怎么办呢？她们早就知道他会来的，却让我一个人留在这里……"

这位谁也不知道从什么地方、从世界的哪个角落来到的陌生男人的拥抱，使她产生一种莫名其妙的恐惧，但她很懂得接待客人应尽的义务，不能够对这些义务掉以轻心。

"进来吧，你要洗一洗吗？待会儿我们再把行李拿上去，我去招呼替我做事的女人来……现在就我一个人在家里……我没有想到你会来……"

她尽量掩饰家里的贫寒，但是他好像早已经知道了这一点，因为他不等有人来伺候他，便把行李拿到艾丝苔尔姨妈为他准备的一间卧室里。这是阳台尽头的一间旧客房，随后他又从容地下楼走到水井边，像个仆人似的洗脸。

诺爱米的胳膊上挽着一条毛巾，跟在他后面。

"是的，我是从台拉挪瓦来的，什么样的路啊！一路上急如星火地赶路。是的，我本应当打教堂前面经过，但我没有发现有节日活动。是的，镇上好像没有多少人。是的，小镇很有些衰落的样子了……"

他应声回答诺爱米提出的所有问题，但看得出来，他是非常漫不经心的。

"为什么我没有写信？在接到艾丝苔尔姨妈的信之后，我曾经犹豫不决。然后我又生病了……我不知道……对您说实话，我是前天才做出决定的，有一位朋友动身了。于是，当昨天我看到海上风平浪静，我便上路了……"

他用毛巾擦脸以后，朝厨房走去，诺爱米跟在他的后面。

"艾丝苔尔给他写信了！他就这样像过节似的出发了。"

他在一张古旧的长凳上坐下，面对把一缕紫色的阴影投进厨房的山峦，跷起二郎腿，两只长胳膊交叉在胸前，白白的手指轻轻抚摸着胳膊。诺爱米注意到，他的袜子是绿色的，这确实是一种颜色很奇怪的男袜。她点着了炉火，心里嘀咕道：

"这么说，艾丝苔尔偷偷地给他写信了？那现在就让她照管他好了！"

她怀着一种朦胧的恐惧感转过身去，打量着那个有点奇特的、被绿色和黄色裹着的男人。他木然不动地坐在长凳上，好像从此再也不愿起身似的。

可是他又开始滔滔不绝地叙述起来，谈论他的旅程，谈论他走过的荒僻的道路，并询问努奥罗市离这儿多远，该怎么个走法。他想去努奥罗，那里有一位蒸汽磨坊的老板，是他父亲的朋友，答应给他找一份差事。

诺爱米抬起头来微微一笑。

"离这儿多远？我真不知道怎么对你说。骑自行车需要多少时间？要不了多少钟点。许多年以前，我曾经骑着马去过努奥罗。是的，道路很漂亮，城市也美，空气新鲜，人也善良。在那里，不像这里经常发冷热病，所有人都可以找到工作和挣钱。在那里，所有的外地人都发了财，而这里，简直像是死人待的地方……"

"是的，是的，真是这样的！"

她去拿了几个鸡蛋，准备做煎鸡蛋。

"你瞧，这里成天都看不见肉，酒也找不到……这位磨坊老板叫什么名字？你认识他吗？"

不，他不认识这位老板，但可以肯定的是，他要去努奥罗，他会得到一份差事的。

诺爱米带着幸灾乐祸的神色笑了笑，弯下身去用锅铲触了触煎鸡蛋，他这么早就断定能找到一个位置！有多少人都在找工作哩！

"那么你放弃了原先的工作吗？"她连眼皮也没有抬，匆匆地问道。

贾钦托没有马上回答，他好像对她仔细翻动的煎鸡蛋非常关切。

几滴油掉在炉火上，厨房里顿时弥漫了油烟，随后长柄平底锅平静了下来，她又继续煎鸡蛋。贾钦托说道：

"那是一件糟糕透顶的事情！还无法肯定……但要承担很大的责任！……"

他不再说什么，诺爱米也不再问什么。他很快就要去努奥罗的希望，使她变得善良而又耐心。她在隔壁的饭厅摆好桌子，饭厅像被遗弃的、潮湿的地窖。她一面开始为他放好餐具，一面请他原谅没有别的菜招待他。

"在这个镇上生活是知足者常乐……"

贾钦托用他那双强有力的手掰开一只只核桃，同时竖起耳朵倾听打院子后面经过的羊群的叮叮当当声。几乎是夜晚了，山峦坠入阴暗之中，而待在那间墙壁上满是绿色斑点的潮湿屋子里，就好像置身于远离世界的一个山洞里。诺爱米对节日庆典活动的描绘感染了他。他用有点疲倦和昏昏欲睡的神色望着她，那个站在仍然闪着亮光的小窗户前的黑色形象，她浓密的头发，两只支撑着破旧桌子的小手，看来让他回想起了母亲当年向他叙述的充满乡恋的故事，因此他开始打听起镇上的一些已经去世的人和诺爱米一点儿也不感兴趣的人的消息。

"皮埃特罗①大叔呢？那位皮埃特罗大叔怎么样？他是镇上最富有的人，是吗？他有多少财产？"

"是的，他是有钱人，这一点儿也不错；但他是一个精明人，傲慢得像个犹太人。"

"他放高利贷吗？"

诺爱米脸红了，因为尽管她同表兄皮埃特罗的关系是紧张的，但在她看来，把一位出身于高贵的平托尔家族的人称为高利贷者是有伤她的体面之事。

"这是谁对你说的？噢，就是开玩笑也别这么说了……"

"可是修道院院长和他的姐姐是真正的高利贷者，他们富有吗？拥有多少财产？"

---

① 即堂·普列杜。

"他们也不是，你说什么？也许，也许米莱塞是的，不过他放高利贷是很规矩的，只要百分之三十的利息。不再多要……"

"他放高利贷很规矩？噢，那么另一位呢？"

于是诺爱米朝桌子俯下身子，低声说道：

"甚至借一还十……有时还更厉害。"

贾钦托并不因此感到惊讶，他自斟自饮，若有所思地说：

"是的，在我们那里，高利贷利滚利也是很惊人的……朗姆波拉红衣主教的侄子就是这样身败名裂的！……"

晚饭后，他想出去走走。他询问邮局在什么地方，诺爱米把他一直带到马路上，指给他看靠近米莱塞家尽头的一个小广场。

他刚刚走远，诺爱米环顾了一下四周，便朝波多依大娘的茅屋走去。小门敞开着，但里面一片漆黑，只是在诺爱米轻轻地呼唤几声后，老妇人才从陋室的阴暗处走出来，手中拿着一块燃烧着的木头，微红色火光把她的项链照得闪闪发亮。

"波多依大娘，是我！请赶快打发人去叫埃菲克斯。贾钦托来了。再就是今晚您来同我一起睡觉，我害怕单身一人……跟一个陌生人一起……"

"我这就打发人到庄园去。但是我不上您那儿去，我不能把我的家留给精灵摆布……"

当她不在家的时候，她便把烧红的木头放在门槛上，不让精灵进门去。

第四章

一大堆乳香黄连木点燃的篝火，就像诺爱米孩提时代看到的那样，在圣母院的庭院里熊熊燃烧，火光照亮了圣殿发黑的墙壁和周围的棚屋。

一名小伙子奏起了手风琴，刚刚念完《九日经》的人们正在准备晚饭，或者刚刚在棚屋里吃过晚饭，他们还不打算马上开始跳舞。

天色尚早，黄昏时分清澈的天空闪现了第一批星星，观景台的小塔楼后面，西边的地平线抹上了一层淡淡的红晕，渐渐地沉入了昏暗。

那个临时形成的村庄，笼罩着一片升平景象。手风琴的乐音和棚屋里的谈话声、欢笑声，仿佛是从遥远的地方飘送过来的。

沿墙点燃的三三两两的小篝火前，闪动着一些妇女弯下身子做饭的黑影。

男人们节日前夕就运来了家什，此刻他们已经坐着他们的马车或者骑着马离去了。留下来的只是妇女、老人、幼童和一些少年，尽管所有的人都明白留在那里是为了赎罪，但他们都尽可能寻求最好的方式痛痛快快地娱乐。

平托尔家的贵族小姐们拥有最古老的棚屋中的两间——虽然每一年都建造新的棚屋——这几乎是她们所有的财产。因为早在比萨的红衣主教们巡视撒丁岛主教管区，在最近的港口上岸，并在圣堂做弥撒的时候，她们的祖先就把这些棚屋作为礼物和奉献品赠送给教堂了。

也正是坐在这两间棚屋之间靠墙的那条石凳上，波多依大娘曾亲眼瞧见马丽娅·克里斯蒂娜太太，她像一位高贵的男爵夫人，被所有去教堂朝拜的佃户的妻子前呼后拥地包围着。

如今，艾丝苔尔小姐和露丝小姐身穿黑色衣裙，头上扎着白头巾，两只手放在腰裙下面，像两位修女似的谦卑地坐着，思念着不远的诺爱米和远方的贾钦托。

她们的晚餐是很简单的，一道牛奶汤，自然不至于填满肚子，倒使得脑子变得异常清晰、纯洁，犹如春天那无垠的蓝天。艾丝苔尔小姐不时感受到因内心的负疚而引发的颤抖，她几乎像个罪人似的暗暗思索着。贾钦托……那偷偷写的信……

在她们旁边，格莉塞达坐在地上，肩膀支靠着墙壁，手臂环抱双膝，笑嘻嘻地望着拉手风琴的小伙子。邻近的棚屋里，同格莉塞达一起来参加庆典活动的亲戚们，正围坐在一张摊开的像桌布一样的树皮周围吃晚饭，其中的一个女人轻轻地摇晃着婴儿，婴儿昏昏欲睡，兀自挥动柔软的小手，另一名妇女则呼唤着姑娘。

"格莉塞达，我的花朵儿，你过来，至少吃一块烤饼！你的祖母会说什么呢？说我们扔下你不管，让你饿死吗？"

"格莉塞达，你没听见他们在叫你吗？你听话。"艾丝苔尔小姐说。

"噢，我的艾丝苔尔小姐，我不饿……我想跳舞！"

"扎南托，过来用餐吧，你没瞧见你的乐声像一阵风吗？把人们都吹跑了。"

"等我们的肚皮吃喝得鼓鼓的，你就瞧着吧！"

女高利贷者一面说，一面走到平托尔家小姐们的右首小门边，用指甲剔着牙齿。

她也吃完了晚饭，为了不浪费时间，她马上开始在篝火的亮光下纺线。

于是，像通常那样，她、小姐们、其他姑娘和女人们在里面摆开了龙门阵，就像在镇上整整一年都在谈论节日一样，如今在节日里又谈论小镇。

"我不知道您怎么能只身扔下了家，卡莉教母，怎么回事？"一个身材高高的姑娘说道，她系一条围裙，端着一盆干酪，这是神甫送给平托尔小姐们的。

"娜托莉娅，我的小心肝！我没有扔下家里的宝贝，而你扔下了你家中的主人——教堂主管！"

"该给您当头一棒才好！那您把钥匙给我，我上您家去搜索，然后我跑到大城市去！"

"你以为在大城市里一定会过得舒适吗？"露丝小姐大声说道。而艾丝苔尔小姐把盒子里的奶酪倒出来，里面留下半块，然后在胸前画了十字：

"主啊，请拯救我们！"

她俩心里惦念着同一件事情，想起丽娅的出逃，想起贾钦托的到来。就在这时，她们惊奇地听见格莉塞达嘀嘀咕咕地说道：

"可是，那些待在大城市的人如果愿意到这里来呢！"

人群开始到院子里去，妇女们出现在一扇扇小门的门槛上，用围裙擦着嘴，然后去追逐孩子，把他们带回来，好安置他们睡觉。

格莉塞达的一个亲戚走到手风琴演奏者的面前，递给他一块一叠为四的烤饼。

"吃吧，宝贝！你的祖母会说什么呢？会说我不给你吃饭吗？"

小伙子把脸孔凑过来，咬了一大口烤饼，又继续拉起手风琴来。

但谁也不想头一个跳起舞来，于是格莉塞达和娜托莉娅对妇女们的冷漠态度很生气，便出言不逊，说道：

"你们瞧！没有男人，你们竟没有兴致娱乐了！"

"这里至少还有露丝小姐的长工埃菲克斯，这对你们来说不就够了吗？"

"他老朽得像块石头！跟埃菲克斯有什么好跳的，还不如抱着一根乳香黄连木树枝跳呢！"

突然间，神甫的狗在观景台上发出一阵狂吠，接着迅疾地冲下去，奔向庭院外面，妇女们也顾不得再磨嘴皮，赶忙跑出去看个究竟。两名男子从大路上径直过来，其中一个骑着一匹像骆驼那样的牲口，另一个人弯腰骑在一个大三角架上，那架子的两翼在骑手的长腿下一上一下地转动。随着他俩走得越来越近，篝火的光焰照亮了他们的神秘形象。前头的第一个人是埃菲克斯，他骑着一匹马，挂包和枕头在马背上垒起了两个驼峰。另一名是陌生人，他的自行车像一阵风似的驶进院子时闪烁出一圈圈红色的光芒。

格莉塞达跳起来，异常惊慌地靠在墙上，手风琴手也停止了演奏。

"我的艾丝苔尔小姐！你的外甥。"

小姐们哆哆嗦嗦地站起身来，艾丝苔尔小姐用小羊羔咩咩叫似的细声说：

"贾钦蒂诺①！……贾钦蒂诺……我的外甥……这不是一个梦吧？是你吗？……"

贾钦托跳下自行车，站在她们面前，困窘地打量四周，他感觉到他的双手被姨妈干巴巴的双手握住了。在黑色的砖墙前面，他瞧见格莉塞达苍白的脸孔和珍珠般的眼睛。

所有的女人随即把他围起来，端详着他，抚摸他，向他问东问西。她们身上散发的热气使他激动，他向她们微笑，仿佛置身于一个人口众多的大家庭当中，他开始拥抱大家。

一些女人在他身后站起来，另一些女人则纵声大笑，抬起头来注视着他。

"这是你镇上的风俗吗？艾丝苔尔小姐，露丝小姐，他把我们当成你们了！他以为我们都是他的姨妈呢！"

埃菲克斯把枕头包卸下来，经过狭窄的小门，把它们拿到没有人住的棚屋里去。格莉塞达帮助他在靠墙的椅子上把包摊开，又是她打扫了小屋子，铺好了床。而在另一间棚屋里，只听见贾钦托彬

---

① 贾钦托的昵称。

彬有礼地又几乎有点害羞地回答姨妈们的问题。

"是的，姨妈，是骑自行车从台拉挪瓦来的。后来怎么样呢，我们走的是一条那么平坦、那么僻静的道路，车子骑得飞也似的，简直可以在一天之内周游世界。是的，诺爱米姨妈在家里，她瞧着我的时候，看得出来，她肯定没有料到是我，或许她以为我敲错了门呢！"

他的每一句话和他的异乡人特有的腔调，打动了格莉塞达的心。她还没有来得及细细打量这来自远方的小伙子的脸孔，却已经注意到他那高大的身材和像火焰一样浓密的金发。她也怀有了嫉妒的感情，因为神甫的女仆娜托莉娅已经挤进了小姐们的棚屋里，正在跟他搭讪。

娜托莉娅真不要脸！为了讨这个陌生人的喜欢，竟嘲笑起棚屋来。不管怎么说，棚屋是圣洁的，因为它的房客们都是虔诚的信徒，并且它是属于教会的。

"即使在罗马也找不到这样的宫殿！你瞧这些小庭院！它们还安置了蜘蛛，不要钱的，看在上帝的分上。"

"您还没有算上那些老鼠吧？如果今儿晚上听到搔您的脚板的声音，莫要以为是我——堂·贾钦①吧！"

格莉塞达咬了一下嘴唇，然后敲打墙壁，想迫使娜托莉娅安静下来。

"还有幽灵呢，您感觉到了吗？"

———————————

① 贾钦托的尊称。

"噢，有一个女人在敲墙壁！"露丝小姐不在意地说。

"幽灵、老鼠和女人，对于我来说都是一回事。"贾钦托平静地说。

棚屋外边，倚靠着墙壁中间的格莉塞达，忽然放声大笑起来。她倾听小伙子的讲话，就像方才谛听手风琴的乐音一样。她高兴地笑着，但她实在是想痛痛快快地大哭一场。

不过，所有的人都是兴高采烈的，虽然，在这贵族之家的贫寒棚屋里，他们体味到的是一种颇为沉重的快乐。

"我好像在做梦。"艾丝苔尔小姐说，一面为外甥做晚饭，而露丝小姐闪闪发亮的眼睛始终凝视着他。埃菲克斯从行囊中拿出一小桶酒。尽管他的身子已经是那么佝偻，他却转过身来，向他的主人们高兴地微笑着。

贾钦托坐在椅子上吃饭，这把椅子有着多种用途，既是砌墙的脚手架，又可以当桌子，当床使用，他也觉得眼下是在做梦。

在遇到诺爱米相当冷漠的接待时，他的的确确感觉到了一个陌生人置身于跟他不同的人群中间的滋味。可是，眼下他却瞧见姨妈们在热情地招待他，长工像关照一个孩童似的对他微笑。姑娘们显露出脉脉柔情，带着某种渴望似的瞧着他。他听到了手风琴演奏的《催眠曲》，隐隐约约看见了映着篝火的亮光中翩翩起舞的憧憧人影。他寻思着他的生活也应当总是这样充满幻想和欢乐。

"应当适应环境，"埃菲克斯一面给他倒水喝，一面说，"你瞧这水，为什么人们说这水是智慧之水？因为不管倒在什么地方，它总是形成一个水瓶的样子。"

"我觉得酒也是这样！"

"是的，还有酒！只是酒有时候会起泡沫，会溢出来，但水不会这样。"

"水也是这样，如果把它放在火上煮开的话。"娜托莉娅说。

这时，格莉塞达猛地冲进棚屋里，一把攥住女仆的胳膊，硬是把她拉出去。

"放开我，你这是干什么？"

"因为你对一个陌生人不讲礼貌！"

"格莉塞①，莫非毒蜘蛛咬了你，把你变成疯子啦？"

"是的，所以我想跳舞。"

已经有一些女人围着拉手风琴的人，拉起手开始跳舞。她们紧身衣上的纽扣在火光下熠熠发亮，她们的黑影交叉重叠，投映在灰暗的地面上。

她们手拉着手，慢慢地排成队列，抬起脚，踩出最初的舞步，然而她们的动作显得僵硬和犹豫不决，似乎全靠相互支撑着。

"看得出来，少一个领头的人！缺少男人，你们至少要把埃菲克斯叫来！"娜托莉娅叫起来。

格莉塞达拧了一下她的胳膊，说道："好啊，让蜜蜂蜇你！难道你竟然要大家对他恭恭敬敬吗？"

听到喊叫声，埃菲克斯走了出来，他一边往前走，一边按着节拍踩起舞步，像一个真正的舞蹈演员那样扭动双臂。他在众人的应

---

① 即格莉塞达。

和下歌唱起来：

　　　　　我去参加节日庆典……尽情欢乐……

　　他跳到格莉塞达身边，挽起她的胳膊，走进跳舞的女人们的队列。他的出现果然使舞蹈充满了生气。女人们的脚步显得轻快了，相互在一起扭动着，踩着舞步，身子也愈加柔顺，脸上因喜悦而闪闪发光。

　　"这就是领头的人。加油，加油！"

　　"嘿！嘿！"

　　仿佛有一根魔线把女人们系起来，赋予她们一种整齐、热烈的冲动。舞蹈的队列开始弯曲，慢慢地组成一个圆圈。不时有一个女人快步跳进队形，把两只牵着的手分开，用自己的手握住它们。红与黑交织的花环形队伍扩大了，黑影组成的花环流苏在悠悠晃动。一双双脚交替着踏步，跳动的节奏也越来越快，似乎要把静滞不动的大地踏醒似的。

　　"嘿！嘿！"

　　手风琴也演奏得越来越欢快和轻松了。几乎像野人一般欢乐的喊叫声在空间回荡，好似在要求舞蹈具有一种更为热烈、更为冲动的气氛。

　　"嘿！嘿嘿！"

　　所有人都跑出来围观。在院子的角落处，格莉塞达在姨母们两条白色的头巾之间瞥见了贾钦托的金色头发。

"埃菲克斯老兄，你让你们的小伙子来跳吧！"娜托莉娅说。

"那才是一名领头的人，是啊！"

"你如果让他站在教堂旁边，你就会以为他是一座钟楼。"

"别出声，娜托莉娅，闭上你那钢牙利嘴。"

"格莉塞，你的眼睛比我的嘴巴更会说话！"

"让烈火把你的眼睛烧瞎！"

"娘儿们，请安静，大家都来跳舞吧。"

我去参加节日庆典……尽情欢乐……

"嘿！嘿嘿！……"

喊叫声像骏马嘶鸣般颤动，深暗色裙子所勾画出来的大腿，波浪式的红色边缘下边显露出来的短短小腿，由于舞蹈带来的欢快而跳动得越来越轻捷，越来越热烈。

"堂·贾钦托！来呀！"

"加油！加油！"

"来呀！来呀！"

所有的女人都面带笑容注视着这一场景。她们的嘴角露出闪闪发光的牙齿。

他往前跨了一步，几乎是为了逃脱两位上了年纪的贵族小姐的禁锢，但他迈开步子走到院子中间时，又犹豫不决地停住了。于是女人们的圆圈形队伍打开了，重新组成长长的一列，向着这陌生人迎面走去，像孩童玩游戏那样组成环形，把他截住，团团围在里面。

贾钦托置身于格莉塞达和娜托莉娅中间。他的身材高大，显得与众不同，好像是嵌在舞蹈环形队伍中的一颗珍珠。他感觉到格莉塞达张开的小手在他手心颤抖，而娜托莉娅粗糙的热乎乎的手好像情人的一般，有力地攥住他的手。

神甫也走出了他的棚屋，朝这儿瞧瞧，朝那儿望望，神态平和，脸色红润，好像一个还没有长出毛发的婴儿；随后，他走到平托尔家小姐们的旁边坐下。

"露丝小姐，您的外甥是个仪表堂堂的小伙子！"

他掏出一只银色的鼻烟盒，摇呀摇的，把它打开，放在手心，先递给艾丝苔尔小姐，然后递给露丝小姐，最后递给卡莉娜。

"艾丝苔尔小姐，这是个仪表堂堂的小伙子，但我想提醒一句，得当心点儿。"

他撩起长衫，把鼻烟盒放进口袋里，叠起他那深蓝色的手帕，拍打胸前的餐巾角。

"艾丝苔尔小姐，当心啊。再说当年我们年纪轻轻，健步如飞的时候，我们也是常常跳舞的，现在您说呢？"

艾丝苔尔小姐高兴得流下了眼泪，但她假装打喷嚏。

"帕斯卡雷神甫，您的烟像辣椒一样！"

所有的人当中最快活的，要数埃菲克斯了。他仰面躺在一块空的青草堆上，好像觉得他的双脚还在跳舞，他欣喜地打量着贾钦托。埃菲克斯朝着贾钦托微笑，就像女孩子们朝着他微笑一样。确实，正像小伙子成了舞蹈圆圈的轴心一样，"小伙子"的形象已经占据了他生活中的最好位置。

他的思绪又回溯到他兴冲冲赶回他的女主人家里看望丽娅的儿子的时刻，那是怎样的时刻啊！他是那样兴高采烈，以致现在竟回想不起来他当时说了什么和做了些什么。他只是回忆起诺爱米冷冷的、激动不安的身影，她跟在贾钦托的后面，悄悄地对他说道：

"您去吧，去吧，去参加节日活动……去吧，她们在等您。"

她把他们打发走了，当她站在关闭的大门的门槛上告别时，脸上才透露出一点光明。

他们经过小庄园时停留了一会儿，埃菲克斯怀着恋人般的深情指着他的小山，指着那个在苍茫暮色中颤动着玫瑰色彩的芦苇的山坡，和郁郁葱葱的绿色中正等待他归来的那间茅屋。

"我一年四季都住在这儿，您的姨妈们在蔬菜和水果要运回镇上去的时候才上这儿来……但是那匹马经不起麻袋的重量！"他一面说，一面眯缝着眼睛，遮挡自行车的熠熠闪光。

"我要到努奥罗去！"贾钦蒂诺说，并用目光来回打量着庄园，就像端详一个人一样。

"在大热天到来以前你回这儿来！然后是秋天，待在树荫下是挺惬意的。晚上呢？月亮像一位新娘似的陪伴着你，那时，这儿园子里的西瓜长得就像水晶球那样。"

"好吧，我有空就上这儿来。"贾钦托许诺道，像一只鸟儿那样轻快地从车上跳下来。

他的同伴对小庄园的描绘把他说服了，于是他提出来去看看小庄园。

他们把马留下来，让它去啃矮篱笆墙的树枝，再一起去参观小庄园。

埃菲克斯让新来的小主人参观他用史前原始方法筑起来的堤坝。年轻人惊讶地望着由这个瘦小的男人垒起来的大土堆，然后又端详着他，好像是为了更好地估量这宏伟的工程。

"这都是你一个人干的吗？花多大的力量啊！你年轻时必定是很强壮的！"

埃菲克斯脸红了。

"是的，我过去是很强壮的！还有小路，不也是我干的吗？"

一条蜿蜒曲折的小路，也筑有加固的矮墙，就像小庄园的周围和高地用土堤加固一样，这是一项需要毅力和精力的工程，它使人回忆起古代工匠垒起的努拉盖①。

他们慢慢往上走着，每到一个山坡台阶就停下来，回过头去欣赏这位小个子男人的工程。远方来的青年人表现出来的孩子般的惊奇，使长工很快活。

"冬天河水上涨吗？"

"这是什么？"他把一棵小树的树枝拉向身边，问道。

他既分不清楚五谷，也不认得花草树木，不懂河水只是在春天才泛滥的！这是一行栽种的鹰嘴豆，它们尖尖的身子呈白色；那是沿着潮湿垄沟搭的西红柿棚架；一小块颇像水仙花和薯类的植物；像

---

① 史前撒丁岛上用石块砌成的圆锥状建筑。

常青花一样在微风中抖动的葱头；被闪亮的绿毛虫蛀过的白菜。一群白色和淡黄色的蝴蝶四处翩翩飞舞，在豌豆花上停下来，和它们融为一体。一些蝗虫掉落下来，犹如被大风吹落的树叶。蜜蜂沿矮墙嗡嗡叫着，亲切地贴近花朵，被花粉染上一层金色。一排罂粟花在清一色翠绿的豆荚地里争艳绽放。

一种充溢着浓郁芳香的寂静，伴随着矮墙的阴影，沉沉地笼罩在四周。在这被植物墙和印度无花果围困起来的大千世界的一个小小角落里，一切都是那么生机勃勃，有如被世人遗忘的世外桃源，以致这远方的来人走到茅屋前的时候，竟扑倒在草地上，仰面躺下，不愿意再继续往前走了。

透过山峦上的芦苇丛，可以望见五月的轻柔而洁白的云朵缭绕飘忽，犹如女人的面纱。他望着辽阔的蓝天，好像觉得自己躺在丝绸被子覆盖的绣床上。

他看见埃菲克斯打开茅屋的门，又转过身来，用食指做了一个狡黠的动作招呼他，然后又拿了一些东西藏在背后走出来，在他身边跪下，对他使了一个眼色。他在梦中吗？

他坐起身来，两只胳膊抱住膝盖坐着，在伸手去接长工递给他的刻有奇异图案和盛满黄酒的南瓜酒杯前，他祷告了一会儿，然后把酒喝下去。酒味香甜醇厚，犹如龙涎香散发出的芬香。用南瓜酒杯小口小口地喝，几乎给人一种精神上的享受。

埃菲克斯跪在那儿，怀着满脸的喜悦注视着他，他也空了杯中的酒，心中直涌起一种欲放声痛哭的感觉。

几只蜜蜂飞来，停在南瓜酒杯上，贾钦托从他抬起的腿上摘下一根燕麦秆，目光盯住地面，问道：

"我的姨妈们生活得怎样？"

吐露真情的时刻已来到了，埃菲克斯把南瓜酒杯伸向这儿和那儿，伸向左边和右边。

"您看，少爷，在您的眼睛看得到的地方，都曾经是你们家的地产。当年，这真是个豪富的人家！如今，却只剩下了这块小庄园了。不过，它仍然像心脏那样，在老人们的胸腔里跳动。她们现在就指靠这块小庄园过日子。"

"我的外祖父，他是个什么脑子啊！正是他毁了家庭……"

"如果不是他，也不会有您，少爷！"

贾钦托迅疾地抬起目光，但随即又低垂下去，眼睛里充满失望的神情。

"那又干什么要让我出生呢？"

"噢，漂亮的少爷，因为上帝愿意这样！"

贾钦托不再说什么，只是照旧用目光盯着地上。他眨巴着眼皮，似乎要哭泣，但他又顺从地呷起酒来，阖上眼睛，而埃菲克斯则盘腿坐着，两只手搁在一条腿上。

"堂·贾钦蒂诺，您来到这儿不觉得高兴吗？"

"别这样叫我！"年轻人说道，"我不是贵族，我什么也不是！你就像我称呼你一样，称我'你'吧。我是否高兴？说不上高兴。我来到这儿是因为我不知道该上哪儿去……那儿的人太多了……在那儿，你要是想走运，就不能不变坏。你是无法理解的！有那么多富人……但又有那么多人……"

他把伸开的手指指向远方，仿佛想要指出熙熙攘攘的人群。埃菲克斯打量着他的脚，温和而怜爱地喃喃说：

"我漂亮的孩子！"

他本来想俯身对失望的小伙子说："有我在这儿，你什么也不会缺的！"然而，他光知道再给他的南瓜酒杯里斟酒，就像母亲把奶头塞给哼哼唧唧的婴儿一样。

"是的，我们知道，那儿可是什么样的魔鬼世界！但是这儿完全不一样，人们是能够走运的。我给您讲讲米莱塞是怎么发迹的……他来到这儿的时候，就像一只鸟儿一样，连窝都没有一个……"

可是贾钦托低着头，没精打采地听着，厌恶地稍稍歪起嘴巴。突然，他支着胳膊肘，扑向草地，手托着脸，怒气冲冲地咀嚼起燕麦来。

"如果你能知道！可是你又能够知道些什么呢？罗马有一位亲王，他拥有相当于整个撒丁岛的土地；另一位是白手起家、腰缠万贯的，当国内发生什么大灾难的时候，他捐助的钱竟比国王还多。"

"在撒丁岛也有个僧侣，每天有三百斯库多的收入。"埃菲克斯说，一副受委屈的样子。随后他抬高嗓门："我说三百个斯库多，少爷，你明白吗？"

少爷并不感到惊奇。但过了一会儿，他问道：

"他在什么地方？能认识认识吗？"

"他在卡兰贾努斯的加路拉。"

太远了。贾钦托的眼睛流露出漫不经心的神色，又开始讲起大陆上豪绅们难以置信的富有，以及他们的恶习和挥霍情况。

"他们的日子过得很快活吗？"几乎受到刺激的埃菲克斯问道。

"那么，我们是快活的人吗？"

"我是，少爷！喝吧，喝酒会给人提神壮胆！"

贾钦托喝着，随后埃菲克斯摇着瓶子里最后几滴酒，把它们倒在草地上。一群蜜蜂立即被招引来，叮在酒滴上，周围只听到柔和的嗡嗡声。

不过，参加这次节日活动回来以后，小伙子好像很满意。他拥抱了姨妈们和其他女人，他的食欲很好，像一个过节的牧人似的跳舞。现在他睡着了，还发出鼾声。埃菲克斯刚才还瞧着他躺在靠墙的小床上，一双如此柔顺的眼皮轻轻阖上，仿佛隐约可见一对水汪汪的碧蓝眼睛。雪白的枕头映衬着泛着淡红的头发，拳头紧握着，犹如一个酣睡的婴孩。他忘记了放在地上的那盏还点着的灯。埃菲克斯弯下腰去，熄灭了它，一面想道：所有平托尔家的人都是这样，是全不理会经济和危险的人们。

好吧，也许在生活中这样更好！他也翻身仰卧着，握紧拳头，透过屋顶的孔隙，星星闪闪烁烁，星星的颤动同蟋蟀的不停歇的颤动好像融为一体了。

他嗅到了棺木的气息。一切都犹如沉浸在淙淙的流水中，沉浸在令人心头恸动的静谧中。

埃菲克斯回忆起那些遥远的夜晚，那些夜间的舞蹈和歌唱，丽娅小姐静坐在庭院一角的石头上，蜷曲着身子，像个年轻的囚犯，啮咬着绳套，悄悄地酝酿着出逃。

第五章

次日清晨，埃菲克斯又骑马回镇，向年轻的女主人汇报了前一天晚上的欢乐情形。诺爱米显得很平静，只是当埃菲克斯又动身回小庄园时，才跑到大门口，叮嘱他三天内回来，好给姐妹们送去食物。

三天以后，埃菲克斯回来了，为了节省租马匹的费用，他把背包背在肩上，步行出发了。

天气凉爽宜人，从努奥列塞山峦吹来一阵阵微风，轻轻摇曳着树木。微风吹拂着草地，沿着河岸跑着，跑着，好像是要伴随河水一起奔向大海似的。

埃菲克斯在小庄园前靠近西瓜田沙地尽头的桤木丛前停住了脚步，凝视着叶子下面像蛇一样在这里和那里纠缠着的丰满枝条，他仿佛觉得周围所有颤动的灌木丛宛如有生命的精灵，充溢着活力。他对它们低语，似乎它们能够懂得他的话；他嘱咐它们不要断折，不要枯萎，要它们好好地生长，结出累累硕果，履行它们的义务，直到马路上传来的响声吸引了他的注意力。

堂·普列杜高傲而沉重地骑着一匹骠壮的黑马，从篱笆外面经过。奇特的是，他一眼瞧见了埃菲克斯，便勒住了马缰。

"带着那个背包想干什么？你可是偷豆荚来了？"

埃菲克斯站起身来，恭恭敬敬地说道：

"是带给我女主人们的食物。您上哪儿去？"

堂·普列杜跟他是同路。从他绣着花卉的背包里溢出一股诱人的香味，那是送给他的朋友教堂主管的礼物—— 一只用柳条包的带玫瑰色小颈的酒坛子。

"傻瓜，你步行去吗？现在简直把你当马使唤了？递给我背包吧，我给你捎上。我不会拐走的，不会！如果你想更保险的话，你也骑到马上来吧，傻蛋！"

堂·普列杜连邀请带吓唬说了一阵后，埃菲克斯就傻乎乎地解下背包，放在几乎打瞌睡的黑马的背上，然后跳上马背，坐在堂·普列杜的身后，尽量让自己轻松些。

"现在您的马要受累了，肯定的！"

"这魔鬼会帮助我的，这是方圆几十公里内最壮实的一匹马，你可以让它载一座山，你瞧，它照样能走路。它现在轻松得好像连马背上的鞍子都没有似的。你告诉我，我那位游手好闲的外甥到这里来打什么主意？"

埃菲克斯在他身后做了个鬼脸。噢，原来这就是他让我跟他一起骑马的缘故！

"打什么主意？这游手好闲的家伙？他当过职员。"

"什么差事，计算游荡的时间吗？"

"不，一个好差事，在海关干活。当然，要在那些地方生活下去，需要很多钱。有的大人先生拥有相当于整个撒丁岛大的土地，有的人施舍起来比国王还要大方。"

堂·普列杜忍俊不禁，只是默不作声地、狰狞地暗笑。

"噢，这么一回事！怪不得你现在一副神气十足的样子哩！"

"堂·普列杜，您为什么这样说呢？"埃菲克斯严肃地说，"小伙子是诚实的、善良的，他没有什么坏习惯，不抽烟，不喝酒，不迷恋女人。他会走运的。如果愿意，他马上可以在努奥罗找到一个位置。另外他在银行也存了钱。"

"傻瓜，你莫非亲手数了这笔存款不成？噢，埃菲克斯，请相信我，他们给你吃的不是面包，而是谎话。告诉我，现在你的高贵的女主人们欠你多少钱？"

"她们什么也不欠我。相反，我完全是欠她们的情。"

"别说了，再说我就把你扔到河里去。你听着，现在你们为了养活那个年轻人，必须继续负债，你们从卡莉娜那里借钱，上这个精灵鬼的圈套。你们以后要卖掉那小庄园。你记住，我想买下它。如果你不及时告诉我，如果你们像前几次那样不是按合理价格卖给我，而是按半价卖给别人的话，当心点，我告诉你，埃菲塞①，我拧断你的喉管。我这算给你打了招呼。"

坐在后面的埃菲克斯心里憋得慌，他好像被一个比堂·普列杜替他卸下的背包还要沉重的东西压得喘不过气来。

"上帝，耶稣！为什么您这么说，堂·普列杜？您就像是您可

---

① 埃菲克斯的昵称或卑称。

怜的表姐妹的仇人似的。"

"让表姐妹们见鬼去吧！她们傲慢得要命！正是她们总把我当敌人对待。就算是敌人吧，你记住，埃菲克斯，小庄园我要定了……"

一路上埃菲克斯都在受罪，简直比他步行还累人，直到他从马背上跳下来，把背包卸下来。

走进围墙，他瞧见的是通常见到的情景：他的女主人们坐在长凳上，双手插在围裙下面；卡莉娜在纺线，赤脚穿着系带的鞋子。棚屋里面，女人们坐在地上喝咖啡，一面摇着婴儿；在抹上一层金色的天空的背景中，显现出帕斯卡雷神甫的黑色身影，他用深蓝色的手帕打招呼。

"玩得高兴吗？"埃菲克斯问道，把背包放在他的女主人脚下。"他呢？"

"我们一直跳舞。"艾丝苔尔小姐说。露丝小姐站起身去安置东西。

女高利贷者激动地讲起贾钦托。

"多么可亲的年轻人！说话不多，却善良得像蜜一样，玩起来像个孩子，常常上这儿来吃我的大麦面包。瞧，这不是他跟格莉塞达从泉水边回来了？"

远处确实可以看到绿丛中个子高高的、身穿浅绿色衣衫的他，和小巧而黝黑的她。两个人的手里都提着闪闪发光的水桶，两只水桶不时碰击着，泉水便溢出，交融成点点水珠，流淌下来。两个人似乎都对这种接触感到高兴，因为都低着脑袋，望着木桶欢快地笑着。

埃菲克斯心里涌上一种预感。他来到神甫跟前，给他一篮饼干，这是一位同乡人捎给他的礼物。他看见堂·普列杜赶上贾钦托和格莉塞达，一边俯身对他们说了些什么。三个人都大笑起来，姑娘低着头，贾钦托抚摸着马脖子。

"埃菲克斯，"神甫说道，一边用手帕拍打着前胸，把烟草掸掉，"你瞧堂·普列杜，看来不会有什么坏事，不过肯定会弄出点流言蜚语来的。你们的贾钦托是个很不错的小伙子，总是去望弥撒和做九日祈祷，是个有教养的可亲的人。可我想叮嘱一句，要小心！"

神甫的女仆跑出来帮助堂·普列杜卸下背包，其他女人站在棚屋的门口，伸出苍白的面孔。狗在吠叫一阵以后，奔到马跟前，高高跃起，好像要亲吻它似的。

"娘儿们，慢点儿！"堂·普列杜说道，"背包里面有些东西一碰就会破碎的，你们怎么……"

"让雷电劈了它，堂·普列杜！"娜托莉娅咒骂着，一面用含情脉脉的眼睛望着他，企图征服他。啊，假使能如愿以偿的话，她可以借此报复格莉塞达，那女人把远方来的青年人完全勾引去了。

格莉塞达似乎也为堂·普列杜的到来而激动。

"你瞧，那个人，"她和贾钦托穿过院子时小声说道，"那个人是您的叔父，是一个过节的时候能玩乐能花钱的男人。他可不像您这样多愁善感！他兜里有一百里拉，就扔出一百里拉来，就是这么一个人！"

他用几只手指蘸了些水，向她脸上泼去，一点儿也没有收敛对她的吟吟微笑，柔情的眼睛里充满着欲念，还向她展露出两片嘴唇间的雪白的牙齿，好像想咬她一口似的。

"一百里拉算什么？我曾经在一个晚上就花过一千里拉，可我并不曾感到快活……"

格莉塞达把水桶放在凳子上，扑向一个躺在草堆上朝她笑的婴孩，孩子的双脚在空中舞动，想用脏兮兮的小手抓住她。她亲吻他的大腿，把嘴唇伸进显出粉红和玫瑰红线条的嫩肉里，她把孩子高高举起，又把他低低放下，靠近地面，然后又举起他来，逗他开口笑，把他紧紧抱在胸前，带到外面来。

贾钦托正坐在外面，摆开双腿，两只手挥动着，听卡莉娜对他说话，请他去一起品尝牛奶煮蚕豆。他们轻声轻气地谈着什么重要的事情，这时露丝小姐从棚屋的小门走出来，手里拿着一条肥肥的羊大腿和纱布包着的紫红色腰子，她打断了他们的谈话。

"得去叫埃菲克斯做一个烤肉扦，贾钦蒂诺，快去！"

格莉塞达跑去叫长工，她像一只小猫似的在长工背上蹭来蹭去，把小孩递给他亲吻。

"我真高兴，埃菲克斯大叔！今天晚上我们还要跳舞！可是您得注意您的小主人，他好像老追着卡莉娜！"

埃菲克斯温柔地望着她，他似乎瞧见了贾钦托抬起充满爱和欲念的眼睛，他在心里默默祝福两个年轻人。好吧，你们尽情欢乐吧，相爱吧，正是如此，人们才去参加节日活动，节日很快就要结束了……

埃菲克斯坐在墙壁的阴影里开始削着烤肉木扦，女人们围着他嬉笑，贾钦托像往常一样沉默不语，似乎专心致志地倾听院子里飘荡的手风琴的哀怨和悲切的乐声。这时，娜托莉娅扭着腰肢走了过来。

"我的主人和堂·普列杜请贾钦蒂诺去吃饭。"

他把卷起的裤子边放下，站起身来。艾丝苔尔的一双眼睛紧紧地追随着他的身影，久久地朝凉台那边张望，娜托莉娅在那儿端着像镜子般闪光的银盘和玻璃杯走来走去，她被这光芒吸引住了。有钱的表兄竟然对贫寒的外甥表示出热情的关注，她想到这里，便不免感到分外高兴。

女人们交口称赞贾钦托，放高利贷的女人一面用拇指和食指捻着线，在膝盖上转动梭子，一面以不寻常的柔和口气说道：

"这般温顺的小伙子，我可从来没有见过，而且还长得漂亮，很像老男爵……"

"像谁？像那个已经去世的，可还活在古堡中的男爵？"

但是露丝小姐用食指指甲紧紧压住嘴唇：在节日里不该谈到亡者。

"确实是挺神气的，活泼泼的，瞧他的双手多灵活，格莉塞，不是吗？我还可能说谁呢？堂·贾钦蒂诺！"

格莉塞达靠在墙上，怀里的婴孩吮着她衬衣上的扣子，她也望着观景台那方向闪闪发光的器皿，她的眼睛被深深吸引住了，好像跟老祖母在清朗的月夜窥视精灵怎样朝河边走去时的眼神一样。

埃菲克斯仍然在隔三天后回来。这一次他不再是单身一人，几乎所有的镇上的人都来参加节日活动了，女人们的头上顶着放糕点的盘子，装着用红带子系住的母鸡的篮子。

周围的杨树结出了尚未成熟的果子，好像整个山谷都沉浸在节日的气氛中。

埃菲克斯走过来，看到棚屋的围墙跟前已经一字排开了许多大车、用麻袋和被单搭成的帐篷，兜售甜食和酒的小贩在教堂的阴影处摆着他们的小摊。

一排乞丐守着小路，他们蜷缩着呈土褐色和青紫色的身子，有些人翻着可怕的白眼，有些人身上长着艳红色的烂疮和绛紫色的肉瘤，像屠夫似的赤裸着胸脯，伸出烧焦的枯树枝一般的墨黑色的胳膊和胡乱摸索的手指，在乳白和蔚蓝的地平线上，在浓密的灌木丛之间，显得格外引人注目。然而，在远处，在目光所及的绿色原野上，成群的马匹包括小马驹组成一幅更为壮观的风景画。

手风琴琴声一直飘荡到很远的地方，跳跃的、撩人情欲的旋律召唤人们去跳舞，但琴声有时又变得哀怨凄恻，仿佛是由于过度的兴奋而困乏了，又好像是痛惜行将失去的欢乐，为一切事情的虚幻徒劳而叹息。于是连牲畜忧伤的眼睛里也似乎充满了一种思乡的柔情。

埃菲克斯在一群努奥罗人中间停留了一会儿，女人们成排地坐在棚屋前面，等待着唱弥撒的时辰，在墙壁的阴影下，她们绯红的紧身衣赋予阴暗的墙壁一种红色的色调。

然而弥撒推迟了。在凉台上，神甫们有说有笑，娜托莉娅的盘子递过来又递过去，在宝蓝色的黑夜熠熠发光。

埃菲克斯走进棚屋一看，空无一人，女主人们都上教堂去了。于是他去找她们，但他却被站在一个卖酒的摊贩前面的堂·普列杜、米莱塞和贾钦托包围了，三只黄色的酒杯子一齐朝他的面孔伸过来。

"喝一杯，傻瓜！"

"对我来说早了点。"

"对一个健康的男子汉来说，从来不嫌早的。噢，你生病了吗？"

堂·普列杜那么重重地敲了一下他的肩膀，以致他踉跄地向前跨了一步，酒从杯子里溢了出来，洒在他的身上。噢，一切全看在上帝的分上！他用手擦干了衣服，一口气把酒喝下。他出乎意料而又高兴地看到贾钦托掏出钱包，给小贩一张五十里拉的钞票。愿上帝保佑，这么说来小伙子真的有钱。

确实，整整一天都是快乐的，女人们沉浸在夹杂着忧郁的欢乐中，男人们只顾自己吵吵嚷嚷地快活，对她们表现出一种漠不关心的态度。

整整一天手风琴演奏着，伴随着小贩的叫卖声、猜拳人的吼叫声、合唱声或即兴诗人的朗诵声。

聚在棚屋里的人们盘腿坐在地上，他们像朝拜偶像似的围着一个酒坛。诗人们即席吟诵支持或反对利比亚战争①的八行体诗，好几位诗人轮流朗诵，周围挤满了男人和男孩子，不时有人弯下身去从地上端起一小杯酒来。

"见鬼去吧！"

"干杯！"

"让我们一百年以后平安无恙和快快活活地来回忆这个节日。"

---

① 1911 年，意大利发动对利比亚的侵略战争。

"拿叉子来！"

布尔台衣地方来的即兴诗人塞拉菲诺·马萨拉，模样颇有点像希腊人，打扮得像《荷马史诗》里荷马描述的英雄人物，他唱道：

> 土耳其人不愿投降，
>
> 顽强地战斗，
>
> 凶暴的阿拉伯人勇悍无畏，
>
> 毫不退却地向前冲锋……

酒杯从一个人手中传到另一人手中，有几个女人在棚屋门口胆怯地探头探脑。

杜阿勒凯地方来的另一位漂亮的小伙子，身穿中世纪行吟诗人的红色衣服，用两只手理着长长的头发，让它们披散在脖子上，像个哭丧妇那样几乎是边抽泣边唱着：

> 够了，我再也无法叙述下去了，
>
> 我只能述说记忆中的那些事；
>
> 愿意大利人每前进一步都获得胜利，
>
> 能够征服整个非洲；
>
> 平安而健康地凯旋，
>
> 愿天堂的圣人帮助他们，
>
> 带着美好的回忆和品德，
>
> 健壮地返回他们的家园！

掌声和笑声四起，大家都笑了，但都很激动。

在教堂的阴影处，埃菲克斯却在听另一些同乡谈论美国和移民问题。

"美国吗？谁不尝试它一下，就不知道它是什么东西。你从远处看，它好像是一头准备让你剪毛的羔羊，可一旦走到跟前，它又像一条要咬你的狗。"

"是的，亲爱的兄弟，我带着装得丰满的背包去，相信能装得满满的回来，可带回来却是空空的！"

一个身材瘦长、皮肤黝黑的巴洛尼埃塞人，像个阿拉伯人，邀请埃菲克斯喝酒，向他叙述战争的故事，他是从前线复员回来的。

"是的，"他打量着自己的双手说，"我揪下了一个鬼子的头发，是一个崇拜魔鬼的家伙。我曾经发誓要揪下他的头发，连同他的皮肉完全揪下来。我说到做到，如果我说假话，你们可以让我瞎掉眼睛。我像拿着一串葡萄似的把那家伙的头发交给我的上尉，它们流着滴滴黑色的鲜血，就像一颗颗黑葡萄。上尉对我说：'好样的，科志努！'"

埃菲克斯听着，手里拿着一朵小红花。他用花柄画了个十字说：

"你该去忏悔，科志努！你杀死了一个人！"

"这在战争中算不得什么罪孽。难道瞒着什么人了吗？没有。"

于是他们争论起来，埃菲克斯凝视着小红花，仿佛是在单独地跟她说话。

"只有上帝才能杀人。"

但他不得不停止争论，因为艾丝苔尔小姐从远处向他示意回去。已是吃饭的时候，贾钦托受到神甫的邀请，所有的人几乎都友好地聚在一起吃饭。从棚屋里冒出烤肉食的香喷喷的青烟。

最安静的角落要数埃菲克斯女主人们的地方了。她们坐在自己的棚屋里，同埃菲克斯一起吃着烤羊肉，谈论远在家乡的诺爱米，谈论贾钦托、神甫、米莱塞，丝毫没有恶意地笑着。

"最初几天，"露丝小姐把一块蛋糕平均地分为三份，"贾钦托总是说要回努奥罗去，他说那里的磨坊里有一个位置，现在已经有两天不再说起这事了。"

"可也已经有两天几乎见不到他的人影儿了，他总是跟普列杜和其他同伴在一起。"

"让他去快活吧。"埃菲克斯说。

门外，可以看到卡莉娜与往日不同地懒洋洋地坐在她那块石头上，格莉塞达怀里抱着孩子，脸色苍白，神情忧伤，一双眼睛紧紧盯着神甫的凉台。

唉，贾钦托在那儿玩乐，把她忘在脑后了，她现在好像觉得自己置身于一片茫茫沙漠的边缘，面前展现出海市蜃楼般的幻景。

埃菲克斯走出来，问她道：

"你怎么不玩呢？"

她把系在婴孩小帽子上的防眼病的黄色小带子整一整，泪水不禁夺眶而出。

"对我来说，一切都结束了！"

亲戚们从棚屋里叫唤她：

"格莉塞达，过来！你的祖母要是看到你这么瘦，会怎么说呢？难道是我们不给你吃饭吗？"

"哎，只需要几口就够了。"卡莉娜对埃菲克斯眨眨眼，示意他过来。然后卡莉娜说道："过来，埃菲克斯，喝一小杯白干葡萄酒。你知道是谁送给我的吗？你的小主人，他善良得像块面包，和蔼可亲，但你听着，应该告诉你，格莉塞达不配他！"

"你让他们去玩吧！我们是在过节！"

"人们是上这儿来赎罪的，可不是来犯罪。是的，亲戚们给格莉塞达饭吃，却没有注意她白天黑夜跟堂·贾钦托厮混在一起。"

"我的女主人呢？她们没有察觉吗？"

"她们？她们像教堂里的木头圣人，她们看见了，可就是没有察觉，对她们来说，丑事是不存在的。"

"确实如此！"埃菲克斯表示同意。他把那小杯葡萄酒喝了，但他心里涌起一缕忧伤，便走到一片石楠和杂草丛生的荒地，就着乳香黄连木躺下。

他凝目远眺，挺拔的青草几乎应和着手风琴单调的旋律起伏波动，马群在阳光下伫立不动，犹如被画在上了釉的蓝色地平线上一般。

声音在寂静中消逝，景物在阳光下也渐渐模糊。忽然，灌木丛旁出现了一个女人，另一个男人追上了她，紧紧地贴近她，以至于两个人形成一个影子。

埃菲克斯猛然觉得脊梁上透过一阵冷气，他摘下一朵雏菊，咀嚼着花茎，静静地看着格莉塞达和贾钦托拥抱成一团。愿上帝祝福他们，愿太阳和光芒永远陪伴他们。

下午，节日活动更为活跃了，男人对女人表现得更加热情，拉着她们去跳舞，偏移的阳光把像个蜂箱似的乱哄哄的院子染上一层玫瑰色。

太阳落山后，人们聚集在教堂里，成千个声音升华为一个声音，和谐地融为一体，犹如教堂外面灌木丛的各种温馨的气息融而为一一样。埃菲克斯跪在一个角落里，像往常一样，沉浸于令人痛楚的心醉神迷的状态。格莉塞达挨着他，像个木头天使似的直挺挺地跪着，口中念念有词地唱着。

黄昏的淡红色余辉疲软地投向燃着蜡烛的祭坛，仿佛在人们头上披上一层血染的轻纱。但是，慢慢地，红纱的色彩暗淡了，只有在蜡烛金色光芒照耀下才显得清晰可见。尽管神甫已经做完祈祷，人们还是不想离去，继续齐声唱着神圣的赞颂诗。这声音犹如远处大海的低沉波涛声，犹如黄昏时分树林的喁喁絮语。这是一群完全继承着古老传统的人，他们往前走着，走着，吟唱着最早的基督徒纯真的祈祷歌；向前走着，经过黑暗而神秘的道路，怀着痛苦和希望，朝着一个光辉灿烂，然而无法企及的地方走去。

埃菲克斯把脑袋埋在手掌中，一面吟唱，一面啜泣。格莉塞达凝望着前面，湿润的眼睛映照着蜡烛的火花，她唱着唱着，也嘤嘤哭泣起来。这一个人的悲痛跟另一个人的悲痛是同样的，这两个人的悲痛是所有人的悲痛，他们作为仆人回忆着凄凉的过去，又像少女梦想着光明的未来，啊，爱的悲痛。

随后，万物归于寂静。

扎南托尼①不耐烦地拿起了手风琴和帽子，第一个站起身来，朝外面走去。但他在教堂门口就停住了脚步，他仰望天空，不禁失声叫了一声。众人都跑过来观看。一轮新月贴着庭院的墙飘然游动，仿佛想要降落到院子里来似的。

晚饭以后，围着篝火的歌声和欢叫声又起来了，甚至连堂·普列杜也跳起舞来，他使所有的女人都产生一种幸福的感觉，因为她们都希望得到他的邀请。

只有贾钦托不跳舞，他挨着女高利贷者坐着，让双手在膝盖之间摆动，脸色苍白，神情倦怠。这时，埃菲克斯听见女人们在议论，谁那天花的钱最多，玩得最痛快。有人说：

"是堂·普列杜。"

"不，是堂·贾钦托，他花了三十多个里拉。他真是有钱。听说他有一座银矿，他玩得多痛快！"

"他请了所有的人喝酒，甚至那些他不认识的人。"

"他干吗这么做呢？"

"噢，美人儿，因为谁有钱谁就会花。"

埃菲克斯既感到高兴，又感到不安。他挨近贾钦托坐着，向他转述女人们的议论。

"一座银矿吗？不错，它的收益相当可观，但不如油田。我认识一位女士，她在梦中发现在某个地方，在一位没落贵族的领地

---

① 扎南托的昵称。

里，有一片油田。这位贵族曾绝望得准备自杀，后来他按照那位女士梦中的指示，在那个地方开采，现在他发了大财，每个月给那女人两万里拉。"

"为什么他不跟那个做梦的女人结婚呢？或许是她有丈夫？"埃菲克斯若有所思地问道。

女人们跳着舞，只见格莉塞达盈盈的脸上漾出一片红晕，好像是节日活动中最得意的姑娘。

埃菲克斯用膝盖碰了一下贾钦托，喃喃地说道：

"少爷……他们说……你瞧那姑娘……她很善良，可是很穷，而且是一个孤儿……"

"我会娶她的。"贾钦托说道。但是他的一双眼睛朝下看着地面，好像在做梦似的。

第六章

　　人们在青黄不接的季节，也就是在大麦收获以前的几个星期里，贮备的麦子也没有了，于是只得去借高利贷。波多依大娘去钓水蛭，她最喜欢的地方是河流的一处小水滩，它位于鸽子山丘下面，靠近平托尔家的小庄园。

　　她一连几个小时地待在那里，坐在一棵桤木树的阴影下，木然不动，光裸的双脚浸在泛着金色波纹的清澈碧水之中，一只手扶住搁在沙滩上的一个瓶子，另一只手抚摸着项链。

　　她不时地弯下腰来，看着她那双在水中放大成波浪似的暗黄色的双脚。她从湿淋淋的腿上剥下一粒吸附着的闪闪发光的黑色果核似的东西，把它放进瓶子，用一根灯芯草把它压下去。那果核伸展，收缩，变成一个黑色的指环，这就是水蛭。

　　约莫六月中旬的一天，波多依大娘径直来到埃菲克斯的茅屋。天气十分炎热，雾蒙蒙的蓝天下，整个山谷呈现出一片土黄色。

　　长工在芦苇的阴影下编织着一条席子，他得了疟疾，正在发烧，手指哆哆嗦嗦地发颤。他瞧见波多依大娘坐在他的脚边，把瓶子放在围裙里。他抬起发花的眼睛，柔顺地等待着。他几乎已经知道她到他这里来的目的。

"埃非克斯，你是虔诚信奉上帝的人，你可以凭良心告诉我，你的少爷有什么打算？他到我家里来，坐下来之后便对孩子说，你用手风琴拉一支曲子吧（手风琴是他送给孩子的），然后对我说，他将请艾丝苔尔姨妈来向格莉塞达求婚，但艾丝苔尔小姐没有露面。有一天我去那里，诺爱米小姐热情地接待了我，可是我离开的时候却气破了肚皮，她对我说了许多无礼的话。回到家里以后，格莉塞达也对我很不尊敬，因为她不愿意我到你的女主人那里去。我不知道该到哪里去，埃非克斯，不是我们把小伙子从路上招引来的，是他自个儿来的。卡莉娜对我说，你把他赶走吧。可是，当他上你那里去的时候，你会把他赶出去吗？"

埃非克斯不禁笑了起来。

"他去那里肯定不是为了做爱！"

于是老太婆愤愤地抬起脸孔，她的脖子似乎比平时更长了，长得像根细绳子。

"难道他来我家里是为了做爱？不，他是一个正派的小伙子，连格莉塞达的手都不碰一下。他们像善良的天主教教徒那样相爱，期待着成婚。你凭良心告诉我，埃非克斯，他到底有什么打算？看在你女主人的分上，给我做这件好事吧。"

埃非克斯陷入了沉思。

"是的，有一个晚上，那还是过节的时候，他对我说过：'我一定要娶她……'但我凭良心说，他无法做到这一点。"

"为什么？他不是贵族。"

"我再重复一遍，他无法做到这一点，大娘！"埃菲克斯加强语气说。

"钱他是有的，这是大家都能看出来的，他花钱一点儿也不计较。我记得你已去世的主人说过的一句话，那时他年轻，也常来我家坐坐，我的祖母还活着。你的主人说，爱情是把男人同女人连在一起的东西，金钱是把女人同男人连在一起的东西。"

"他？他那样说过？向谁说的？"

"对我说的，你聋了吗？是的，他对我这么说过，不过我那时才十五岁，天真得很。我的祖母把堂·扎姆撵了出去，让我跟普里亚姆·皮拉斯成了亲。我的普里亚姆是个很了不起的人，他有一根顶部是锥形的刺棒。他把它伸到我的眼睛跟前说：'看见了吗？如果堂·扎姆瞧你的时候，你也看着他，我就用它挖出你的眼珠。'时间就这样流过去了，而死去的那些人仿佛又回来了，这不就是他们吗？当堂·贾钦蒂诺坐在凳子上，格莉塞达站在门槛上，我就觉得这是我和那有福的死去的人……"

当她开始没完没了地絮叨的时候，埃菲克斯心里有数，便厌烦地把她支开。

"您该安心地走了吧，您也去为您的孙女寻找一个带着上等的刺棒的男人吧！"

老太婆高兴地获知在节日的一个晚上，小伙子曾说过"我一定要娶她"的话，于是爽爽快快地走了。埃菲克斯独自一人，面对在黑夜灰蒙蒙的雾气中冉冉上升的红色月亮，心中不由涌起一阵忐忑不安的感觉。整个山谷沉浸在昏睡的状态中，流水潺潺，他觉得身上似乎火辣辣地在发烧。蟋蟀用它们不间歇的鸣叫声倾诉着哀怨。

不，贾钦托所过的生活，不是一个对上帝虔诚的正派认真的青年人的生活。日复一日，光阴流逝，人们对他所抱的巨大希望落空了，遗留下来的只是实实在在的不安。他一味花钱而不知道挣钱，哪怕是再深的井，只顾拼命打水也总要干涸的。

有时，贾钦托晚上来到小庄园，把水果和蔬菜运回小镇，然后姨妈们在家里像贩卖偷来的东西那样悄悄地卖出去。因为贵族家的女人是不应该干卖水果蔬菜这一行的，他做这些事倒是很有用的。在余下的时间里，他就在镇上游手好闲地到处溜达。现在，他顺着小路来了，身边像牵了一条狗似的推着一辆布满灰土的自行车。他气喘吁吁，几乎像是从世界的另一角来到这儿似的。他老远地向长工扔过一个包裹，随即就倒在地上，像一具死尸那样躺着。

他的面色像死人那样苍白，嘴唇呈灰色，左边肩膀瑟瑟发抖。这吓坏了埃菲克斯，他忙从兜里掏出一个玻璃小瓶，在掌心里倒了两片奎宁药，塞进贾钦托的嘴里。

"吞下去，你在发烧！"

贾钦托吞下药片，竟站立不起来，把脑袋埋在两只手掌心中。

"我多么疲倦啊，埃菲克斯！是的，我发烧了，我生病了，是的！在这个令人诅咒的鬼地方，怎么能不发寒热呢？什么鬼地方啊！"他精疲力尽，好像自言自语似的说道，"要死了，要死了……"

"你站起来，"埃菲克斯俯下身去对他说，"你别躺在那里，晚上的凉气伤人。"

"你让我死算了，埃菲克斯！别管我！多热啊！我从来都没有觉得这么热过，在我们那里至少是要洗澡……"

怎么对他说才能安慰他呢？"为什么你不待在原来那个地方呢？"埃菲克斯对他遭遇的不幸产生了一种十分怜悯的感情，因此说出了这样的话。

"今天你干什么了？"他轻声地问道。

"你要我干什么呢？没什么可干的！我到这里给你捎来面包，再把蔬菜运回那里去！她们像三具木乃伊那样活着！今天诺爱米姨妈有点发火，因为艾丝苔尔姨妈对我说拿不出钱去纳税。这意思很清楚了！她们为我花费钱财，从我这里她们却什么也不要！我对艾丝苔尔姨妈说：'你们别担心，由我去找税务官。'诺爱米姨妈怒气冲冲，她的眼睛瞪得像只发怒的猫。我简直没有料到她会那么大动肝火。她甚至对我说：'把你的钱拿出来，如果你有钱的话，去给格莉塞达买一个手风琴。'那有什么不好，埃菲克斯，如果我上那女孩子那里去。如果不上她那儿去，又能到哪里去呢？皮埃特罗叔父把我带到下等酒店去，可我不喜欢喝酒，你是知道的；米莱塞想让我赌博（他就是这样走运的！），我也不喜欢赌博。我到那儿去，去找那姑娘，因为她心地善良，老太婆又常说些有趣的事情，这有什么不好呢，你说，你说呢？"

埃菲克斯用那月亮般闪闪发亮的柔和的眼光仰视着他。他拿过装着面包的袋子，但一点胃口也没有，他感到嗓子眼因极度的痛苦而堵得发慌。

"没有什么不好的！可是那姑娘虽说心地善良，但是家里苦，配不上你。"

"爱情是不管贫困或高贵的。有多少贵族不是跟家境贫寒的姑娘结婚了吗？这些你知道吗？不止一位英国绅士，不止一位美国百万富翁娶了女仆、教师、歌唱者做妻子……这是什么缘故？因为他们相爱。那些人都是富人，石油大王、铜矿大王、罐头大王！我是什么人，能跟他们相比吗？而女人们又是怎样的情形呢？俄国和美国的贵族女子又都嫁给什么人呢？难道她们不也是跟贫穷的艺术家相爱，甚至爱上她们的马车夫，她们的仆人？你能知道什么呢？"

埃菲克斯手中紧紧攥着一块面包，好似在收紧他那被往事折磨的心一样。

"还有，她们都说信奉上帝！可她们为什么不让我跟我所爱的女子结婚？"

"别说了，贾钦托！别那样谈论她们！她们都是为你好。"

"那就请她们让我组织自己的家庭，我把格莉塞达领到她们的家里，她会帮助她们的。她们已是上了岁数的人了。我去工作，我到努奥罗去，采购奶酪、牲畜、羊毛、酒，甚至木材。是的，因为现在在打仗，什么东西都派得上用场。我到罗马去，把这些货物卖给军事部门。你知道会赚多少钱哪？"

"但是，资金呢？"

"这你不用担心，我有资金。但她们一定不要打扰我。我并不是来剥削她们的，也不是来依赖她们的。噢，诺爱米姨妈太厉害了！"他突然呜咽起来，把脸孔埋在双手的手心里，"噢，埃菲克斯，我是那么痛苦！还有，看到她们是那么穷苦，我简直感到难以容忍的屈辱。我看到她们偷偷地把土豆、梨子和西红柿卖给小孩们，那些孩子也是悄悄地走进院子，手心里攥着钱，轻声地说着他们要买的东西，好像是要偷偷地销赃似的！我感到屈辱，是的！这种情况不应当再继续下去了。如果她们放手让我干的话，那些曾是她们的东西会重新得到的。如果诺爱米姨妈知道我是爱她的话，她就不会那样干了……"

"贾钦托！把手给我，你是好样的！"埃菲克斯激动地说。

他们默不作声，然后贾钦托以一种柔和、细弱的声音说话，在月夜的宁静中犹如孩童的声音颤动。

"埃菲克斯，你是个好心肠的人，我愿意向你叙述我一位朋友的遭遇。他跟我一起在海关当职员。一天，一位很有钱财的退休的港务局局长来海关付钱，他是一位善良的大个儿先生，但像小孩那样纯真。我的朋友说：'你把钱留下，过一会儿你来取，收条需要上司签字。'港务局局长把钱留下，我的朋友拿了这笔钱，跑到外面去赌博了，输个精光。当港务局局长回来取收条时，我的朋友说，他一分钱也没有收到。港务局局长大为光火，便找到上司那里去，但是他拿不出收据，大家都当面嘲笑他。不过我的朋友还是被赶出了港口……是的，就这样过了四个月……是的。我记得，到了狂欢节的时候，他去跳舞，借酒浇愁，可身边连一个子儿也没有。跳完舞，他便得了肺炎，躺倒在小路边的一条长凳上。人们把他送进了医院。当他出院的时候，身体十分虚弱，他无家可归，也没有吃的。他睡在港口的拱形屋檐下，不停地咳嗽，做着噩梦。他总是梦见港务局局长跟踪他……就像电影银幕上看到的一样。一个晚上，港务局局长到港口拱形建筑下找到了他。我的朋友还认为这是在梦中。港务局局长对他说：'你知道，我找你已经有一段时间了。我听说，为了这笔款子的事，你失去了职位，但是我耿耿于怀的是要让你的上司和所有的人都明白事情的真相。对你来说，最好凭良心说一句，我是否把款子付给你了？'朋友回答说：'给我了。'于是港务局局长说：'那我们一定尽力把事情处理好，我不想毁了你，你到我家里来一趟吧，这是我的地址，你明天来，我们一起到你的上司那里去。'你说这有多好！然而，到了第二天，我的朋友却没有去港务局局长家。他胆怯，他害怕。再有天气非常不好，他待在那个地方没有动窝。他开始咳嗽。一个搬运工不时给他送来一点热牛奶。那是什么样的天气啊！什么样的天气啊！"贾钦托喃喃地重复着，抬起脸孔来环顾周围，几乎是为了向自己证实，眼下的夜晚是美丽的。

埃菲克斯倾听他的叙述，胳膊肘支在膝盖上，手掌托着脸孔，好像被童话故事深深吸引了的孩童一样。

"有一天，我终于下定了决心……"

一片静寂。两个男子汉的脸孔笼罩了阴影，两人都垂下了眼睛。贾钦托的一只肩膀抽搐般地颤抖起来。但他抬起肩膀，摇晃它，好像要使自己摆脱这种震颤的状况。他用干巴巴的声音说道：

"是的，那就是我，你已经明白了。我到港务局局长那里去了。他不在家，但他的女仆，一个脸色苍白、小声说话的女孩子让我在候客室里等着。房间几乎笼罩在一片昏黑之中，但我记得，当房门打开的时候，红颜色的地板好像用鲜血洗过一般闪闪发亮。我等了好几个小时，港务局局长回来了，还有他的妻子，像他一样肥胖，像他一样和善。他们俩恰似两个身材硕大的孩童，大声地笑着。夫人打开房门，以便看清楚我的样子。我咳嗽着，打着呵欠。他们发现我饿了，便请我到餐厅里去。我记得，我站起身来，但随即跌倒了，脑袋磕在椅子背上。其他的事情就不记得了。当我苏醒过来时，我已睡在他们家的床上。女仆给我端来一碗放在银色托盘中的汤，以非常尊敬的态度跟我说话。我在那里待了一个多月，埃菲克斯，你明白吗，四十天之久。他们照料我，设法让我回到原来工作的地方去。但是重返原先工作的地方是很困难的，因为所有的人都清楚我的情况。另外，我也想离开那儿，到很远很远的地方去，到大海的那边去。在那段时间里我经受的痛苦，是谁也无法理解的。我时时刻刻在梦中瞧见退休的港务局局长、他的妻子和女仆。我也在现实生活中时时看见他们，比方说眼下，我好像就瞧见他们在我面前似的。他们是善良的人，但我不忍再看见他们，所以我宁愿销声匿迹。最糟糕的是，我不能离开他们的家。我待在那里，昏头昏脑的，木然不动地坐着，听着夫人说呀说的。或者在女佣的陪伴下沉默着。我跟他们围着一个桌子坐下，听他们开玩笑，听他们为我的事想办法，好像我是他们的儿子，这一切使我难受，使我觉得羞耻，可是我不能离开他们的家。终于，有一天，夫人看见我完全病愈了，问我有什么打算。我说，我想到我姨妈那里去，我把她们说成是富有的人。于是他们给我买了动身的车票，还送给我一辆自行车。我明白，离去的时候到了，于是我就走了，来到了这里。起初的那些日子，是多么自由！可是现在，在姨妈们的家里，我好像就在那里一样……我不知道……"

一声自我嘲弄似的狂叫打破了两个男子汉身后山坡的寂静，贾钦托突然跳起来，他以为是有人听到了他的叙述以后被激怒了。然而，他看到的只是一个不大的长长的灰色的东西，后面跟着另一个更加模糊，更加短小的东西，绕着茅屋从一侧飞也似的跳跃到另一侧，然后就消失得无影无踪，使得他想捡块石头打它都没有来得及。

埃菲克斯也站了起来。

"是狐狸，"他小声说，"让它们去吧，它们发情了，要做爱。有时它们好像是精灵。"当贾钦托重又默不作声地躺倒在地上时，埃菲克斯又说道："你看见他们有多么长吗？它们像魔鬼一样吞吃尚未成熟的葡萄……"

但贾钦托不再说什么了。埃菲克斯不知道该说什么好，是请他继续讲下去呢，还是对他表示安慰，或是对他所听到的事情评论一番。啊，这就是贾钦托整日愁眉不展的缘故，这就是生活中常常遭遇的事情！但说什么好呢？不管怎样，狐狸的突然出现，迫使贾钦托沉默不语，这倒使他高兴；不过，他还总得讲一些什么吧。

"这么说……那位退休的港务局局长呢？看得出来他是位明白人，他懂得青年人……青年人容易受错误支配……何况当他们是无依无靠的孤儿的时候！好吧，你起来吧，你想吃点东西吗？"

他走进茅屋，随后一面往外走，一面剥着一只大蒜头。贾钦托神情沮丧，一动不动地躺在那儿，或许他为方才这番吐露真情的自白而后悔，他不敢再开口了。

大蒜的气味跟周围的青草、葡萄、菠葵的香味混合在一起。狐狸又一次打这里经过。埃菲克斯吃着晚饭，可他觉得面包的滋味很苦。曾有两三次他想说些什么，但什么也说不出来，一点儿也说不出来。这一切对他都好像是一个梦。末了，他摇摇贾钦托的身子，想把他搀扶起来，轻声柔气地对他说道：

"起来吧，到屋里去！眼下流行疟疾……"

但贾钦托的身体像铜块似的沉甸甸地躺着，似乎粘在地上，再也不愿离开土地。

埃菲克斯又走进茅屋，但久久没有合眼，就是在梦中他也痛苦地想着应该对贾钦托的叙述说些什么，但他不知道该怎么说，是说好还是说坏。

"我应该对他说，好吧，振作起来，你会改邪归正的，再说你那时是一个孩子，一个孤儿……"

可是他梦见诺爱米用她那带恶意的眼睛瞧着他，咬牙切齿，小声地对他说：

"你认清楚他了吗？你记清楚他是个什么样的男人吗？"

他觉得胸口压抑得慌，顿时惊醒过来。尽管还是黑夜，但他还是爬起身来，然而贾钦托已经走了。

一连许多天，贾钦托都没有露面。埃菲克斯开始不安起来，而且在茅屋的阴暗处蔬菜和西红柿已经堆了一大堆，谁也不来取走。

每天晚上，拥有通向海边的大片庄园的堂·普列杜打镇上走过时，如果看到长工，便伸出食指来，指着他表姐妹们的土地，然后指指胸脯，意思是说他等着收买小庄园，把它归为己有。但埃菲克斯已经习惯了他的手势，一面向他施礼，一面用头和手表示不行，绝对不行。

在贾钦托吐露真情以后，埃菲克斯一直忧心忡忡。每当他瞧见堂·普列杜，便觉得他比平时更加喜欢嘲弄人了。

一天晚上，他站在篱笆墙旁边等候堂·普列杜，对他说道：

"堂·普列杜，你看见我的小主人了吗？好多天以前的一个晚上，他到这里来过，当时他还发着烧，现在我正念着他。"

堂·普列杜高高地坐在马上，鼓着脸颊，闭着嘴，勉强笑着。

"昨天晚上我看见他在米莱塞那里赌博。他又输了！"

"输了！"埃菲克斯惊慌失色，机械地重复道。

"依你该怎么说呢？你要他总是赢吗？"

"他曾经对我说再也不赌了……"

"他的话你信以为真了吗？即使你给他一枪，他也不会说真话的。不过他人并不坏，他说谎话，因为他以为那是真的，就像小孩一样。"

"确实像一个小孩……"

"不过，那可是一个长着满口牙齿的小孩！他又会怎样狼吞虎咽！他还会把你们的小庄园吃掉的。埃菲克斯，你记住，幸亏我在这里，要不，可就惨了……"

埃菲克斯胆战心惊地仰视着他。身躯肥胖的堂·普列杜骑在马上，在晚霞中，埃菲克斯觉得他好像是一头凶恶的猛禽，是自己尤为害怕的许多夜间魔鬼之一。

"耶稣，救救我们吧；我们的救赎圣母，关怀我们……"

堂·普列杜已经走远了，埃菲克斯顺着大路追上他，用双手递给他一只装满蔬菜和西红柿的篮子。

"堂·普列杜，请您让您的女仆把这个篮子送给我的女主人，我不能扔下小庄园……堂·贾钦托又不露面……"

堂·普列杜起先惊异地瞧着他，然后宽容地笑了笑，向他噘起肥厚的嘴唇，抬起一条腿，用脚尖指了指，说：

"瞧那里，有地方。"

埃菲克斯把篮子塞进背囊，堂·普列杜没再说别的什么，走了。他返回茅屋。他曾很担心女主人们会责骂他，他知道自己干了一件严重的事情，也许是犯了一个错误，但他没有后悔。一只神秘的手驱使他去这样做；他知道，凡是在超自然力量的支配下做的，都是善意的行动。

他等贾钦托一直等到深夜。一轮满月把山谷照得白茫茫一片，黑夜是如此明亮，以至于可以把草木的枝枝叶叶都分辨得一清二楚。甚至幽灵在那个月光皎洁的夜晚也不敢出来了，*潺潺的流水显得那么单调，竟没有那些难产妇女的亡灵在河边拍打衣服的声音来伴唱。* 连幽灵们在那个夜晚也安静下来了。只有长工一人夜不能眠，他想起贾钦托叙说的那段和退休的港务局局长交往的遭遇，心里不禁涌起一种无限温柔而又无限忧伤的感情。

在这个世界上，我们每一个人，或多或少，或现在，或过去，或将来，不都会犯下过失吗？退休的港务局局长不是表示了宽恕吗？为什么其他人就不能宽恕呢？啊！如果所有的人都能够相互宽容的话，世界就会太平无事了，那一切就像那个月夜一样清明而安宁。

他站起身来，到小庄园里去转一圈。是的，在银白色的小路上，连花儿的影子都看得一清二楚；带刺的印度无花果的叶子影影绰绰；下面小河里的水静静的，好像停止了流动；星星眨巴着眼睛。

忽然，篱笆后面桤木丛之间有一黑影晃动，那是一个黑漆漆的畸形动物，两条银色的腿在沙地上发出嘎嘎吱吱的声响，随后停住脚步不动了。

埃菲克斯迅即奔跑过去，好像在飞一样。

"是你！是你吗？你把我吓了一跳。"

贾钦托扶着自行车，默不作声地跟在他身后，走到茅屋前时，他又一次躺倒在地上，失声抽泣起来：

"埃菲克斯，埃菲克斯，我再也受不了啦……你干了什么！你干了什么！"

"我干了什么？"

"我也说不清楚。堂·普列杜的女佣来了，带来一只篮子，说是你让她捎给女主人的。露丝姨妈和诺爱米姨妈正好在家里，艾丝苔尔姨妈参加九日斋去了。她们接过篮子对女佣道了谢，还给了她小费。谁知不一会儿诺爱米姨妈就昏倒过去了，露丝姨妈以为她死了，尖声叫了起来，急忙派人跑去叫艾丝苔尔姨妈。艾丝苔尔姨妈惊慌失措地赶了回来，她也第一次恶狠狠地盯着我，说道，我的到来是为了置她们于死地。啊，上帝，上帝，啊，上帝，上帝！我一面用醋擦着诺爱米姨妈的脸孔，一面伤心地哭泣。我敢用我母亲的名义向你发誓，我伤心地哭泣，可我不知道为什么。终于，诺爱米姨妈苏醒了过来，她挥手让我走开，另一只手捂住眼睛说道，她还不如在这一天之前死去。我问道，为什么？为什么，我的诺爱米姨妈？她只是挥手让我走开，用另一只手捂住眼睛。我遭了什么罪啊！我干吗要到这来，埃菲克斯？为什么？"

长工不知道该怎么回答。现在他明白了，是的，全部错误就在于把篮子交给堂·普列杜。他思索着弥补的方式，但他想不清楚这究竟是怎么回事，不知道是什么缘故。他又一次感到，他的女主人们遭受的不幸的全部分量都压在他的身上。

"你冷静些，"最后，他说道，"我明天回镇上去，想办法弥补这一切。"

于是贾钦托恢复了常态。

"你必须对姨妈们说不是我的主意让你请堂·普列杜把篮子捎回去的。她们以为是这样的。她们认为，尤其是诺爱米姨妈，以为我想跟堂·普列杜拉关系，好让她们感到难堪。我是所有人的朋友，为什么我就不应该是堂·普列杜的朋友呢？但姨妈们知道，他想把小庄园买下来。我难道在这里有什么罪过？难道是我愿意出卖庄园吗？"

"谁也不想出卖它。为什么你要说这些事呢？可是，你，我的宝贝，你……你头天晚上说的事，第二天就变卦了。你起了誓，许下了保证，要让你的姨妈们幸福，而昨天晚上，你却去赌博了……"

"赌几次就能赢了。我想赢钱，正是为了她们。不，我不愿意再成为她们的负担。我想死……你想，"他小声说，"现在，在发生今天这样的事情以后，我觉得自己好像又在港务局局长家里……上帝帮助我，埃菲克斯！"

埃菲克斯惶恐地听着，感到自己又一次面临着这个家庭的悲惨命运，而他，就像苔藓粘贴在石头上一样依附着这个家庭，他不知道该说什么，也不知道该做什么。

"唉，"贾钦托深深地叹了口气，"我肯定要离开这里，我可不要等到她们赶我出去的时候！我的姨妈们的心地并不善良，尤其是诺爱米姨妈，但没有关系，她没有原谅我的母亲，怎么会原谅我呢？可是我，可是我……"

他低下头来，从衣兜里掏出一封信。

"埃菲克斯，你看见它了吗？我什么都知道了。如果诺爱米姨妈在读了这封信之后仍然不肯原谅我母亲的话，那她怎么会有好的心肠呢？你知道这封信说些什么，是你把它捎给诺爱米姨妈的。我来的那天，它在小床上放着，我把它收起来了。我读了几行，然后从柜子里拿出来，就是今天……这是我的，是我母亲的，是我的……这封信不应该放在那里……"

"贾钦托，把信给我！"埃菲克斯伸出手来，说道，"这不是你的！把信给我，我把它交给我的女主人们。"

然而，贾钦托把信拿在手心里捏得紧紧的，摇摇头。埃菲克斯竭力想拿过来，他恳求着，好像在乞讨似的。

"贾钦托，把信给我，我把它带回去，放回柜子里。我会跟她们谈谈，让她们平静下来的。你在这里等着我，但是把信给我。"

贾钦托打量着他。贾钦托的肩膀在颤抖，但目光冷冷的，甚至是残酷的。于是埃菲克斯跳起来，双手按住他的肩膀，在他耳边迸出一个词：

"小偷！"

贾钦托好像遭到了一头秃鹫的突然袭击，松开了手，信掉到了地上。

第七章

天刚蒙蒙亮，埃菲克斯就上路回镇上去。

夜莺在婉转歌唱，整个山谷都沉浸在金色的光辉中，这是灿烂的晴空反照下略带淡蓝色的一种金色的光辉。几个渔夫的身影清晰地显露出来，好像是一幅描绘着绿色的河堤、静静的碧水，点缀着洁白的卵石的油画上的人物。

虽然天色尚早，埃菲克斯已来到镇上。他看见女高利贷者正在她院子里纺线，周围是圆滚滚的小猪和惹人喜爱的鸽子群。他向她打招呼，示意晚些时候上她这儿来。她捻动梭子，表示她可以等待，不用着急。

再走过去，只见波多依大娘正端着一碗给孩子们当早餐的牛奶。埃菲克斯想绕过去，但老太婆已提高嗓门说话，他不得不停下来听着。

"好呀，我惹你什么啦？因为孩子们相爱，我们上了岁数的人就该成冤家了吗？"

"我有急事，波多依大娘。"

"我知道，你的女主人家里吵起来了，但这不是我的过错，这次我没有卷进去。你的小主人硬要格莉塞达待在家里，不要她光着脚丫子走出去，不要她再去洗衣服。我就只好当奴仆了，但我当得高兴，因为可以让孩子们高兴……"

"上帝，救救我们吧！"埃菲克斯叹了一口气，"波多依大娘，你放了我吧，向上帝祷告，向我们救赎圣母祷告……"

"救赎的办法在我们身上，"老太婆声称，"应当有良心，别的什么都无所谓……"

"应当有良心。"埃菲克斯自言自语，然后走进他女主人的家里。

一切都是静悄悄的。阳光照耀着院子，井台上的茉莉花盛开，亡人的白骨四散在古老陵墓的金色草地间。戴着绿色、白色帽子的山丘环绕着住宅。一小根绘着历史故事的小柱子从阳台上倒下，像一截火箭的残骸。一切都是静悄悄的。

埃菲克斯走进屋里，看见他让堂·普列杜捎来的篮子放在椅子上，几乎已经空了，说明蔬菜已经卖掉，只有圣·乔万尼的黄色西红柿还在。他好像在做梦，坐下来问道：

"发生了什么事情？其他人都上哪儿去了？"

"艾丝苔尔做弥撒去了，诺爱米在上面。"露丝小姐说着，一面弯腰煮咖啡。

在她们到来之前，他没有说什么别的。现在，艾丝苔尔把手指伸出披肩的交叉处，诺爱米脸色苍白，默不作声，低垂着淡青色的眼睑。

埃菲克斯不敢瞧她们，只是在女主人们在椅子上就座，艾丝苔尔发问以后，他才恭恭敬敬地站起来，走到她们跟前。

"埃菲克斯，你知道发生什么事了吗？"

他抬起眼睛，发现诺爱米犹如法官盯着罪犯般地看着他。

"我知道。是我的过错，但我那样做是真心为你们好。"

"你干的这一切，都是真心为我们好！你要是真心为我们坏，那才好呢！可是……"

"再说，他终究不是冤家对头嘛！他是亲戚，不管怎么说！"

"你的人，你的死鬼，埃菲克斯！"

"好吧，就是说这样的事再也不会发生了！"

"他走了吗？"于是艾丝苔尔小姐不安地问道。

"走了？堂·普列杜？上什么地方去？"

"谁说普列杜？我说的是那个可怜的家伙……"

埃菲克斯望着篮子。"我说的是堂·普列杜……就是昨天我做的那件事。"

诺爱米冷冷一笑，可这是一种嘴巴、眼睛都朝着左耳扭曲的冷笑。

"埃菲克斯，"她尖声尖气地说，"我们说的是贾钦托，你，当初你主张让他来的时候，曾经说过如果他表现不好的话，你来打发他走，你说过这话没有？"

"我说过。"

"那么你就履行你的诺言吧，贾钦托要把我们毁了。"

有片刻工夫，埃菲克斯垂下脑袋，脸孔涨得通红。他为脸红而感到羞愧，但很快便壮起胆子，问道：

"我可以说一句话吗？如果说得不中听，那就算是没有说。"

"说吧。"

"依我看，小伙子不算坏，只是在此之前被人带坏了。他在对他来说最糟糕的时候失去了父母，成为单身一人在马路上闯荡的小孩，迷失了方向。应该把他往好的路上带。如今，在这里，在小镇上，他不知道干什么好，他得了热病，他烦闷，因此去赌博，去追求爱情。但他的想法是好的，显得很有教养。他什么时候曾经对你们不尊重？……"

"这倒没有……"艾丝苔尔小姐打断说，露丝小姐也表示没有。然而诺爱米一面慢慢地捏紧拳头朝埃菲克斯伸去，一面用苦涩的声音说道：

"打他来了以后，尽干些对我们不尊重的事情。可不，什么招呼也不打就闯来了……刚来就跟那些和我们作对的人打得火热，然后放纵自己，追求最卑贱的女孩子，一个在河边赤脚的女孩子！他游手好闲，整天在无所事事中打发日子，连你也说起过他的这种表现的。如果这些在我们家里不算是对我们不尊重的话，那又是什么呢？你凭良心说说看……"

"是的，"埃菲克斯承认，"但我重复一遍，他毕竟是一个年轻人，应该帮助他，为他找个差事。再有，我还想说另一件事……"

"那就说吧！"诺爱米说，她带着那种蔑视的神情，以致他不寒而栗。但他还是壮起胆子说道：

"我认为，他一旦有了自己的家庭，这会对他有好处的。如果他真心爱那女孩子……为什么不让他跟她成婚呢？"

诺爱米霍地站起来，两条发颤的腿靠着椅子。

"他付给你钱让你这么讲的吗？"

这时，他以一种无所畏惧的神情，盯着她的眼睛。他只想回答一句话："我不是一个乐于接受钱财的人。"一股苦涩的口水快从嘴巴里满溢出来，但他硬是把这句话和口水一起咽了下去，因为他看见艾丝苔尔小姐扯了一下诺爱米的外衣，露丝小姐脸色苍白，恳求似的望着他。他明白她们都猜到了他要回答的那句话，她们知道他不是一个用钱买得了的长工，说得更确切些，是的，他是一个长工，但是他这一个长工是世界上任何财物都收买不了的。

"诺爱米小姐！您说的话连您自己都没有想好，诺爱米小姐！您的外甥还没有收买我的钱，就算他有，也根本不够！"他终于用怨恨和发抖的声音说道。诺爱米在椅子上坐下，把双手放在膝盖上，几乎是想掩盖颤抖的双腿。

"至于说钱，他确实是有的！可不是他的，但他有钱。"

"那是谁给他的呢？"

六只眼睛惊讶地盯着他，诺爱米又冷笑起来，但艾丝苔尔小姐把一只手放在她的手上，和蔼地说：

"他从卡莉娜那儿拿钱，我们以为你是知道的，埃菲克斯！他从卡莉娜那儿借高利贷。堂·普列杜给了他一些票据，因为他指望以此作为凭证占有我们的小庄园，你明白了吗！"

他明白了，低垂着脑袋，紧闭双眼，面无血色。他惊恐地张开拳头又捏紧它，不知该怎么回答才好。

"她们以为我是知情的？怎么搞的！……为什么呢？……"他暗自询问道。

"是的，"诺爱米恶狠狠地说，"我们认为你知道这件事，不仅知道，而且你还在你的女朋友卡莉娜那里为他打保票……"

"我的女朋友？"他忽地睁开恐惧的眼睛失声嚷了起来。他脸红了，他还嚷了些什么话，可他不知道自己说了什么，他挥舞着帽子，猛地拔腿就跑，好像去灭火似的。

他在小院子里找到了女高利贷者。

院子里一片宁静，就像诺亚方舟一样。一群洁白的鸽子用珊瑚色脚掌踩在小门的门框上，咕咕地叫着，葡萄架把一圈金色的光环投在小门的阴影上。女高利贷者在纺线，小小的双脚穿着一双绣花鞋，叠起的头巾扎在头上。

埃菲克斯难以言语的痛苦扰乱了院内的平静。

"快告诉我，贾钦托的事情是怎么回事？"

女高利贷者扬起她那光秃秃的眉毛，心平气和地望着他。

"他打发你来的？"

"刽子手让我来绞死你！你快说，快点。"

他以一种威胁性的动作让梭子停住，她有点胆怯，但并没有流露出来。

"那么是你的贵族小姐打发你来的？你对她们说，让她们别伤脑筋，还债还有的是时间，我并不着急。我一共给了小伙子四百个斯库多。在节日庆祝活动的时候，他就向我要钱花。他想让自己在众人面前留下一个好的形象。他说他等人从大陆上给他寄钱来，还给了我一张堂·普列杜签字的票据，我能说不给吗？之后，他又上我这儿来，对我说大陆寄来了钱，但他跟米莱塞赌博了，把钱都输光了。我对他说，我拿那张票据去找堂·普列杜。他害怕了，于是给我拿来一张艾丝苔尔小姐签字的票据，这样我又给了他钱，我怎么能说不给呢？你什么也不知道！"说完，她又纺起线来。

埃菲克斯沮丧极了。于是他回想起艾丝苔尔小姐曾经偷偷地写信给贾钦托，叫他上这儿来，自然也可能偷偷地在票据上签字。她们将来怎么还清这笔债呢？他现在觉得双腿肿胀，沉甸甸的，全身的血液直往下身奔流，使得他的心脏和脑袋空空的，双手僵硬，整个身子动弹不得。她们将来怎么还清这笔债呢？

女高利贷者继续纺线，一群鸽子咕咕叫着，小猪懒洋洋地躺在阳光下，母鸡啄着它们玫瑰色肚皮上的苍蝇。整个世界显得那么宁静，唯独他遭受着心灵的剧痛。

"噢，那么你是不知道啦？我以为她们用了一部分本来是留着支付你的工钱。起先我想让贾钦托从这笔钱中扣除你欠我的十个斯库多，但说句实在话，我觉得不妥当。不过，如果他再提出借钱的要求，我就想把账总的结清……"

埃菲克斯努力地想让自己动弹起来，他重新摘下头上的帽子，向她的脸上挥打过去，他绝望得快丧失了理智。

"啊，你这该死的……让刽子手来绞死你……啊，你干了些什么？"

小院内骚动起来。鸽子群飞上了屋顶，猫儿蹿上了墙头，只有那女人不吱声，以免惊动邻居，但她弯下身子，躲闪对方的打击，并且用梭子阻挡。她跳起身来，向后退着，当她退到厨房里，站到房门后面的角落，便双手操起一根闩门的铁棍，挺起身子，靠墙站着，恶狠狠地像个拿着棍棒的复仇女神。

这下该轮到她来迫使那男人后退了。她压低嗓门威胁说：

"滚开，杀人犯！滚……"

他向后退着。

"滚开！你想从我这里得到什么？难道是我来找你们的吗？当你们忍饥挨饿的时候，或者被贪欲驱使的时候，你们都上我这里来了，堂·扎姆来了，他的女儿们来了，她的外甥来了，你也来了，杀人犯！当你们要求我的时候，都一个个像个好人的样子，过后就变得像恶狼那样残暴。滚开……"

埃菲克斯站在门槛上，她紧紧逼着他。

"我还要对你说，正因为你们是这样对待我，我也不愿再耐心等下去了，还债的期限是九月份，你们必须给我还清，要不，我就拒绝承诺票据。如果签字是假的，我就把小伙子送进监狱。你滚吧！"

他走了。然而，他没有回家，他顶着阳光，在空旷的小镇上踽踽独行，脚下不时绊着四处散落的火山石。他似乎觉得记忆中传说的火山就在今天上午爆发了。

他在废墟中转悠，他觉得有义务去发掘，把亡者从瓦砾堆中移开，挖出深埋在地下的宝藏，然而他无能为力，他是那么孤独，那么软弱无力，对重新开始是那么没有信心。

他转悠到教堂前面，看见大门敞开着，就走了进去。弥撒已经结束，教堂看守人正在打扫，在若明若暗的静寂中，只听到扫帚的沙沙声，好像古代城堡里的贵族夫人穿着锦缎拖裙走路时发出的窸窣声。

埃菲克斯在布道坛下的老地方跪了下来，脑袋倚着柱子，祷告着。血液又重新在他的脉管中流动起来，但像岩浆一样沉甸甸的，热乎乎的。发烧的热度使他浑身发烫，落在破旧房顶上的夕阳投下一束束银灰色的光线，使他觉得犹如黑色天花板上开了许多白色的圆孔，所有画像上苍白的人物都俯视着下面，他们的模样扭曲着，仿佛就要离开画面掉落下来似的。

圣母在她那无名氏的黑色画框中往前探出身来。在她深邃的眼睛里和痛苦的嘴角间，闪动着爱、忧伤、追悔和希望所赋予她的欢笑和泪水。

埃菲克斯凝目注视着她，久久地望着她。他好像回忆起了从前的、遥远的生活，好像觉得圣母向他示意，让他靠近她，帮助她走下来，跟着她走……

他闭上眼睛，脑袋颤抖着。他好像同她一起在月光下的河边沙地上行走，他们小心谨慎地往前走着，默不作声地往前走着，来到靠近桥边的大路上。在那里，他的视线模糊了。只见一辆大车，丽娅坐在车上，藏在果皮袋子中间。大车在黑夜中消失了。但在桥上，月光下，躺着死去的堂·扎姆。他躺在尘土中，后颈有一块肿起的葡萄大的紫色斑点。埃菲克斯跪在他面前，摇撼着他。"堂·扎姆，我的主人，起来，起来，你的女儿们在等着你。"

堂·扎姆一动也不动。

他是那么伤心地抽泣着，以至于教堂看守人拿着扫把走到了他的跟前。

"埃菲克斯，你怎么啦？你不舒服吗？"

他圆睁着恐惧的眼睛，好像还看见卡莉娜拿着铁棍对他大嚷："杀人犯！"

"我发烧了……我好像要死了……我想忏悔……"

"你到这里来干吗？你不向耶稣去忏悔！"教堂看守人讥讽地笑着，一边嘀嘀咕咕。但埃菲克斯仍然把前额靠在布道坛的柱子上，抬起眼睛仰望着祭坛，开始结结巴巴地说胡话。大颗大颗的眼泪沿着脸颊往下淌，越过抖动的下巴，一滴一滴地掉落在地上。

贾钦托躺在茅屋前的地上等着埃菲克斯。当他看见埃菲克斯走过来，手里拿着的篮子尽管是空空的，但好像是在地上拖着，他就明白，他们什么都知道了。这样更好！他至少可以把压在身上的一部分最令他羞愧的重量卸下来。贾钦托沉默不语。

"把情况给我说说。"当埃菲克斯在通常坐的位置上坐下来，却并不放下篮子的时候，贾钦托说道。"你说呀！"他又提高嗓门重复着，因为埃菲克斯默不作声。"现在该怎么办？"埃菲克斯叹了一口气。

"现在该怎么办？我的女主人们稍稍平静下来了，因为我答应她们把你赶走，明白吗？她们以为票据确实是由堂·普列杜签的字。我没有勇气对她们说出真实的情况，因为签字是假的，告诉我，是假的，是吗？噢，是的，我说得对吗？啊，贾钦托，我的宝贝，你干了些什么呀！现在该怎么办？你回努奥罗去吗？找个工作？你还得清债吗？"

"太多了……一笔很大的数目，埃菲克斯，怎么办呢？"

埃菲克斯弯下身子，异常恍惚地对他小声说道：

"你走吧，上帝的儿子，你走吧！我本意是不愿让你走的，但如果连我都说你该走了，那是因为没有别的拯救办法了。你一定还记得，那天晚上你说过的那些美好的事情。你说，你愿姨妈们都生活得很好，愿意让这个家重新兴旺起来……当你要到这儿来的时候，我也这样想过。可是，现在的情形恰恰相反！恰恰相反，如果你不把债还清，女高利贷者就要把小庄园作为抵押品拍卖，因为你搞了假签字，你将被送进监狱，她们就要去当乞丐……这些就是你干的，这些！我知道你不是出于坏心干的。那天晚上，你许诺过许多美好的事情，你，上帝的儿子……"

贾钦托的肩膀又开始颤抖，他抬起脸孔，对着埃菲克斯俯下的脸孔，互相失望地对视着。

"我不是出于坏心干的，我想挣钱。可是，在这个小镇上该怎么办呢？你是知道的，你始终是那么……那么……贫穷……"

"姨妈们是不会再拿出一个铜板的，"他忧伤地沉默了一会儿，继续说，"是的，还有艾丝苔尔姨妈的签字，那是我签的，因为……女高利贷者不借给我钱，但我会偿还的，你看着吧，如果还不了，我就去蹲监狱。没有关系。"

"蹲监狱？不，这我不能允许，不。"

"那么你，埃菲克斯，你有钱吗？"

"如果我有钱的话，也不会在这里干着急了！我早就赎回票据了……"

"埃菲克斯，那该怎么办呢？怎么办呢？"

"好吧，你听着，你仍然到女高利贷者那里去，你让她再借给你一百个里拉，你就到努奥罗去。在那里，你寻找一个落脚的地方。现在重要的是，你要改邪归正，从此振作起来，明白吗？”

然而，贾钦托直到最后一刻还指望从长工那里得到资助，他现在不再作声，没有再说别的什么。他像一头生病的牲畜蜷曲着身子，倾听着蚱蜢在干枯的叶子之间飞翔时发出噼噼啪啪的响声，用一种惘然的眼神看着它们拍打着自己彩虹般的翅膀。两只绿色蚱蜢落在他的手上，它们像金属般牢固地交叠在一起，贾钦托浑身打了个寒战。他想起格莉塞达，他想到他必须离去，再也见不到她了。他是那么贫寒，以至于也要抛弃一个同样贫寒的姑娘。他把脸孔埋进青草间，不出声地抽泣着，双肩由于战栗而不停地抽动。

第八章

星期四晚上，女高利贷者不再给钱，因为她害怕星期四女神，这位女神往往在晚间纺线的人面前显现，可能给她们带来不吉利。

她坐在门口的小台阶上祷告，葡萄架在月光照耀下显出银白与乌黑的光彩。她不时环顾四周，仿佛瞧见在长满印度无花果的墙壁上，到处是埃菲克斯闪烁着怒火的绿色眼睛；其实它们是萤火虫。

它们是萤火虫。然而她还是相信幻觉的东西，相信夜间出没的生灵的超自然生命。她回忆起她孩提时代的贫寒生活，她要过饭，到城堡废墟下面去捡干树枝，饥饿和疟疾的寒热犹如疯狗似的追逐着她。有一次，当她踩着像刀子般尖锐的碎石堆，迎着静静地悬挂在多尔加利山丘上方的红太阳向前走的时候，一位贵族先生悄悄地跟上她，拍拍她的肩膀。他穿着跟阳光、山脉一般颜色的衣服，脸孔长得像平托尔家堂·扎姆的一个年轻时死去的儿子。

她马上就认出了他，他是男爵，是许多上了岁数的老男爵之一，他们的灵魂还活在城堡的废墟之间，活在从山丘直至大海的地道里。

"姑娘，"他用陌生的声音叫她，"你快跑去找接生婆，请她今晚到城堡来，因为我的妻子肚子痛了。快去，拯救一个灵魂要紧，你要保守秘密，拿着这个。"

卡莉娜浑身颤抖，靠着她的一捆柴火，勉强站住，在彤红的阳光照耀下，她觉得柴火好像一块乌云。她没有力气把一双小手伸出去，男爵给的金币掉落在地上。

他消失了踪影。她扔下柴火，像啄着面包渣的小鸟似的恐惧地拾起金币，轻快地连蹦带跳跑了。可是，接生婆虽然看到她热乎乎的手心里捏着的汗湿的金币，却往她脸上啐了口唾沫，以消除她的恐惧，并笑着对她说：

"去你的，你在发烧，太激动了，钱是你捡到的，在城堡下面还可以捡到。你把它们给我，我让你这些钱像摇钱树似的利上生利。"

卡莉娜把钱给她，只留下一个带孔的金币，把它用一根红色的皮条穿起来，挂在脖子上。

"去吧，"她对接生婆说，"您去救救一个生灵吧。您假装不相信这件事，为的是让我保守秘密。但我不管怎样都会保守秘密的。"

随即她像个死人一样倒在地上。

接生婆一直坚持说，那是发烧时的一种幻觉，但人们知道，她这么说无非是要让卡莉娜保守秘密。

钱币果然像摇钱树似的利上生利，年复一年地越滚越多，犹如她看到堂·普列杜家中院子里的那些绿色与红色的石榴一样。

后来，有一个晚上，年事已高的卡莉娜体味到了跟那次经历一样的恐惧和兴奋的心情。一位年轻的先生，恰似那男爵巴洛尼出现在她的面前，他就是贾钦托。

每当她见到他时，她就重新体味到那令人头晕目眩的感觉，重新回忆起男爵那遥远的、古老的地下生命。

这会儿他又来了。高高的个子，身穿黑衣服，脸孔在月光下显得那样苍白，他走进来，靠着她在门槛上坐下。

"卡莉娜大娘，"他用陌生的声音说，"为什么您把我的事说给长工听了？"

"是他要我说的，他打我，想杀死我。"

"他想杀死您？为了那么点儿钱吗？噢，这个人跟我的姨妈们为了贫穷而吵得不可开交，而那儿的人们，借了几百万的债，谁也不知道！"

但老太婆对那儿的人一点儿也不感兴趣。

"我不得不操起棍棒来自卫！少爷，你明白吗？这长工是狠心肠的，不值得信任！"

贾钦托木然不动地待了一会儿，望着落在自己手上的一串葡萄颤动的阴影，然后惊跳起来。

"我不再相信了，我想走。在这儿我再也无法生活下去了……我会挣到钱的，四十天内，我把欠您的一切统统还清，一个子儿也不少。但是现在您必须借给我旅费。我给您另一张票据。"

"谁签的字？"

"我自己！"他坚定地说，"我自己，您尽可相信。您救救一个生灵吧，起来，快点儿！您得保守秘密。"

他像男爵一样拍拍她的肩膀，她站起身来，去拿箱子里的钱。她拿了两张面额五十里拉的钱，抚摸了好半天，透过月光打量着它们，她想贾钦托的旅费只要一张就够了。于是她把另一张五十里拉的钞票放了回去。住宅的小窗户上方高挂的月亮在她僵硬的胸脯上投下一缕银色丝带似的亮光，从她衬衣的开口处可以瞥见穿在皮条上的那个金币已变成黑色的了。

贾钦托并不感到满意。这张薄薄的钞票怎么能跟意大利本土上大贵族们的财富相比呢？然而，女高利贷者既然说不要票汇，他自然就明白了，她是向他做了一次施舍，贾钦托觉得一种无法替代的忧郁袭上心头。他仿佛感觉到，自己眼下还待在港务局局长家的会客室里，一动也不动地等待着。

"那么，不晚于明天，我把钱还给您。"他站起身来，许诺说。

他来到米莱塞那里，打招呼，说第二天他要走了。

在那里，通过大门，可以看见笼罩在月光下和葡萄架阴影下的白色和黑色的院子。米莱塞的岳母坐在她粗俗的女皇般的大扶手靠背椅上，为了尊重星期四女神，她没有纺线，而是跟她那发烧的女儿闲聊，脸色白皙的女仆们坐在靠墙的地上。

"我的女婿刚才出去了，他上堂·普列杜那里去了。"她对贾钦托说，"您的姨妈们好吗？向她们问候，谢谢她们送给我的兄弟——教堂主管的礼物。"

"那些黑李子！"一个女佣嫉妒地说，"娜托莉娅她偷偷地都吃光了。"

"如果您还给我的话，堂·贾钦托，我跟您上庄园去。"娜托莉娅挑衅地说。

"你来吧。"他回答说，但他的声音悲怆、沉重。

年迈的女主人提醒说：

"娜托莉娅，每一个人都应当追随与自己相称的人！"

当他走到街上，他听到女人们在他背后咯咯地笑着，谈论他和格莉塞达。是的，他应该离开这儿，去寻找他的幸福。

为了不打未婚妻的屋子前面经过，他走上了一条石子小路，然后又拐入了另一条石子小路，一直走到通向教堂废墟的场院。

四周的大戟散发出沁人心脾的芬芳，淡蓝色的月亮在古塔的废墟上空闪耀，宛如黑色烛台上点燃的火焰。他觉得在这个世界的死角再也不会出现白昼了。在场院后面，在石榴树和棕榈树之间，一座像摩尔人居住的房子，带着拱形大门、回廊、半月形的窗户，显示出白色的外形，这就是堂·普列杜的家。

他穿过宽敞的院子，长长的芦苇编织的栅栏在月光下闪闪发亮，白天在上面晒着豆荚，现已用灯芯草席盖了起来。贾钦托看见他肥胖的叔父和细瘦的米莱塞的身影投照在柱廊后面一扇镀金的房门上，一动不动。他们正坐在那间底层房间里喝酒，跷起双腿，胳膊肘顶着桌子角。他们两个人，一个胖子，一个瘦子，好像日子过得非常得意。

"喝，喝吧！"两人一齐向贾钦托递过自己的酒杯，但他一下子挡住两只酒杯。

"你不舒服，所以不喝？"

"是的，我不舒服。"

但他没有说怎么不舒服，而那两个人也是不会理解他的。

"你的诺爱米姨妈揍你了吗？"

"格莉塞达没有拼命吻你吗？"米莱塞道，并重复说着抱有嫉妒心的女佣的诅咒。

"唉！"贾钦托深深叹了一口气，把胳膊肘支在小桌子上，以便用两只手撑住脑袋。他的肩膀不住地抖动。堂·普列杜望着他，脸色不由得变得苍白，而贾钦托颤抖的肩膀使他感到厌烦，他站起来，把手放在他肩上，说道：

"我们出去，上外面去呼吸点新鲜空气。"

他们出去呼吸新鲜空气。他们的脚步声在静寂中回响，犹如夜间巡逻兵的脚步声。他们转了一圈又一圈，贾钦托也被他的同伴们略带苦涩的欢乐气氛感染了。

"皮埃特罗叔父，我们上剧院去吗？在大陆的城市里，这个时候才开始夜生活和娱乐。在剧院前面停着许许多多马车，就像一条黑色的河流，还可以看到女士们牵着小狗溜达……"

米莱塞放声大笑，以至于禁不住呜咽起来。堂·普列杜比较含蓄，但他的笑声，如果你仔细观察，就像刀子一样剜着人的心。

"那你回到那里去吧！你也带上格莉塞达，像牵一条小狗一样。"

"唉，你们太傻了，在这个小镇上。"

"可是跟你不一样。"

贾钦托沉默不语，但过了片刻，又说道：

"你们为什么叫我傻瓜？我为什么要有一颗善良的心呢？为什么我想要美美地度过青春呢？而你们，你们干什么呢？你们过着怎样的生活？您的生活怎样呢？您根本就不爱您生病的妻子。您，皮埃特罗叔父，您的生活又是怎样的呢？您把您的钱积攒起来，就像在席子上堆起豆子，然后把它们喂猪。你们谁也不爱，就连你们自己也不爱。"

两个朋友不禁失声大笑和狂叫起来。

"今儿晚上你果然病了，得了没钱的毛病。"

"我的钱包比你们的还要满得多！走，我们上小酒馆去，到那里见分晓。"他在黑暗中红着脸说。

"方才是你不愿意跟我们一块儿喝酒！我接受你的邀请，喝酒去，且不管你的死活。"

他们终于来到了几乎没有什么顾客的小酒店，只有两名男子默不作声地在打牌，第三名男子一会儿瞧瞧这个人的牌，一会儿瞧瞧那个人的牌。可当他瞧见堂·普列杜对他使的一个眼色，便赶快凑到这群新来的人跟前。于是四个人围着另一张桌子坐下。

小酒店的老板，一个小个子的镇上人，好像是《圣经》里的犹太人，身穿一件束在东方式样的裤子上的齐膝紧身上衣，拿来一壶地中海东部沿岸出的酒，把一盏乌黑的铁皮油灯摆在桌子中间。米莱塞把脑袋歪向右边，若有所思地洗牌，一面忽而瞧瞧这个同伴，忽而瞧瞧那个同伴。

"押多少？"

"五十里拉。"贾钦托回答。

他掏出女高利贷者给他的一张钞票。

他输了。

黑色的油灯上淡蓝色的火花静止不动了，仿佛古塔遗址上空的一弯月亮。

第九章

七月的一个晚上，诺爱米坐在院子里的老地方缝衣服。天气十分炎热，灰蓝色的天空好似蒙上了一层大火后的烟尘，西边天空最后一片火焰似的晚霞已经暗淡下来。已开花的印度无花果给灰色的菜园抹上了一重金灿灿的色调。在教堂塔楼的废墟后边，堂·普列杜的石榴树好像染上了一片斑斑血迹。

诺爱米觉得自己的整个身心都沉浸在这一片灰色和红色之中。许多年来，她在春天总要犯病，可今年夏天的突然到来却没有使她的毛病好转；相反，每日每时她都愈加强烈地觉得需要孤独，这种感觉驱使她常常独自一人待在僻静处，就像一个没有希望痊愈的病人更乐意沉浸于自己的痛苦之中。

这一天她又是独自一人。艾丝苔尔和露丝接受了教堂主管的邀请，去参加一个节日委员会的活动。贾钦托为米莱塞到奥列纳去采购酒了。是的，他已沦落到了这个地步，沦落为一个曾是流动商贩的人的仆人。诺爱米瞧不起他，连话也不愿意跟他说，可是当她独自一人的时候，她就仿佛又瞧见他向她弯下身子，用他酸涩的眼泪浸湿她的脸孔，用颤抖的声音说着："我的，我的诺爱米姨妈，为什么，这是为什么？"他的眼睛充满忧伤，犹如夏日天空那样灼热，使她难以忘怀。

她似乎尝到了他的眼泪留在她嘴唇上的滋味，那滋味包含了人类的一切忧伤、一切软弱。于是她的眼前又浮现出他日常的各种形象，他无力适应现实的愁闷、沮丧的神态，这对他来说是无法抗拒的，因为他给人这样的印象：他犹如一块巨石，从山上急剧滚落，毁坏了家园，但这种印象很快消失了，只留下他那善良、懊丧、充溢着激情的形象。

是的，这后面一种形象，诺爱米是挺喜欢的。她常常感到这个形象是如此生气勃勃和实实在在，紧紧靠着她，她禁不住脸红、哭泣，仿佛被一个悄悄地走进院子的情人猥亵过一样。

于是她的整个心灵因激情而颤抖，一种欲望的旋风席卷了她，她把她忧伤的思绪一扫而光，犹如秋风把树上所有枯败的黄叶扫落、卷走一样。

她感到一阵眩晕，就像那天一样，她的眼泪就跟贾钦托的眼泪融在一起，她用贪婪的、颤抖的嘴唇吮吸她从来不曾给予的，也从来不曾接受过的所有的吻，就像吮吸一只酸果的鲜汁一样。贾钦托的青春、热情和痛苦倾注到她的身上，她把自己的年龄、自己的外表、自己的本质统统置之不顾。她仿佛觉得自己仰卧在一个茂密的树林之中，沉浸于一泓清亮的泉水。她看见一个弯下腰的身影在她的嘴唇上吮吸着，吮吸着。那就是贾钦托，然而还有她，渴求爱的活生生的诺爱米。那是一个神秘的精灵，吮吸着整个喷涌的清泉，从她口中吮吸着整个生命，他永不满足地渴求着；随后，他仰卧在茂密的树林之中，沉浸于一泓清亮的泉水，跟她浑然融为一体。

一声敲门声把她唤醒过来。她前去开门，以为是姐姐们或是贾钦托，她害怕他们回来，因为那足以使她停止美好的遐想。但当她看到是波多依大娘时，本能地又把大门关上，拒老太婆于门外。波多依大娘则硬是用力把门推开。

"诺爱米小姐，您想把我像只蜘蛛那样压死吗？我来不是跟您过不去的。"

诺爱米往后退了一步，显出冷漠、轻蔑的神态，眼睛瞧着手里拿的布。

"你要干什么？"

"我要跟你谈谈，但却是心平气和的，就像基督徒跟基督徒那样谈话。"老太婆说，一面整理着脖子上闪闪发光的珊瑚项链。她身子颤抖着，神色悲戚，瘦骨嶙峋，像一具骷髅。

"诺爱米小姐，请瞧着我！别低下眼睛，我是来请求您的帮助的。"

"向我？"

"是的，向您，小姐。已经三个月了，你们不再让我踏进这儿的门槛，你们是有道理的。但昨天晚上我梦见了马丽娅·克里斯蒂娜夫人，我瞧见她站在我的床前，就像那次临终行涂圣油礼时一样。马丽娅·克里斯蒂娜夫人是那样美丽，她戴着白头巾，好像一朵百合花。'你上诺爱米那里去，'她对我说，'诺爱米有我的一颗心，因为死人的心是留给了活人的。去吧，波多依。'她还对我说：'你会看到，诺爱米将会帮助你。'这些话是她对我说的。"

诺爱米靠近大门站着，脑袋低垂，竭力想继续做针线活儿，她手里的白布映射出山峦上方天空的红色。

"好吧，您要什么？"

"我这就告诉您。您什么都知道了。年轻人在相爱。我曾经说过：'如果他们相爱，为什么要阻止他们呢？而我们，年轻的时候不也是恋爱过吗？'可时间一天天过去了，小姐，小伙子变得很古怪。我的格莉塞达瘦得像一根细线。他不让她出门，不让她去干活，只要看到她站在门槛上，便让她进去。如果格莉塞达埋怨起来，他就说：'为了你，我让姨妈们都难过死了，尤其是诺爱米姨妈。'他也不再说别的什么，因为他教养好，心也善良。但是这些话像毒药一样，摧残人可又不让人叫出声来。"

她叹了一口长气，攥住诺爱米围裙的边角，用乌黑的手指把它卷来卷去。

"诺爱米小姐，我的小姐，您有一颗您母亲的心。我可以这么对您讲。当年我的父亲警告我，如果你再瞧一眼堂·扎姆，我就用赶牲口的刺棒把你的眼珠挖出来。于是，我就闭上了眼睛。从那时候起，堂·扎姆对于我来说就已经死了。可是格莉塞达不是这样，她不可能把眼睛闭上。"

诺爱米身不由己地感到心慌意乱。老太婆像小女孩那样把她的围裙边角卷来卷去，使她非常难受。

"是您的过错。"她严肃地说，"您这么大岁数知道是怎么回事，应该怎样去了结这些事情。"

"我们知道，我们知道……但我们始终什么也不知道，我的小姐！心是永远也不会老的。"

"这点确实如此。"诺爱米承认，但她的声音好像是从嘴里很勉强地说出来的。然而她很快皱起眉头，抬起冷冷的带有讥讽神情的眼睛，注视着老太婆的眼睛。

"好吧，您要我干什么呢？"

"请您对堂·贾钦托说，是的，请您对他说：要么别再纠缠格莉塞达，要么跟她结婚。"

"应当由我对他这样说吗？为什么非要我去说呢？"诺爱米问道。由于老太婆并不回答她的问话，而只是盯着她瞧，她有一种痛苦的印象，好像老太婆全部知道似的。她垂下眼睛，冷淡而苦涩地说："我什么也不对他说，您好生想一想，你们是知道这一点的——他是什么人。您是一位坏祖母，竟允许格莉塞达看上一个跟她不相配的人。"

"为什么他跟她不相配呢？一个自由的男人永远是跟一个自由的女人相配的，只要有爱情就行了。我的小姐，您发发慈悲对他说吧，我不是来向您乞求面包，而是乞求比面包更重要的东西，这关系到拯救一个女人。小伙子听您的话，因为他是心地善良的，他说：其他的事我并不遗憾，只是诺爱米为我感到痛苦……好吧，我要让您相信，他总是谈到您，他爱您。格莉塞达甚至嫉妒您了。"

于是诺爱米笑了起来，然而她觉得自己的膝盖直打哆嗦，心中感受到一种黄昏的光辉灿烂美。那是碧波粼粼的大海，其间点缀着星罗棋布的金色岛屿，远处显出海市蜃楼的美妙景色。她从来没有体验过这种陶醉的瞬间。

刹那间，世界好像完全变了样。老太婆望着诺爱米，在她那呆滞的眼睛里闪烁着狡黠的眼神，就像她那骷髅般的脖子上挂着的那串象征青春的项链。

"诺爱米小姐，那您对我说些什么呢？我能稍稍安心地走吗？是的，您果真会帮助我吗？"

"您走吧。"诺爱米用改变了的声调说道。但是老太婆并没有走，她低声下气地连声道谢。

"我们这穷人家一直是挨着你们的家，就像奴仆靠着主人一样。我们不相往来的状态不能再继续下去了。我的扎南托尼每次从菜园回来，总是一面哭，一面说道，为什么小姐们赶走我呢？于是他拿起手风琴就到这里来，在墙后面拉起来。他说，给诺爱米小姐奏《小夜曲》来着。小姐，您听到了吗？现在一切都将会很好的。"

"我们希望，一切都将会很好的。"诺爱米说，可是她也不知道什么事情将会很好。她的心头突然涌上一种对所有人的爱的情感。"你对扎南托尼说，让他今天晚上上这儿来，我给他红梨。"

老太婆一把攥住她的手吻起来，泪流满面地走了。诺爱米回到自己的位置上。东方的天空已渐渐黯淡下来，只有山峦的上空仍然如火焰似的一片彤红，仿佛白昼的所有光亮都集中到那儿了。她竭力控制自己，继续做针线活，可她的双眼既看不见白布，也看不见针，眼前只有那巨大的亮光，那个无边无际的、深远的海市蜃楼的幻景。她好像听到了男孩演奏的《小夜曲》，听到了歌颂爱情的诗句在黄昏的炽热空气中回荡。眼前又显现出神甫简陋的平台和教堂，庭院里燃烧着篝火，节日活动热火朝天。突然，她也匆匆跑去，走进了跳舞的妇女行列里，她也参加了节日庆祝活动。她成了所有人当中最狂热的一个，就像格莉塞达和娜托莉娅一样。她感到，所有在场的女人的欢乐、甜蜜和激情，都在她的心中燃烧起来。贾钦托紧紧握住她的手，在她的四周，在庭院里，在这大千世界上，都是节日活动，是为他们俩举行的……

然而，她渐渐苏醒过来。她觉得，篝火已经熄灭了，她血管里的血液也停止了狂热的悸动。她为自己的梦幻感到羞愧。她想起了对老太婆的许诺："一切都将会很好的。"于是，她思索着要对外甥说的话，说服他走上正道，跟格莉塞达结婚。但愿他们俩幸福！现在，她爱他们两个人，女人以她的爱构成了男人的一部分。但愿他们带着自己的贫穷，带着自己的爱情，在他们走向乐土的旅程中恩爱幸福。她爱他们，因为她感到自己置身于他们之中，已经成为他们的一部分，由于她的爱而跟贾钦托联结在一起，由于她的痛苦而跟格莉塞达联结在一起。她像一位老母亲那样祝福他们，但她觉得自己是经历了一种神秘的生活之后置身于他们中间的，就像耶稣在逃往埃及时置身于父母之间一样……

她像一个孩子，又像一个老人，嘤嘤哭泣，不知道是为了什么缘故，或许是因为幸福的痛苦，或许是因为痛苦的幸福。

这时又有人敲门。她用布擦干眼泪，跑去开门。一个男人走进来，把大门关上。

他是信使。身材细瘦，身穿制服，黝黑的脸膛，胡子大约有八天没刮过了。他手里拿着一张长长的一叠为二的公文。他把淡绿色的硬帽从秃脑瓜顶上取下，望着诺爱米，有点难于启齿。

"艾丝苔尔小姐不在吗？"

"不在。"

"我想……我想交给她这个，但也可以交给您。"他很快地说着，用铅笔在公文的下端写了几行字，"已面交诺爱米小姐，诺爱米·平托尔。"

她严肃地望着，内心在颤抖。无数个问题涌到她的嘴边，然而她不愿在这个全镇人害怕和蔑视的男人面前表露出自己的惊讶和软弱。

信使还有点犹豫是否把公文交给她，但最后终于决定交给她，并迅速地走了。

她开始读这份公文，手里仍旧拿着白布，眼睛仍旧因为爱的泪水而润湿。

"以国王陛下的名义……"公文包含着某种神秘莫测和令人生畏的东西，好像是来自一位邪魔权贵。

她慢慢地读着，逐渐明白了。诺爱米以为这是在梦中。她又回去坐下，仔细地重新读起来：卡泰莉娜·卡尔塔，职业家庭妇女，要求艾丝苔尔·平托尔小姐在通知书到达的五天之内，归还二千七百里拉，包括艾丝苔尔·平托尔小姐签字的汇票的开支。

起初，诺爱米像埃菲克斯一样，以为这是艾丝苔尔的轻率行为。一阵转瞬即逝的红晕掠过她的脸颊，犹如在黑夜遥远的地方刹那间亮起而又熄灭的火焰。她的意识深处猛然涌出一个确信无疑的想法，为了贾钦托，艾丝苔尔不久以前也做出了失去理智的行为，然后是一片寂静、黑暗。是的，前不久她也是这样，可是艾丝苔尔呢？艾丝苔尔不会像她那样丧失理智，艾丝苔尔也不会为了那个冒险家的爱而使家庭毁灭。

事情的真相像闪电似的击中了她，迫使她跳将起来，踉踉跄跄地从这里跑到那里，她整个人中了邪似的，摇摇晃晃。

姐姐们回家时瞧见了她这副模样。

艾丝苔尔小姐从披肩里伸出手来，拿着公文，露丝小姐点上油灯，因为天已经黑了。

三个人都在一条长凳上坐下，诺爱米恢复了平静和严峻的神情，重新高声念着公文上的内容。姐姐们的脸孔探向公文，因焦急而渗出的汗珠闪出晶莹的光亮。诺爱米抬起眼睛，说道：

"如果你，艾丝苔尔，根本没有签什么字的话，我们就根本不用偿还，清楚吗？为什么要徒自悲伤呢？"

"那他会去坐牢的。"

"他活该！"

"你，诺爱米，你怎么能这么说呢？能让一个基督徒去坐牢吗？"

"那么你准备怎么办呢？"

"偿还。"

"然后去讨饭吗？"

"耶稣也讨过饭的。"

"但是耶稣也惩罚过人的，他惩罚过犯罪者、欺诈者、伪造者……"

"那是在另一个世界，诺爱米！"

当姐妹俩争论时，露丝小姐沉默不语。但她靠在椅背上，冷汗涔涔，两只手像失去知觉一般在腰际垂下来。她生平第一次尝到了一种奇特的感情，为了拯救这个家庭，需要行动起来，做些什么事情。

"唉，"艾丝苔尔说道，她站起身来，把披肩交叉在胸前，"再说需要耐心和谨慎，我上卡莉娜那里去，求她宽容宽容。"

"你，我的姐姐？你上放高利贷的人家里去？你，艾丝苔尔·平托尔小姐？"

诺爱米拉住她的披肩边角，然而艾丝苔尔小姐尽管说要耐心、谨慎，却忍耐不住了。

"艾丝苔尔小姐，算了吧！我的妹妹，你是知道的。困难使所有的人平等。"

她走了。

诺爱米又被一种耻辱和愤怒的强烈感情所主宰，埃菲克斯的形象犹如一个为他人奉献一切的温顺的殉道者的形象一样出现在眼前，于是她跑到院子里，站在大门口，等待着有人路过，以便请他去叫长工。

"他，他是全部事情的根由！他曾许诺关照贾钦托，并保护我们防止他……"

没有人路过。四周静悄悄的，就连屋里的露丝也像个死人似的。诺爱米永远也不会忘记这个黄昏时分的等待，她仿佛觉得，这也是她生命的黄昏时分。她木然不动地站在残缺不全的石头门槛上，向前探着身子，她好像在等待着一个神秘莫测的人，一个既是救世主，又是复仇者的人。

响起了脚步声，有点缓慢，又有点沉重的声音：一个身影出现在街道那边，他往这边来，在地平线的暗淡背景下，这身影越来越凸出，越来越巨大。那是个黑色的身影，然而在她的心里却燃起一线希望之光。

他走到诺爱米的面前，发现她的慌乱神情后便停住了步子，而她正用张开的手掌全力支靠着墙壁，以防跌倒。她怀着一种渴求但又害怕向过路人求援的心情，因而更加惶悚不安。

但来人问道：

"诺爱米，发生什么事了？"

她感到自己的心快要破碎了，要喊救命了。

"普列杜，劳驾，请替我找个人到庄园去叫埃菲克斯。"

"我去，诺爱米。"

"你？你？你……不……"

"为什么不呢？"他尖声嚷道，"你怕我偷你庄园里的西瓜吗？"

她继续含含糊糊、结结巴巴地说：

"你不……你不……你不……"

堂·普列杜已猜到了那里面所发生的事情。

他不知道为什么，不过从某个时候起，从他捎来小篮子的那个晚上起，从贾钦托对他说"您把您的钱积攒起来，就像在席子上堆起豆子，然后把它们喂猪"以后，他就感到一种内心的空虚，一种奇怪的不舒服的感觉，仿佛是外地人把自己的空虚和不舒服的感觉传染给了他，他想到表姐妹，便产生了一种异乎寻常的怜悯感。他看到诺爱米浑身打战，于是他也把手挨着她的手扶在墙上。他们的脸孔挨得很近，他散发着一种男人的气息，汗味、被阳光晒黑的皮肤的味道、酒味和烟草味，而她呢，一种内在的馨香，薰衣草和泪水的气息。

"诺爱米，"他粗鲁而又胆怯地说，把帽子摘下来，然后重又戴在头上，"如果你们需要我，就对我说。究竟出了什么事啦？"

诺爱米没有回答，她无法说什么。

"出了什么事啦？"他高声重复着。

"我们被毁了，普列杜……"她终于开口说道，好像违背自己的意愿而说了出来，"我们完了，贾钦托伪造了艾丝苔尔的签字……女高利贷者为此告了我们……"

"啊，刽子手！"堂·普列杜用拳头猛然敲打着墙壁，嚷了起来。

诺爱米很害怕他这声叫喊，需要保持体面的意识使她恢复了镇静。她好像觉得，邻居们都已探出身子来探听她的贫寒的秘密。

"请到里面来，普列杜，我都告诉你。"

他走进二十年来连门槛也未跨过的里屋。

油灯在老式的凳子上燃着，它的火焰似乎怜悯地伴随着露丝小姐，她仍然一动不动地坐着，脑袋靠在椅背上，两只手僵直地垂下。她那半边被油灯照亮的脸孔是蜡黄的，在阴暗处的另一半则罩在黑暗中。半睁半闭的眼睛向上翻着，好像只是在努力盯着远处的一个点。

堂·普列杜一看见她，吓得跳起来，突然又站住不动了。从他的动作中，诺爱米已经明白发生什么事了。她恐惧地望着他，然后看看姐姐，跑过去摇着她。

"露丝，露丝？"她小声叫唤，朝她俯下身子，紧紧抱住她的两个肩头。

露丝的脑袋向下耷拉着，一会儿倒向这边，一会儿倒向那边，随后她整个身体好像探向前方，弯下身去，倾听地下向她发出的叫唤声。

扎南托尼手风琴的如泣如诉的乐音，犹如远处投射来的一缕光，传到了慌乱、痛苦的诺爱米耳中。男孩子用童音自伴自唱，他的充满难以诉说的哀愁的歌声在温馨、明亮的夜空中回荡。诺爱米仍然跪在椅子旁边，椅子上躺着露丝小姐的尸体。诺爱米抬起眼睛环顾四周。只有她独自一人。堂·普列杜跑去叫艾丝苔尔小姐了。她回想起老太婆的话："扎南托尼给你奏《小夜曲》来着。"从她那发青的嘴唇中，吐出一声痛苦的呻吟。凄厉的呼叫、呻吟和哀鸣，跟手风琴的乐曲声、男孩的歌唱声融为一体，犹如一个在森林中被遗弃的受伤者的喘息声，跟夜莺的婉转的啼鸣交融在一起了。

但刹那间，万物都归于寂静无声。随后只听见纷乱的脚步声和嘈杂的人声，小院里挤满了人。诺爱米看到男孩挨着自己，脸色苍白，眼睛睁得大大的，把手风琴紧紧贴着胸脯自卫，好像防止有人袭击一样。她在他耳边说道：

"你快跑，去叫埃菲克斯。"

第十章

露丝小姐去世了，阴影和寂静又重新笼罩着这个家庭。

埃菲克斯坐在小台阶上，手中拿着一朵小茉莉花，脑袋仰靠着墙壁，他怀着一种模糊的恐惧心情等待着贾钦托的归来。

贾钦托没有回来。毫无疑问，他已经知道他闯下了大祸，所以犹豫不决，不敢回来。他如今在什么地方呢？在奥列纳，还是在努奥罗，或者在更远的地方呢？

埃菲克斯努力把令人惊骇的三天来的思绪、回忆和印象汇拢在一起。他似乎觉得，他仍然坐在他的茅屋前面，倾听周围桤木丛中夜莺的啼鸣，那和谐的乐音，好似河水的潺潺声，在空中飘荡，使夜晚显得凉爽清新。那乐音是那么悦耳动听和令人伤悲，以至于晚间的幽灵们也一动不动地藏身在山丘边，探身倾听着。埃菲克斯觉得自己好似被一阵狂风带走了，他靠回忆和希望聊以自慰。他等待着贾钦托，贾钦托来到这儿，带来十分离奇的消息，他已找到了工作，他履行了自己的诺言，让老姨妈们得到安慰。堂·普列杜提出要娶诺爱米为妻……

然而，贾钦托没有露面，倒是扎南托尼来了，胸前捧了一件不知道是什么的黑乎乎的东西，好像是一头死去的秃鹫。从那一时刻起，埃菲克斯直觉得自己像是个被高烧击倒，陷入神志不清状态的人。多可怕的噩梦啊，漆黑的夜间隐约显出一条白茫茫的大路，手风琴声从山上流泻下来，使夜莺也停止了啼鸣！所有的精灵和魔鬼在阴影中蠢蠢欲动，飘忽不定，追逐着他，包围着他。

现在，他又重新等待着。可是贾钦托也好像变换了妖怪似的形象，好像夜间的幽灵把他拐到他们的神秘王国里去，以致他从那里回来时，模样已经变换了。

要是他再也不回来了，那倒也是件好事。

从厨房里透出一缕微光，把庭院的一角照亮，可以听到里面有某种细微的声响。诺爱米和艾丝苔尔小姐在里面走动，但好像她们也害怕，害怕让人听见她们的声音，让人感觉到她们的存在。

忽然有人推开大门，这三个人，两个女人和长工霍地跳了起来，好像从那死亡的噩梦中苏醒过来似的。

还是波多依大娘，她来询问贾钦托的消息。她像一个阴影似的往前走动，但看来她让一个什么人留在了外面，因为她转过身去张望，而小姐们以厌恶的神情往后退了几步。

"已经五天了，不见小伙子踪影，不知道他在什么地方？埃菲克斯，我的宝贝，你说说看，他在哪里？"

"我怎么能告诉你连我也不知道的事呢？"

"你告诉我，你告诉我。"她固执地坚持着，朝埃菲克斯弯下身子去，手里托着脖子上的项链，几乎想把它摘下来送给他。

"你们把他赶走了吗？是诺爱米小姐把他赶走的，是吗？告诉我，你是知道的，我的格莉塞达痛苦得要死啦……"

她弯下身子，深深地弯下身子，她那黑色的侧影，好似一座山岳的轮廓，在埃菲克斯眼前闪烁着一颗星星。

"我的宝贝，我能给你什么呢？"

"老大娘，什么也不要！"他高声说道，"我向您发誓，我不知道！他回到这里，我就告诉您……"

"埃菲克斯，你是好人！上帝会保佑你的。你到外面来……安慰安慰她吧……"

她一把攥住他的手，把他往外拽。格莉塞达正靠在墙上，呜呜地抽泣，好像在抗议一座监狱，里面禁闭着全部幸福，但她却无法进入。

"哎，你怎么啦？他会回来的，肯定会回来的。"

"我的宝贝，你听见了吗？"老太婆说道，去拉靠在墙上的姑娘，"他会回来的！他没有永远离开这儿，没有！"

"是的，他会回来的，姑娘！"

格莉塞达拉住埃菲克斯的手，一面抽泣，一面吻起来。他感觉到她那被泪水浸湿的嘴唇，吻了他的手指，犹如一朵被露水润湿的鲜花留下了印痕。他浑身打了个寒战，他感到三天来一直侵扰他的噩梦烟消云散了。

"他会回来的。"他高声重复说，"一切都会顺利的，他会悔过自新，痛改前非。你们会幸福的，一切都会顺利的……"

两位得到安慰的女人走了。他又回到屋里来，只见诺爱米在他面前站着，好像一条可以触摸到的静止不动的黑影。

"埃菲克斯，我都听见了。埃菲克斯，你休要起坏念头，让我们也死去。贾钦托绝不能再回到这个家来了。

埃菲克斯手里仍然拿着那朵茉莉花，花儿在黑暗中颤抖，仿佛它也蒙受了痛苦似的。

"让你们死去……我！为什么？"

"埃菲克斯，我都听见了！"她用单调的声音重复着。突然，她的影子跳将起来，黑影好像变得高大，变得魁梧了，埃菲克斯觉得好像有一只老虎向自己扑来。

"埃菲克斯，你明白吗？他绝不能再进这个家门，也不应再进这个小镇！你，你是一切灾祸的根源，是你让他来的，你说过你要保护我们不受他的伤害……你……"

埃菲克斯像一个忏悔者似的摘下帽子。

"诺爱米小姐，原谅我吧！我原以为是做好事……我本来这么想的：当我不在人世的时候，至少有人会来保护你们……"

"你？你？你不过是一个长工罢了！你不甘心让我们当贵族，你想看到我们用你的背囊去沿街乞讨。让乌鸦先啄掉你的眼珠子。你看到我们姐妹当中的两个从这里走了……可另外两个姐妹绝对不会这样的。你永远是长工，我们永远是主人……"

埃菲克斯在胸前画着十字，好像面对着一个着魔的女人。他跑去拿他的背囊，以便逃到世界的尽头去。然而，艾丝苔尔小姐一把拉住他的手，步步紧逼着他的诺爱米，像露丝小姐一样倒在凳子上，紧闭双眼，脸色发紫。

他走到屋外，坐在小台阶上，整整一夜他把脸孔埋在双手间，一动不动。

天亮之前，他动身去寻找贾钦托。他走了一程又一程，起先大路呈现出灰色，慢慢地呈现出白色，最后化作玫瑰色。曙光仿佛从山谷升起，好像绛红色的烟雾，浸染了地平线上一座座奇妙的山峰：科拉西山、乌迪德山、贝拉·维斯塔山、萨·巴尔迪亚山、桑突·尤阿内山、诺乌山。这些山在璀璨的盆地上耸起，就像清晨绽开的一朵硕大的鲜花上的花瓣。天空也好像要折下腰来，因这美景而显得苍白和激动。

随着太阳冉冉升起，奇妙的景色消失了。乌鸦展开像尖刀似的发光的双翼，尖声叫着飞掠而过。罗尔托贝内市展露出它用石块垒成的圆锥状建筑的轮廓，它的对面是白色堡垒状的奥列纳镇，在这两座市镇之间的地平线上，出现了努奥罗市的主教堂。

埃菲克斯走着，眼前像蒙上了一层热雾似的。他觉得自己好像是个死人似的走着，像一个接受惩戒的幽灵似的走着，他必须走到那永无止境的目的地。然而，不时有一种叛逆心理向他袭来，促使他停下脚步，坐在柱式护栏下眺望着远方。沿着河谷和山峦上升的道路，蜿蜒在橄榄树、岩石和印度无花果之间，是的，他觉得这整一条灰色的道路，是他蒙受磨难的道路，也是一条能够通向自由之地的道路。他一面思索着，一面打量前面罗尔托贝内市的轮廓，那是一个用花岗岩建筑起来的城市，它有许多宁静、坚固的古堡。我何不独自在那儿藏身，以野草和偷来的肉为生，像一个强盗那样自由自在呢？

在河谷的豁口处，他瞧见峭壁上面雕刻着一个钉在大十字架上的耶稣像，这十字架好像上与蓝色天空沟通，下与灰色地面相连。于是他赶紧低下脑袋，跪了下来，为自己的胡思乱想感到羞愧。

　　贾钦托在奥列纳镇。他已经得知所发生的灾祸和露丝姨妈的去世，他害怕回到那里去。他靠着替米莱塞卖酒获得的回扣，很少的几个里拉勉强度日，可是他不知道以后该怎么办。他从位于小院尽头上方的一间简陋的小房间的小窗户眺望远方，犹如从小洞里眺望庞大的依斯波诺山的西莱大河谷、努奥罗主教堂，以及涂上一层玫瑰色的高高的云天。

　　然而他连努奥罗也不想去，他怀着一种期待的心情，期待着还要发生什么事情。于是，他在小镇上东游西逛，白天在教堂门口懒洋洋地晒太阳。白色的小镇在明澈的蓝色的山峦衬映下，仿佛是大理石和空气造成的，它像采石灰场似的炎热，但不时有一阵海风吹过，使它凉爽不少。果园里的核桃和桃子在潺潺水声和鸟儿的啁啾声中喁喁细语。

　　贾钦托打量着那些去做弥撒的妇女，她们端庄、严肃、宽宽的脸庞在黑缎子似的头发的衬托下略显苍白。她们赤裸着小鹿似的脚踝，穿着漂亮的绣花小鞋，坐在教堂的地板上，身上穿的是红色的紧身衣，几乎整个身体都被绣花的披肩掩盖了，使人犹如置身于花园一样。教堂里到处都是悬挂的彩带和偶像，镶嵌有珠子眼睛的小巧而乌黑的圣人，肥胖而变形的圣人，他们与其说是偶像，倒不如说是魔鬼。

　　圣礼完毕之后，妇女们纷纷回家，贾钦托也往他的栖身之处走去。他打一个教堂废墟的前面走过，这衰落的教堂使他想起姨妈们的家。他与其说想格莉塞达，不如说更想诺爱米姨妈，他真想放声痛哭一场，跑回家去，挨着在院子里做针线活的她坐下，挪开缝制的衣服，把脑袋贴着她的膝盖。不过，他马上又为自己的梦想感到羞愧，便回到僻静的小房间的小窗前，眺望着努奥罗主教堂，或许，只有在那里，他才能得到拯救。

燕子窝随着时令的变化而显出了石头般的颜色，构成屋顶和小窗户之间的装饰。每一个窝里簇拥着一群雏鸟，不时有一只发光的、小小的圆脑袋像软体动物一样露出来，一只雏燕脱壳而出了，随后又是另外一只，十只，二十只，它们飞来飞去，画出一个个小小的黑十字架，在贾钦托的小窗口周围发出忧伤的呼叫。

当小燕子几乎是擦着他的脸孔飞过的时候，他真想逮住一只。他一动不动地埋伏在那里，就这样消磨着时间。然而，有一天，当他瞧见了埃菲克斯疲惫不堪的身影朝小庭院走过来的时候，终于明白，他正是在等待着埃菲克斯。

长工来到小窗户的下面，默默无语地抬起头来瞧着。他几乎大吃一惊，呆呆地几乎张不开嘴了，但他朝着街道晃了晃脑袋，示意贾钦托跟他走，于是贾钦托尾随在他后面。

他们走到教堂后面，背靠着断垣残壁，眼前是灿烂明媚的田园风光。

"哎，好吗？"埃菲克斯用颤抖的声音问道。

这句话让贾钦托发笑，不知道为什么，面对长工的寒碜模样，他突然觉得整个人有了精神，心中充满了恶意。

"你问我好吗，我正要问你呢。又出了新鲜事迫使你来跟踪我吗？你上这儿来莫非是为诺爱米姨妈的婚礼采购喜酒？"

"请你尊重你的姨妈们！你再也看不到她们了。露丝小姐去世了。"

于是贾钦托垂下脑袋，瞅着自己的双手。

"瞧你，瞧你！连一句表示悲痛的话也没有，你说说！也没有一滴眼泪！她是为了你的缘故去世的，卑鄙的东西！为了你的缘故，她痛苦地死去了。"

贾钦托的肩膀开始颤抖，他的下唇也哆嗦起来，然而他愤怒地咬紧嘴唇，一会儿紧握拳头，一会儿又松开手掌，仿佛想攥住什么，又想扔掉什么东西似的。

"我究竟干了什么啦？"他傲慢地问道。

埃菲克斯痛苦而轻蔑地仰望着他。

"你还问得出口呢？如果你不知道究竟干了什么，那为什么你还要待在这里？我什么也不想对你说，也不打算问你什么，因为你什么也没有了，连良心也没有！我只是来告诉你，你再也别进她们家的门！"

"你满可以不必这样辛劳的！谁想进那个家门了？"

"你就这么回答吗？你至少说说你打算怎么办，你已经逼得你的不幸的姨妈们去讨饭。你打算怎么办呢？"

"我会全部偿还的。"

"你？开空头支票吗？唉，够了，我的上帝！我再也不相信了！你如今休想骗任何人了，知道吗？该收场了，你别再装模作样，因为我们再也没有什么东西可以给你了，卑鄙的东西，明白吗？"

于是轮到贾钦托抬起头来仰望着埃菲克斯，做出一副诧异而又凶狠的姿态，然后又张开双臂，好像要从地上站起来，晃动全身向埃菲克斯撞去，活像一只朝它的猎物冲击的老鹰，他的眼睛和他的牙齿在黄昏的落日下闪闪发光，面目显得十分狰狞。

"你说，你不感到羞耻吗？"贾钦托小声说道，攥住他的胳膊，死死地盯住他的眼睛。

埃菲克斯觉得那目光直射入他的眼睛，燃得瞳孔火辣辣的，耳朵里回响着他的怒吼。

"你不感到羞愧吗？你这个卑贱的东西！我可能做错了事，但我是年轻人，我可以改正。你为什么要来折磨我呢？我就知道你会来的，我早就等着你。你，你至少应该理解我，而不是诅咒我。你明白吗？为什么现在你不回答呢？啊，刽子手！啊，你现在发抖了，滚吧，我为接触了你而感到耻辱。"

他用力推开他，走了。埃菲克斯追上他，一把攥住他的手。

"等一等！"

他们沉默了一会儿，好像在倾听来自远方的一种声音。

"贾钦托！你只告诉我一件事。贾钦托！我作为一个垂死的人对你说话。贾钦托！看在你母亲的分上告诉我！你是怎么知道的？"

"这跟你有什么关系？"

"告诉我，告诉我，贾钦托！看在你母亲的分上。"

贾钦托永远也忘不了埃菲克斯那一瞬间的眼睛，那双眼睛好像是从地狱的边缘向他乞求饶恕，而那双手紧紧握住他的手，把它用力朝地面搋去。长工的身子弯曲了下去，不断弯曲下去，渐渐地倒下去。

一片寂静。

埃菲克斯松开贾钦托的手，他弯曲着身子跌了下去，一面摸索着地面，一面开始咳嗽和吐血，他的脸孔呈现出腐烂了似的铁灰色。贾钦托以为他要死了。他把他拉起来，让他的肩膀靠在墙上，他站起来，低头俯视着他。

"告诉我，告诉我！"埃菲克斯喘着气，用嘶哑的声音说，一面抬起被鲜血染红的手掌，"是你的母亲吗？你至少告诉我，不是她。"

贾钦托摇了摇头，表示不是。

于是埃菲克斯似乎平静了下来。

"是的，"他小声说道，"是我杀死了他，你的外祖父，是的。我曾在马路上，在教堂里，忏悔过千百次，但我并不是为了她们才这样做的。如果没有我，谁来照顾她们呢？但那毕竟是场灾难。贾钦托！这点我向你发誓。我早就知道你的母亲想出逃，我同情她，因为我爱她，这是我的第一桩罪过。我竟打她的主意，我是个小人，是个仆人啊。于是她利用我的感情，为了出逃而借助我的一臂之力……而他，作为父亲已经看出了这一切。一个晚上，他想杀死我。我出于自卫，用一块石头击中他的脑袋。他像个陀螺似的围着自己打转了一阵，用手抱住后颈，在远离袭击我的地点倒下去了……我以为他是装腔作势……我等着……我等着……等他爬起来……随后我开始流汗了……但我却不能动弹……我一直以为他是假装的……我瞧着他……瞧着他……就这样过了很长的时间。我终于走近了……贾钦托？贾钦托？"埃菲克斯气喘吁吁地用微弱的声音重复了两次，好像仍在呼唤死者一样。"我叫了他一声……他不回答。我不敢去碰他……于是我逃走了，后来我又回来了……一连三次都是这样，我始终没有去碰他，我害怕……"

贾钦托沐浴在天空的红霞中，投下一条高高的黑影，他倾听着，肩膀瑟瑟颤抖，埃菲克斯仰望着他，以为看到了整个地平线的晃动。

突然，贾钦托什么也没说，扭身就走了，埃菲克斯于是发现面前是一片自由的空间，笼罩着阴影的玫瑰色的河谷，往上，再往上，一直到洒满晚霞的黑沉沉的努奥罗山丘。

四周静悄悄的，只有从断垣残壁中飞出来的燕子的几声尖叫，以及远处响起的马蹄声，越来越远的马蹄声。

"是贾钦托，"埃菲克斯想道，"他骑上马回那儿去了，他会向姨妈们吐露全部真情，并粗暴地对待她们……"

他倾听着。他觉得重新听见了马蹄声敲打在墙头上，敲打着他头顶，然后往下，敲打着他的身体，他的心脏。

"他什么也没对我说就走了！可是我，当他对我谈起跟港务局局长的事情时，我的表现可不是这样的！"

忽然，他像被什么东西叮了一下，猛地跳了起来，抖掉衣服上的尘土，走了。他沿着大路往前走，走过教堂，脑子里浮现出贾钦托回到家里粗暴对待女主人的情景。

然而，他回到家里，整个家庭重又笼罩着死一般的寂静。

艾丝苔尔小姐正在清洗准备磨面的麦子，把筛子里的麦子浸在一个盛满水的深底圆锅里，所有的小石子全汇集到筛子的一角，她用力抖动筛子，把小石子统统颠出去。小麦里有许多尘土和小石子，因为这是麻袋中留给她们的最后一点粮食。

但埃菲克斯最难受的，是看见诺爱米小姐头上扎着露丝小姐的白头巾，表示哀悼。

她苍老了，脸孔像她那条补了又补的床单那么苍白。

他面对着她们坐在长凳上。三个人都很平静，就像什么事也没有发生过一样。

"他走了没有？"诺爱米问。

"他会走的。"

她盯着他瞧了一会儿。她发现他是那样苍白、干瘦。怜悯之心油然而起，她不再说什么了。

连续八天，他们三人都生活在忧心忡忡之中，希望贾钦托回来，弥补过去所做的坏事，又希望他已经远走高飞，永远也不会再露面了！

第十一章

秋季的一天，埃菲克斯来到堂·普列杜的家里。

只有两个女佣在家。一个上了年纪的胖胖的女佣，摆出一副修道院院长妹妹的令人生畏的架子，另一个年纪轻些，动作利索，正受着疟疾寒热的折磨。他必须在底层房间里等着，漫不经心地打量着宽敞的庭院里栅栏状的架子，上面晾晒着绿色和黑色的无花果、紫色的葡萄、用罩布盖住的西红柿片。整个家庭显得宁静和富足。修剪过的棕榈树枝在明亮的墙壁上投下波动的影子，鲜红的石榴绽开在金灿灿的叶子间，露出珍珠般的果粒，犹如小孩洁白的牙齿。埃菲克斯不由联想到他可怜的女主人们的可悲的家庭，想到诺爱米好像黑暗中的一朵鲜花，渐渐地枯萎……

"你瘦了好多，"上了年纪的女佣坐在房门口纺线，对他说道，"你发烧吗？"

"他们在啃我的骨头，剔我的肉，上帝保佑。"他叹了一口气，瞅着自己哆哆嗦嗦的发黑的双手。

"你的女主人们好吗？在教堂里也见不到她们了。"

"打那次大灾大难以后，她们连教堂也不去了。"

"堂·贾钦托不回来了吗？"

"不回来了，他在努奥罗找到了工作。"

"不错，我的主人最近遇见了他，但那份工作好像不很称心。"

"只要能糊口就行了，斯苔法娜！"埃菲克斯提醒说，但没有抬起头来，"只要能糊口，又不犯过失就行了。"

"这是不容易的，我的宝贝！怎么能过河水蹚不湿鞋呢？"

"打桥上走，"另一位在院子里剥一堆杏仁的女佣插嘴说，随后问道，"那么格莉塞达呢？她也戴着孝不再出门了？"

埃菲克斯没有吱声。

"堂·普列杜现在还常上你们那里去吗？"

"我不知道，我一直待在小庄园里。"

这勾起了用人们的好奇心，因为一个时期以来，她们的主人不时给表姐妹们送去礼品，尽管他背地里嘲笑她们，但却不允许其他人当他的面说她们的坏话。不过，埃菲克斯不愿意跟她们说知心话。堂·普列杜打发人去叫他，他上这儿来等他，不是为了闲聊。低烧和虚弱使他的耳朵边不断响着一阵阵嘡嘡嗡嗡的声音，他好像听到夜晚的河水的潺潺声，听到遥远的地方传来的隐隐约约的声音。他的脑袋里装着整个世界，这个属于他的世界是跟现实世界毫不相干的。

对他来说，贾钦托已经无关紧要，还有格莉塞达，甚至女主人们现在对他来说也是无足轻重的了。所有的一切他都觉得是遥远的，而且越来越遥远，好似他已经登上了一条航船，从灰暗浑浊的海面上望去，陆地从地平线上渐渐模糊，以至消失。

这时堂·普列杜走了进来，但已不像过去那样肥胖，好像稍许掉了些肉。金链子在喘吁吁的腹部晃动。

埃菲克斯站起身来，不想再坐下去。

"最好出去走走。"他说道，一面用手指指门外，好像一个要出门到远方去的人。

"你有很多事情吗？去参加什么节日活动？"

堂·普列杜的讽刺不再使他感到难堪，但对节日活动的暗示使他的心怦然悸动。

"是的，我想去参加圣·科斯马和圣·达米亚诺节。"

"好吧，你去吧！我想你不会马上去的。坐下，我有一个问题要问你。斯苔法娜，拿酒来！"

但埃菲克斯做出一种恐惧的动作，推开酒杯。他将永远不再喝酒，永远不再沾上任何恶习！他已经忌酒两个月了，有时候口渴得厉害，他为了赎罪也滴酒不进。他恭顺地坐着，重又瞅着自己的双手，而堂·普列杜一面警惕地注视着院子，以防女佣们偷听，一面悄声问道：

"告诉我，我表姐妹们的事情怎么样了？"

埃菲克斯仰起头来，但随即又垂下眼睛，脸孔涨得通红，好像一具烧过后失去了血肉，只剩下一张皮的骷髅头。

"我的女主人们不再相信我了，她们不再对我谈她们的事情。这是对的，对我说些什么呢？我只是一个长工。"

"欠你的工钱，可又不付给你！就这件事她们至少应该跟你谈谈。她们欠你多少？"

"我们不谈这件事，我的堂·普列杜！别难为我了。"

"你自己难为自己，傻瓜！好吧，你听着，我有几次上她们那儿去，压根儿就不可能从她们的嘴里套出半句话来。也许艾丝苔尔还会说些什么，可是诺爱米生硬得就像块马蹄掌。发生露丝的不幸的那个晚上，我偶然打那里经过，只有那个晚上她才对我信得过。看在上帝的分上，我敢打赌，只是因为她陷入了绝望。以后她又恢复了敌视的态度。当我上那儿去的时候，开始对我还好，但时不时地恶狠狠地斜眼瞧着我，好像她们的不幸是我造成似的。如果艾丝苔尔要开口说话，她是那样凶狠地盯着她，以致艾丝苔尔到嘴边的话也没有了。"

"她也是这样对待我的，"埃菲克斯说，"的确是这样。"

他几乎感到一种慰藉，因为对诺爱米凶狠的眼神的回忆，比一直折磨着他的悔恨更加厉害地困扰着他。

"现在，你听着。因为从她们那里什么也打听不出来，我便问了卡莉娜。可她，愿恶魔绞死她，竟也守口如瓶。那个该死的女人精通自己的营生，她装作相信艾丝苔尔真的在贾钦托的支票上签了字，而且表白，她只关心自己的事。我知道你和艾丝苔尔到她那儿去过，试图找到挽救的办法。卡莉娜把支票延长了三个月的期限，但又抬高了一旦不能如期兑付时应付出的费用和高额的利息。艾丝苔尔把小庄园和住宅都抵押了进去，这简直是把绳索套在了自己脖子上。是这样，好吧，现在呢，已经是十月份，你们怎么办呢？"

"我也不知道怎么办，她们什么也不对我说。"

"我知道艾丝苔尔到处找钱，她找得好苦啊，但她会碰得头破血流，什么也得不到。我知道，她还准备卖掉小庄园，然而不是卖给我。"

埃菲克斯瞅着自己的手指，沉默不语。但堂·普列杜对他这种漠然处之的态度感到愤怒，用手猛地拍打他的膝盖。

"木头圣人，你想些什么？你说，想什么？"

"好吧，我对你说实话，我希望贾钦托能还清他的债。"

于是堂·普列杜在椅子上哈哈大笑，笑得流出了眼泪，胸脯猛烈起伏，肉乎乎的嘴唇之间的牙齿闪闪发亮。连他交叉放在胸前金链子上的指头也好像在耻笑似的。

埃菲克斯惊慌地望着他，眼睛里充满像一头受伤野兽似的惶恐神情。

"如果他饿死了呢！前天我看见了他，衣衫褴褛，鞋子也破了，连自行车也卖掉了，其他我就不必对你说了！"

"不，你说！他偷窃了！"

"偷窃了？你疯了吗？现在连你也说起他的坏话来了，那朵稚嫩的小花，那位美妙的天使。他偷什么啦？连偷窃这一行都不会干的。"

"他说了些什么？他会回来吗？"

"如果他脑子里会闪过这种念头，我就折断他的两条腿。"

堂·普列杜说道，脸色顿时阴暗下来。

埃菲克斯突然感觉到，他的不幸的女主人们终于有了一个靠山，一位胜过他的保护者。啊，愿上帝保佑，他不会扔下她们不管的。于是，他旧日的希望忽然又复活了，那就是希望堂·普列杜娶诺爱米为妻，这样他的女主人的家庭将从废墟上复兴起来。然而他的欣喜犹如过去曾经燃起的希望之火一样，很快就熄灭了。他又重新置身于他的荒芜的沙漠，他的茫茫大海，他的神秘而可怕的旅途，去接受主的惩戒。即使大千世界中的万物都是属于他的，即使他忽然成为国王，即使他拥有使世界上所有的人都获得幸福的特权，也不足以勾销他的罪恶，也不足以把他们从地狱中拯救出来。因此他怎么能高兴得起来呢？他重又低头瞅着自己的双手，以便掩盖自己眼神所反映出的坚定而顽固的想法。

"贾钦托不会回来，更不会掏出钱来还债，我向你担保。但你得记住我对你说过上千次的事情，我想要小庄园，我来付清全部债务，这样你们可以保住房子。你设法去说服她们，那些木头脑瓜。我把你留下当我的长工。"

"为什么您不去对她们说呢？她们不会听我的。"

"难道她们就听我的？我曾设法跟她们谈这件事，然而好像对牛弹琴。你应该说服她们，你。"他高声说道，又用手掌在他膝盖上拍打了一下，"你是愿意她们好的，是吧，这就是唯一的出路。你应该这样去做，你的义务是打开她们蒙住的眼睛，如果她们是瞎子的话。你必须这样去做，明白了吗？你的耳朵里有虫子吗？"

实际上，埃菲克斯显露出一副漠然的样子，像一个聋子一样。

应该这样吗？堂·普列杜是在威胁吗？或许堂·普列杜知道了什么事情？对于他来说，如今什么也不在乎了。他唯一害怕的是下地狱，但他还是以为，或许堂·普列杜是有道理的。

"那我该怎么去做呢？"

"你应该表现得像个男子汉，哪怕只有一次也就够了。你应该对她们说，如果不愿意付给你工钱的话，那么至少应该以感谢的方式来报答你。如果小庄园落到另外一个主人的手里，你就会像条狗似的被赶出门去。是的，上帝会帮助我的。不过，你要跟叫花子们一起去参加节日活动。"

埃菲克斯不由浑身震颤，因为那正是他苦苦思索出来的悔罪的法子。他站起身来说道：

"我会尽一切努力的。但唯一的要求是……"

"唯一的要求？"堂·普列杜攥住他的衣袖问道，"你坐下，魔鬼，喝一杯。唯一的要求是什么？"

埃菲克斯重又倒在椅子上，他哆哆嗦嗦，汗流浃背，像是要晕过去了。

"就是要您娶诺爱米小姐为妻。"

堂·普列杜又狂笑起来，他笑着，但牢牢按住埃菲克斯，似乎不肯让他离开。

"你多有意思啊，魔鬼！我要雇你一辈子，你却在我情绪不好的时候拿我寻开心！我让你娶斯苔法娜当老婆，也许她对你来说胖了点儿，但她不会给你带来危险，因为她已经三十出头了……"

"斯苔法娜，斯苔法娜！"他大声嚷道，继续不让他走开，朝着房门转过笑容可掬的面孔，"你听着，这里有位求婚的人。"

女佣探进身来，她皮肤黝黑，肚子肥大，胸部臃肿，脸孔严肃得像个贵妇人。埃菲克斯带着乞求的神色看了她一眼。

"堂·普列杜想笑嘛。"

"真是个坏兆头，他想笑的时候，别人就必须要哭。"女佣说道，无视主人的目光。在她的身后，另一个女佣帕恰娜，脸上罩着一重让人猜不透的苍白，紧抿着嘴，露出两个小酒窝。

"我对你说过，你将会跟埃菲克斯结婚的，斯苔法娜。现在你表示不同意，过会儿你就会同意的。有什么好笑的呢？"

"这是嘲弄你！"帕恰娜在后面低声说。

她碰了斯苔法娜一下，敦促她回驳主人。但胖女佣一本正经，没有兴趣去开玩笑。她没有说什么，直到主人和埃菲克斯一起出去。

于是两个女佣开始议论主人的表姐妹们的短处。

"当我提着篮子，带着礼品上那儿去的时候，她们对待我就好像我去向她们讨饭吃似的，其实，却是我给她们送东西去！你没有看见埃菲克斯面黄肌瘦的样子吗？她们已经二十年没给他工钱了，现在连饭也不给他了。你没有瞧见我们的主人在谈到他的表姐妹们的时候是多么激动吗？"

"岁月不饶人，就是小马驹也要变老的。"斯苔法娜评论说。但是她俩都感到，她们那没有女主人的命运正面临着某种新鲜然而又严重的变化。

堂·普列杜陪着埃菲克斯，沿着被方才下的大雨浇湿的路走着。青草在荒僻的住宅的墙壁上蔓生。温馨而深沉的静寂笼罩着一切，金黄色的云彩在湿润的青山上方缓缓飘动，从小镇的高处可以望见贵族小姐们的大门前一片被镀金似的灯芯草覆盖的草地、白沙聚成的小岛之间的碧绿的河流。四周安静得可以听到妇女们在岸边一棵孤零零的松树下拍打衣服的声音。波多依大娘站在自家的门槛上，一只手扶着墙，另一只手搭在眼睛上张望着，她似乎衰老瘦弱了不少，而她瘦骨嶙峋的身上佩戴的首饰却更加显眼，带着凄凉的色彩。

"你干什么呢？"堂·普列杜向她表示问候。

"等我的格莉塞达，她到河边去了。说实在的，我是不愿意她去的，因为小伙子，您的外甥不许她去，如果他知道了，肯定会生气的。可是我的格莉塞达总是做她所要干的事情。"

"他给你们写信了，贾钦托？"

"给谁？写信吗？从来没有过。没有一点他的消息，不过他一定会回来的，因为他许了诺。"

"是的，连死人也要回来的，您说呢！"

老太婆朝埃菲克斯转过身去，他站在那里低垂着脑袋，瞧着石子地面。

"他没有对你说过要娶她吗？你快告诉我，他说过没有？"

埃菲克斯打量了她一眼，就像打量斯苔法娜一样，没有回答。

"最使我不舒服的是贵族小姐们的怨恨。"老太婆一面说，一面又朝河边张望，"她们不欢迎我们，只有扎南托尼有时可以进入她们那比巴洛尼城堡更加闭塞的家里去。她们宽恕卡莉娜，虽然她像瘟疫那样令人讨厌，我对她们却不这样。愿圣母帮助她们。话又说回来，小伙子回来后，一切都会好起来的，诺爱米小姐也是这样说的。"

两个男人走远了，但老太婆追到堂·普列杜的身后，招呼他，小声对他说：

"你能不能为我做件事呢？请您对格莉塞达说，不要去河边，好吗？这对于她来说是不体面的，因为她要跟一位绅士成亲。"

堂·普列杜张开他那肥厚的嘴唇，很想笑出声来，说一句他平时常说的傲慢无礼的话，但他只是朝哆哆嗦嗦的老太婆低头看了一眼，望着她那摇晃的项链和耳环，于是他也摸摸自己的金项链，脸色阴沉下来，就像那天晚上他看到外甥颤抖的肩膀一样。

他赶上埃菲克斯，两人在贵族小姐们关闭的大门前停住脚步。小台阶上长满了大荨麻草。堂·普列杜每次都回想起诺爱米站在那里在阴影中等待的情景。

"好吧，那我们一言为定？你必须按照我对你所说的去做，明白了吗？"

"明白了，我尽一切努力。"埃菲克斯说。他敲门，但没有人来开门。堂·普列杜悄然站在那里，摸着自己的金项链，朝河流下面望去，好像他也在等什么人似的。

"难道她们也死了不成？"

"艾丝苔尔小姐大概在教堂里，诺爱米小姐也许躺下了。"

"为什么？她不舒服吗？"

"啊！有些日子了，每当我回来时，总看见她躺着，她头痛。"

"噢，噢，应该让她出来呼吸点新鲜空气。"

"我也是这么想的，但上什么地方去呢？"

堂·普列杜朝河水下游张望，他的脸孔显得有点异样，几乎让人觉得是漂亮的，像他外甥的脸孔一样忧伤而心不在焉。

"噢，我说，能不能上那个地方去，上柳树谷去，我的庄园也在那儿，靠近海边，还有一些白葡萄……"

埃菲克斯的脸孔忽然泛出光彩，他想说些什么来着，但听到里面有人开门，堂·普列杜连身子也不转过来便走开了，连忙顺着墙根隐蔽起来。

第十二章

令埃菲克斯异常惊奇的是，艾丝苔尔小姐竟会同意表兄的主张。就这样，小庄园变卖了，票据被抵偿了。但发生了一件引起整个小镇议论纷纷的事情。埃菲克斯依旧伺候诺爱米和艾丝苔尔，同时又当上了如今属于堂·普列杜的小庄园的分益佃农。他把自己获得的一份劳动果实送到他的女主人家里，以致堂·普列杜的尖嘴俏舌的女仆们议论说，埃菲克斯已从仆人上升为亲戚，甚至变成平托尔贵族小姐的保护人了。

最出乎人们意料的还是堂·普列杜的宽容态度。一段时间来，他仿佛变成另一个人了，甚至显得消瘦了。镇上还流传着一种奇怪的说法——他"接触书本了"，就是说，他因圣书的魔力而着了迷。

谁会对他这样行事发生兴趣呢？

没有人知道，这些事情也永远无法弄得一清二楚，如果人们知道得清清楚楚，也就不会觉得它们重大而神秘了。实际情况是：堂·普列杜消瘦了，也不再用傲慢无礼的方式来谈论未来，他甚至愚蠢地买下了一块没有价值的庄园，长工连同庄园一起，归属于他，但他又给予长工充分的自由。

斯苔法娜和帕恰娜说：

"这是他向他的不幸的表姐妹们表示的一种施舍行为。"

他们双方亲密起来，因为堂·普列杜不断给平托尔贵族小姐们送去礼物。他们承认，他好像着魔了。她们小声地谈论埃菲克斯：世界上什么事情都是可能发生的，埃菲克斯爱他的女主人们，甚至到了使自己善于为她们施展魔法的地步。他跟堂·普列杜的往来首先引起了两个女佣的疑惑。斯苔法娜细细察看，门槛下可有什么隐藏起来的神奇的东西，而帕恰娜有一天在主人的床上找到一根黑别针……不寻常的事情要发生了……

整个冬天，平托尔贵族小姐们一直待在家里，从不谈起是否去参加救赎节的活动，但随着白天越来越长，古老的陵园里青草蔓生，连艾丝苔尔小姐也越来越体味到倦怠的感觉，染上了每年春季使得诺爱米苍白无力的忧郁病，她几乎不再上教堂去了，只是在家里懒懒地走来走去，不时端坐在那里，两手低垂到膝盖，说双脚使她疼痛难受。在这个家庭中，贫寒的状况不再像往年那么厉害，因为埃菲克斯提供了日常必需的东西，然而家中似乎总笼罩着忧伤的气氛。

复活节前的四旬斋，两姐妹去忏悔。那是一个美丽的早晨，阳光明媚，人声喧闹，可以听得到孩子们的尖叫声和原野上灯芯草丛间羊群的叮叮当当声。小河越来越响，似乎发出威胁，但其实是戏谑的流水声。天空一片蔚蓝色，没有一丝云彩，空气是那么清新，古堡的峭壁清晰可见，岩石熠熠发光，废墟上的一扇空空洞洞的窗户染上了一层蔚蓝色，四周环绕着常青藤。

帕斯卡雷神甫待在忏悔室里，他不打算走出来，尽管娜托莉娅拿着装有咖啡和饼干的小盒子在教堂圣器收藏室里等着他。当女佣瞧见这两位新的忏悔者走来，便做了一个失望的手势，她想不如干脆上她的女友格莉塞达那儿去热热咖啡。于是她把小盒子放在头顶上，出了教堂的后殿，沿着露水下闪闪发亮的黑莓丛之间的羊肠小道走去。

透过波多依老大娘敞开的屋门，她看见格莉塞达正弯着身子在火焰很旺的炉子上为生病卧床的祖母煮咖啡。

"你一天天地枯瘦下去了。"娜托莉娅进门的时候对她说道。

格莉塞达确实很消瘦，脸色苍白。她仍然是未成熟的样子，像个干瘦干瘦的女孩，细细的脖子和蜡黄的脸孔的一些动作使人想到她的祖母。只有一双大大的眼睛水汪汪的，充满忧郁和阴沉的神情，好像原野上灯芯草丛之间沼泽地的水。

"我的咖啡凉了。方才你的姨妈们又来了，咖啡简直凉得像冰水。"娜托莉娅说道，她从盒子里取出咖啡壶，"我也就便喝一点。"

"我的姨妈们！她们活该受到诅咒！你却跟她们在一起！如果她们把自己的全部罪恶像竹筒倒豆子那样讲出来，你肯定会发现你的主人晕死在忏悔室里……"

"嚼舌头的！让毒蛇来咬你。你拿块饼干，喏，这儿，我把它像鲜花一样给你，也好让你的心变得温和点儿……"

不过，格莉塞达的心确实是受了折磨的，所以对这玩笑并不予理会。

"如果你来是为了刺我的话，你就大错特错了，娜托莉娅。刺，你是没有的，因为你是大戟而不是玫瑰。我没有什么痛苦，也没有什么遗憾，我像河岸上的松树那样挺拔坚强。总有一天你会打发一名使者上我这儿来，乞求我成为我的女佣的。"

"你打算跟谁结婚呢？古堡的男爵吗？"

"我将跟一位活人成亲，而不是死人，死人要跟你做伴！"

"我觉得是你迷住了堂·普列杜。"

"如果我愿意，我也可以嫁给堂·普列杜，"格莉塞达说道，她骄傲地抬起悲伤而又充满稚气的脸孔，"但我的脑子里有别的想法！"

娜托莉娅注视着她，怜悯之情油然而生。她觉得，格莉塞达有点儿控制不住自己，内心很痛苦，便不再说让她难受的话了。她又拿了一块饼干，跑去给病床上的波多依大娘。一束光线从小屋顶上投射进来，照亮了床铺，枯瘦的老太婆穿着衣服，戴着项链和耳环，一动不动地躺着，犹如一具穿好衣服等待安葬的死尸。

娜托莉娅以为她睡着了，摸了摸她滚烫的手，老太婆把她拉到自己的身边，悄声对她说：

"听着，娜托莉娅，请你为我做件事：你上埃菲克斯那儿去，告诉他，我有话要对他说，但不要让格莉塞达知道，去吧，小斑鸠，快去！"

"我上哪儿去找他呢？这个埃菲克斯，他会在镇上吗？"

"他从小庄园来了，我看见他走上来了。"老太婆说着，把一个手指贴在嘴唇上，因为格莉塞达拿着咖啡进来了。

"你瞧，娜托莉娅，今天早上她要起来，可她还发着高烧。奶奶，奶奶，您盖上毯子。"

"我会盖的，我会盖的，其实我们所有的人都蒙在毯子里。"老太婆说道。

娜托莉娅心情沉重地走了。

凑巧得很，当她打贵族小姐住宅前经过的时候，正好瞧见埃菲克斯从偏僻的小路走过来，他被背包压得弯下了腰，弯得好像在地上寻找什么东西似的。

"老太婆快要死了，她恐怕看不见他了。"娜托莉娅想道。

埃菲克斯的目光像野兽的眼睛似的冷漠无情，瞅了她一眼，没有说他是否上老太婆那儿去。当他知道他的女主人们正在忏悔，便卸下背包，把它放在小台阶上，坐下来等着，大荨麻刺着他的双手。

于是娜托莉娅回到教堂，看看能否告诉贵族小姐们，说长工已经回家。这样她们也就不会再打扰神甫了。但是忏悔室的一侧是艾丝苔尔小姐，可以看见她的披肩边像一只黑翅膀一样露在外面；另一侧是诺爱米小姐，脊背在轻微地起伏。蓦地，在没有光泽的黑布下面，一只长长的有点神经质的脚从提起的裙子里露了出来。

在教堂的好几处地方，其他的忏悔者跪在暗绿色的地板上祈祷。四周静悄悄的，蓝色的光线、青草的芳香，使教堂像洞穴一样笼罩在湿润和哀伤的气氛之中。画框中的圣母似乎嗅到了芬芳的空气带来的春天的气息。诺爱米在教堂里面也感觉到了格栅窗散发出来的铁锈味，人的气息，生活的悸动，死的愿望，情欲的苦闷，屈辱的痛苦，她感觉到了希冀情爱的女罪人的全部忧虑、哀伤、怨恨和热切的渴求。

她们回到家里的时候，看见埃菲克斯正吃力地用手撑着小台阶站起来，因感受到上帝的仁爱和哀怜而仍然激动不已的诺爱米第一次发现长工衰老多了，形容憔悴，面色灰白，他身上的衣服也显得十分宽大。她伸出手想扶他站起身来。可是他已经站起来了，没有注意到她的动作。

当他们走进屋子时，艾丝苔尔小姐问起小庄园的情况，好像庄园还是属于她似的。他以不同寻常的粗鲁神情耸耸肩膀作为回答，跑到井边洗手去了。

四月给忧伤的小院子也带来了生气，燕子从凉廊的燕窝里探出乌黑的小脑袋，瞧着低飞的伙伴们，好像要追踪它们在古陵园的茂盛草地上投下的影子。

"埃菲克斯，我觉得你的身体不大好，你应当吃点什么或者休息几天。"诺爱米说道。

"啊，是吗？诺爱米小姐，相反，我却想赶路哩！"

"你听我说，你的情况不好，别开玩笑了。你怎么啦？"

他用熠熠发光的眼睛望着她，他突然显得那样兴奋，以致眼睛周围的一道道皱纹看去仿佛是一缕缕的光线。

"我老了。"他说道，用一只手拍打另一只手。突然，他的兴奋消失了，像刚才突然出现一样。

他回到了镇上，因为堂·普列杜派人去叫他来，否则他是再也不会离开小庄园的。诺爱米小姐的怜悯对于他的痛苦能起什么作用呢？只是更加重它罢了。

于是他来到新主人的家里，正好碰上他爬在木头梯子上，修剪金色叶子蔓生的石榴枝条下的葡萄。

那儿的燕子也在迅疾地穿梭飞行，但在乳白色天空的背景下飞得更高。屋内可以听到女佣们为迎接复活节而打扫和整理房间的声音，周围是一片深沉的宁静。

埃菲克斯不会忘记那个时刻。离开小庄园的时候，他确信发生了什么特别的事情。他站在梯子下向上仰望，他觉得，堂·普列杜也是忧伤的，几乎生病了，他要下来，但显得踌躇不决，一只手握着闪闪发光的刈草刀，另一只手拿着葡萄枝，枝头的尽头淌下一滴滴紫色的东西，好像是一只划破的手指淌下的滴滴鲜血。

"你稍等一会儿，让我弄完。你急着要走吗？"堂·普列杜说道，但很快就恢复了常态。他好像想起了什么，便从梯子上沉重地走下来，让埃菲克斯把梯子拿到那边去。

"好吧，"当他们走进洒满阳光和燕子的阴影的房间里时，他开始说道，"好吧，我必须告诉你一件事……"他犹豫不决地瞧着指甲，"就是说，我想娶诺爱米。"

埃菲克斯开始颤抖起来，他颤抖得那么厉害，以至于放在桌子上的手好像在跳动似的。于是堂·普列杜像以前那样不自然地、狡猾地放声大笑起来。

"我看你是不会娶她的！我为你留下了斯苔法娜，你知道吗！"

埃菲克斯默不作声。他默不作声地望着堂·普列杜，他的眼睛是那样充满激情、恐惧、兴奋，终于迫使堂·普列杜重又严肃起来，但他仍然试图开玩笑。

"你干吗那么害怕！你希望我付给你她们欠你的工钱吗？不，

你知道吗，你同艾丝苔尔去商量吧，这跟我毫无关系。另外，还有一件事……"

他用指甲去刮西装背心上的一个污点，全神贯注地瞧着。

"你说，她会要我吗？"

"唉，您说些什么！"埃菲克斯结结巴巴地说道。

"这件事还不是很有把握！啊，现在我们谈正经的，在我下定决心以前我仔细考虑了。我这么做，你应当相信，并不是一时心血来潮，而更多的是出于义务。我期待什么呢？我还有什么奔头呢？在我这种岁数，一个非常年轻的女人对我是不合适的。不过这是无关紧要的，总而言之，我决定了。好吧，我不想对你否认这点，诺爱米是漂亮的，我喜欢她，说老实话，我过去一直喜欢她。唉！你想说些什么呢？岁月流逝，我们就任凭岁月像河水一样流逝，只有当我们缺少什么的时候，这才发现缺少了什么。唉，让它去吧！"他说道，双手在膝盖上敲打着，然后站了起来，随即又坐下去。

"现在最要紧的是知道诺爱米是不是答应。我在合适的时候会提出求婚，我将请帕斯卡雷神甫或大夫，或者她愿意的随便什么人去她那里，但是我不愿意听到她的拒绝，唉，愿上帝帮助我，啊，这不行！埃菲克斯，你明白吗？"

埃菲克斯非常明白，他点点头，表示明白，并用闪闪发光的眼睛表示明白。

"我该去和诺爱米小姐谈谈吗？"

堂·普列杜用一只手在他的膝盖上拍了一下。

"好极了！是这样，埃菲克斯，最好先由你去谈，这样最好！

只是这些事情不应该让她恼怒。你去对她说：'派谁来正式求婚呢？帕斯卡雷神甫，或是她姐姐，还是谁呢？'如果她说谁也别派来，那更好，看在上帝的分上，那更好！还有，事情我们得尽快地不声不响地进行。我们已不是两个小孩子了。你怎么想的？我九月份就满四十八岁了，她大概三十五岁了吧，你说呢？你知道她的确切年龄吗？噢，然后你对她说，什么也不需要她考虑，房子准备好了，还有女佣，是的，闲言碎语会有的，会得到报应的。床单也有，一切都有。贮备的东西一点儿也不缺少，噢，上帝会保留这些东西的！够了，这些事情我们还得跟艾丝苔尔谈谈。我只是感到遗憾……好吧，我可以对你直说，我感到遗憾。露丝是那样死去的……否则她也会高兴的……"

埃菲克斯站起身来。他感到有什么东西在刺他的整个身子，他该走了，该去加紧迎接命运之神的到来。

他们听到女佣们发怒地敲打家具的声音。岁数大的女佣终于出现了，头上顶着餐巾，手上拿着另一块餐巾，神情严肃、庄重，然而眼睛里充满了对主人意愿的顺从表情。她打开柜子，斟了一杯茴香酒，以一种模糊的恐惧感望着埃菲克斯，但同时仔细窥察他是否认真考虑主人的难以忍受的玩笑。然而埃菲克斯是那样谦卑和惊惶失措，以致她回到后面对年轻的同伴说道：

"是的，他施行了魔法，他做得很巧妙。幸运就像闪电一样降临到那人头上。好好打扫，这样举行婚礼的时候就可以省些力气了。"

"你跟埃菲克斯的婚礼吗？"帕恰娜说，"对堂·普列杜来说，得先等诺爱米小姐接受了求婚！"

然而，斯苔法娜做了个此事无足轻重的姿态，她认为这番话是荒谬的。

堂·普列杜像朋友那样一直送他到大门口。埃菲克斯在街上环顾四周，叹了一口气。

一切都变了，就像经受了一场暴风雨的洗礼，烟雾升腾又消失之后的河谷一样扩大了。古堡矗立在蔚蓝色的天空之下，废墟上沾满露珠的青草索索抖动，远处是长着赭斑的灯芯草的平原。这一切都弥漫着孩提时代的回忆的温馨，那长久以来已经失落的一切，那长久以来所渴求以后又被遗忘的一切，那再也不被人回忆并再也不被人惋惜而终于又重新获得的一切，都弥漫着温馨的甜蜜。

一切都是温馨的、美好的、亲切的：教堂的黑莓丛，暗绿色的蜘蛛网丝和带露水的紫罗兰环绕四周，淡灰色的墙壁，腐朽的大门；开洁白花朵的古老陵园，燕麦和大荨麻间散落着片片白骨，丁香花状的小蝴蝶，仿佛小花和浆果的赭色七星瓢虫在羊肠小道和篱笆墙上飞翔。一切都是清新的，纯洁而美好的，就像当年我们孩提时代走出家门，奔向奇妙无比的大自然一样。

教堂的大门敞开着，在复活节前四十天的封斋期总是如此。埃菲克斯走进去，在布道坛下面他的老位置上跪下。

圣母俯视着，她也显出快活的样子，犹如巴洛尼家族的贵客，一位西班牙贵族小姐出现在古堡的阳台上。她也感觉到春天的来临，她充满了欢悦，尽管这是我们的主受难的日子。大概是某个富有的大地主向她求婚，她站在阳台上向过往的路人微笑，也向跪在布道台下的埃菲克斯微笑。

"我的主，我感激您，我的主，现在请把我的灵魂带走吧，我对所经受的折磨、所犯下的过失感到幸福，因为我体验到了您神圣的仁慈，您的宽恕，您的保佑，您的无限伟大。请把我的灵魂带走吧，就像鸟儿把麦粒带走一样，我的主，请把我化成一股清风，我赞颂您，因为您满足了我的心愿……"

他吃力地站起身来，双膝麻木酸痛，他感到一阵难受，犹如云彩的阴影闯入教堂，遮掩了圣母的面孔一样。

诺爱米小姐的面孔也遮上了一层阴影，她在院子里弯腰缝补衣服。

埃菲克斯从井台边摘下了一枝紫罗兰，走过去献给她，她抬起一双惊奇的眼睛，却并不收下鲜花。

"您猜猜看，是谁让我献给您的？您拿着。"

"你摘下来的，你拿着它吧。"

"不，真是这样，您拿着，诺爱米小姐。"

他在她面前席地而坐，像一名奴隶那样，双腿盘成十字形，用双手扳住自己的双脚，他不知道该怎样开始，然而他相信女主人已经猜到了。事实上，诺爱米小姐已经让紫罗兰掉到白帆布小篮子里，她的心剧烈地跳动，是的，她猜到了。

"艾丝苔尔小姐在哪儿？"埃菲克斯说道，一面把身子朝他的脚弯下去，"她要是知道了，该会多么高兴啊！堂·普列杜就是为了这件事让我回小镇的……"

"可你尽说了些什么呀，可怜的家伙？"

"不是，您别叫我可怜的家伙！我很高兴，此时，我就像为了上帝而去献身，我瞧见天门打开了。我回到这里以前先上教堂去了，为了感激我的主。我知道，这件事是这样……"

"埃菲克斯，你这是干什么？"她用含混不清的语气说道，同时用针尖去刺紫罗兰花，"我不明白你的意思。"

他抬起眼睛，瞧见她脸色苍白，嘴唇颤抖，眼皮发青，像死人的眼皮一般。这显然是兴奋，所以她的脸色才这样苍白。他浑身感到一阵震颤，心中不由涌起一种直想跪倒在她面前的愿望，对她说：是的，是的，这是皆大欢喜的事情，诺爱米小姐，让我们一起痛痛快快哭一场吧。

"诺爱米小姐，我的女主人，您接受了，是吗？您很兴奋，是吗？我可以去告诉他，请他来吗？"

她竭力克制自己，紧紧咬住嘴唇，又张开眼睛，脸孔恢复了血色，但只是在眼皮和嘴唇四周显示出淡淡的血色。她望着埃菲克斯，他又发现她的眼神就像灾难临头的那些日子里一样，充满怨恨和傲慢，阴影又重新笼罩了他。

"如果我首先告诉他这件事，请您别生气，诺爱米小姐！我是一个可怜的长工，是的，可我会像一封信那样封闭得紧紧的，如果您接受，堂·普列杜将让神甫来求婚，或者您愿意的任何人……"

诺爱米把受到伤害的紫罗兰扔掉，又开始缝补起来。她看上去很平静。

"如果堂·普列杜愿意笑，就让他笑吧，这跟我没什么关系。"

"诺爱米小姐！"

"好吧，好吧，我不是说他这样行事不认真，不是这样。你别上那儿去了。不过，现在你起来，你走吧。"

"诺爱米小姐！"

"得了，你现在还要干什么呢？起来，你别两手合一跪在那里！你真是个蠢东西！"

"但是，诺爱米小姐，您怎么啦，您拒绝啦？"

"我拒绝。"

"您拒绝啦？我的诺爱米小姐，这是为什么呀？"

"为什么？难道你忘记了吗？我老了，埃菲克斯，上了岁数的女人不想开玩笑，我们也别再谈这件事了。"

"这仅仅是您要对我说的吗？"

"这就是我要对你说的话。"

他们彼此不作声了。她照旧缝补衣服，也抬起膝盖，双手紧紧环抱着。他好像在做梦，他一点儿也不明白。他终于抬起头来，举目环顾四周。不，这不是梦，一切都是真实的。院子里充满阳光和阴影。从阳台上掉下一些碎木片，好像秋天里掉落的松树叶子。在院墙那边，可以看到像白糖般雪白的山峦，一切都是和谐、温柔的，就像上午他从堂·普列杜家里出来时一样。他好像还听到了女佣们敲打家具的声音，然而现在都好像是在他身上抽打。是的，有什么东西在抽打他，抽打他的脊梁骨、肩膀、肩胛骨、肘臂、膝盖和手指关节。诺爱米小姐坐在那里，脸色苍白，不停地缝着、缝着，她的针仿佛刺着他的灵魂。燕子不停地在他们头顶上盘旋，好像黑色的活动花环，又像一只只小小的黑色十字架。它们的黑影在地上奔窜，就像被风儿刮走的树叶。他回想起当他从布道台下站起来的时候体验到的痛苦心情和圣母面孔上笼罩的阴影。他深深地叹了一口气。他明白了，那是上帝对他的惩罚。

于是他攥住诺爱米的裙边，非常缓慢地开始讲话，连他自己也不太明白他所说的意思，不过，这肯定是缺乏说服力的谈话，因为她继续缝着，不予理睬。她恢复了平静，嘴唇边挂着一种含糊的微笑。

只是当他觉得一切该说的话都说完了，一切既往的穷困、一切未来的美好前景都谈到了时，她才开口说话。她讲得那么慢条斯理，略微抬起眼睛，几乎是用眼睛在说话。

"埃菲克斯，你不要想得太多了，你不要卷入我们的事情中来。再说，你知道，我们一直生活到眼下，我们的日子难道不好吗？我们缺少什么呢？我们在上帝的帮助下照样会过得下去，面包不会没有的。堂·普列杜家里的财产太多了，我都不知道该怎样照管它们。"

埃菲克斯失望了，他苦苦地思索着。如果不编造谎话，那怎么办呢？

他又抚摸她的裙边。

"我的诺爱米小姐，我应当对您说那些严重的事情。我本来不想说的，可是您的固执态度迫使我只好说出来，堂·普列杜已经铁了心了，如果您不答应的话，他会去死的。是的，他好像着了魔似的，吃不下，睡不着。您不知道爱情意味着什么，我说诺爱米小姐，爱情会让人去死的。让一个男子汉断送性命在良心上是过不去的……"

于是诺爱米笑了起来，露出一口闪闪发光的牙齿，犹如一个欣喜若狂的少女的牙齿。那笑声使埃菲克斯觉得不舒服，使他气恼，使他心中陡然升起一股恶意，越发想说谎。

"诺爱米小姐，还有一件更严重的事情！是的，您迫使我把它告诉您：堂·贾钦托威胁说要回来，您明白吗？"

她停止缝纫，双手紧紧抓住布料，挺直身子，仰起面孔朝后弯去，想更好地呼吸。

埃菲克斯恐惧地跳了起来，他以为她要昏过去了。

但这仅仅是一刹那。她又重新用狡黠的目光注视着他，平静地说道：

"就是贾钦托回来，也再没有什么可失去的了。我们不需要任何人来保护我们。"

他从地上捡起紫罗兰花，走到台阶上坐下，就像露丝小姐死去的那个晚上一样。他不再问自己为什么诺爱米小姐要拒绝生活。他似乎明白过来了。那是上帝对他的惩罚。惩罚笼罩着整个家庭。他是藏在水果里的虫子，他是啮啮家庭命运的蛀虫。正是像蛀虫一样，他悄悄地干下了他所做的一切事情，他啃啊，啃啊，而今，他感到惊奇了，他周围的一切怎么都粉碎了呢？他应该离开了，他只明白了这一点。然而，还有一线希望支撑着他，就像一根仍然新鲜的花茎支撑着他手指间的青灰色的紫罗兰一样。上帝不会对不幸的女人们置之不理的。诺爱米小姐也许对他充当使者的方式感到生气，可他一旦走了，她也许会屈服的。再说，两个相依为命的弱女子是无法生活下去的。

他必须离开了。他如何去做尚不十分清楚的事情呢？他只觉得有一个声音在召唤他，从大路的寂静，从大墙外面，确实有一个声音在召唤他。

他站起身来，走了，不过他又回转身来，去取靠在走廊木桩上的背包。几百年以来固定在那里的木桩倾倒了，像一只大的黑色手指头抛在院子的卵石间。他不禁浑身打了个寒噤。是的，他应当离去了，就连那木桩也倒了下来，再也不支撑他的背包了。

诺爱米一直斜眼注视着他的一举一动，她惊奇地发现，埃菲克斯竟没有把木桩重新扶起来，固定好，就要离去了。

"埃菲克斯，你要走了吗？"

他止住脚步，垂下头来。

"你不等等艾丝苔尔？复活节回来吗？"

他摇摇头，表示不回来。

"埃菲克斯，你生气了吗？我对你说了些不好的话吗？"

"什么坏话也没有说，我的女主人。只是现在我该走了。"

"那你就趁早走吧。"

他踌躇了一会儿，他觉得忘记了什么事情，正像人们准备上路之前询问自己，是否一切都已准备妥当一样。

"诺爱米小姐，没什么吩咐了吗？"

"没有了，我只是觉得你身体不太好，你病了吗？你留在这儿，我们会去请大夫，你的两条腿直打哆嗦。"

"我该走了。"

"埃菲克斯，你听着，你别介意我对你说过的话。事情就是那样，我不能，你能明白的。我知道这使你感到不高兴，但我不能那样做。你什么也别对艾丝苔尔说。你想走，就走吧。但如果你觉得身体不舒服，就回来吧，你记住，这是你的家。"

　　他把背包在肩膀上套好，走出了大门。在门口的小台阶上，他把两只脚使劲在地上蹬了蹬，为了不把他将离开的家庭的尘土带走。

第十三章

扎南托尼在外面等着埃菲克斯。

"我叫您三次了。我们走吧，奶奶病着，她有话要对您说，为什么您不来呢？没有人会拿您背包中的面包的。"

老太婆仍和衣躺在床上，赤裸的手腕像燃烧的木炭那样通红、灼热，她似乎昏昏欲睡，然而当埃菲克斯朝她弯下身子时，她却用嘶哑的声音对他说：

"你看到了吗？格莉塞达还照旧到河边去洗衣服，因为不干活不行。而你曾说过，贾钦托会娶她的！"

"波多依大娘！要有耐心，我们生来就是要挨苦受难的。"

老太婆支起胳膊，用力地把他拉到自己身边。破床上散发出一阵仿佛从坟墓里冒出来的腐败气味，但他并没有避开，他觉得波多依大娘浑身炙热，好像被火烤过似的，她的项链触到他的面颊，她呼出的热气，像一只蜘蛛爬过他的头发。

"埃菲克斯，你听我说，我们是上帝的人，我就要去了，堂·扎姆会亲自来接我的，就像我们少年时代相互说好的那样。现在是我们一起走的时候了。在路上我会对他说，别停留在他倒下去的地方，别停留在你杀死他的地方。为着你对他女儿们的爱，请他宽恕你。他会宽恕你的，埃菲克斯。你挑的担子是过于沉重了。不过，你，你，埃菲克斯，你现在该救救我的格莉塞达了，她简直六神无主了，她只等着我死了好从这儿逃走，我不能安心地闭上眼睛。你到小伙子那里去，对他说，不要抛弃这姑娘，记住他曾经答应要跟她结婚。让他来娶吧，就这么办；你还要告诉他，诺爱米小姐也不会再想他了，去吧。"

她推开了他。埃菲克斯好像从地狱回来似的，睁大了似乎被灼伤的、蒙上了一层灰的眼睛。老太婆不再睁开她的眼睛，双手僵硬，张开僵直的手指，只有黑紫色的嘴唇还在翕动，然而，她不再说话了。

她不再说话了。

从屋顶的洞口，像从一个翻转过来的漏斗射下一缕金色的光线，照亮了破床上她黑乎乎的身体和她的项链，而荒凉的房间里的其余部分则笼罩在一片阴暗之中。

埃菲克斯仿佛从井底仰望着远处高高的光点，突然，他感到光线转移了，洒落到他的身上，把他浑身照亮。于是，一切都清楚了。他的眼睛如今能够辨别一切，四周是黯淡的谬误，中心雪亮雪亮的，那是上帝对他的惩罚。

他拿起背包，什么也不说，走了。

经过堂·普列杜门前的时候，他叫出了斯苔法娜，对她说，他因有事被迫出门，他不知道什么时候再回来。

“你至少应告诉我，你上哪儿去。”

“上努奥罗去。”

上努奥罗去，需要两天时间。他慢慢地往前走着，走一段路歇一段，当他感到累了，就在马路边上躺一会儿。他闭上眼睛，但无法入睡，他又睁开眼睛，瞧见淡黄色的大路，一头通向努奥列塞山峦，一头通向巴洛尼亚海，消失在远处的墨绿和蔚蓝之间。他似乎觉得，自己一直是这样生活过来的，觉得自己一直是置身于一半已经走完，一半尚待走完的道路上；他身后，他抛弃了那块他犯下罪孽的地方，在他前面，山峦重叠，是他将要忏悔的地方。

天气晴朗，山谷已经覆盖着青草，长春花盛开，犹如漾着微笑的孩子的眼睛。

灌溉水渠纵横贯穿于绿色的金鸡纳树之间，波光粼粼，小河在桤木丛间潺潺流动。时而有一辆大车打大路上经过，埃菲克斯真想请求车夫带他一段路，但很快又陷入痛苦之中。

不，他此行是为了忏悔自己的罪孽，因此他应当一路跋涉，在没有任何人帮助的情况下到达目的地。

不过，他这头一次跋涉尚有一个目的，因此，他仍然在为尘世间的事情操心，他要尽快地到达，在这以后，他觉得就会得到解脱。他孑然一身，思想上挑着沉重的担子，耐心地走向死亡。

第一个夜晚，他是在山谷的道班屋里歇的脚，可是，他不能入眠。夜清澈、温馨，天色苍茫，河谷四周是圆柱形的峭壁，一轮明月，犹如神殿的拱穹上悬挂的一盏金灯。然而，一个病魔缠身的人正在好像牲口棚一样凄凉的道班屋里呻吟，人世间的痛苦扰乱了寂静。

黎明之前，埃菲克斯又出发了，比行前更觉劳累。奥列纳山峦耸立在雾气腾腾的苍白的晨曦之中，犹如花岗岩砌的粗糙的祭坛上袅袅升腾的香火的烟雾。四周的景物全染上一层神圣的色彩，救世主仿佛显现在最高的峭壁上，他的灰黑的双臂钉在十字架上，背后是天空的一片金色的苍白。

埃菲克斯跪下来，但他没有祈祷，他无法祈祷，因为他忘记祷词了。可是他的眼睛，他的瑟瑟颤抖的双手，他的因发烧而整个颤动的身体，就是一种祈祷。

随着越来越走近努奥罗，他觉得他的心仿佛一下子悬吊到了山谷上空，猛烈地跳动，而且跳得越来越厉害。

"这是磨坊，贾钦托该在那儿。"他高兴地想道。

这是他在尘世旅途上的最后一站，是他受苦受难的行程中最后一次的爬坡，是一条龌龊的油污的上坡小路，一只死猫躺在垃圾堆中间，长满绊根草的高墙上方是红色的天空。

他走了一半的坡路，便转过身子，只见从山谷升起的阴影，在罗尔托贝内的一片玫瑰色金鸡纳树上绘出一个深褐色的圆圈。他继续沿着小路朝上走去。高处，磨坊的喘息声，一种男性的激动，同晚祷的钟声蕴含的女性的召唤形成鲜明的对照。在道路的尽头，农夫牵着上轭的耕牛，像堂·普列杜一样神气的有钱人，头上顶着细颈水罐的女人，来来往往；另外一些女人脸色苍白，坐在一个小院围墙外面的石头上休息。

埃菲克斯跟她们说话，他吃力地站着，背包从肩膀上滑落下来。

"请问堂·贾钦托在什么地方？"

"谁？磨坊里的那个人吗？在这儿，在这儿，最上面，你背包里给他带了点什么东西？你是他的仆人吗？"

"是的，堂·贾钦托在干什么活？"

"噢，工作，娱乐。他很快活。他是一个好心肠的小伙子，所有的女人都乐意接近他……就像争一块蜜糖似的争夺他……"

于是埃菲克斯回想起救赎节，娜托莉娅和格莉塞达把贾钦托这个刚来的陌生人紧紧夹在中间跳舞的情景，强烈的痛苦刺激着他，但他满怀痛苦的同时，又产生一种做出某种努力来跟命运抗争的强烈愿望。

"我在什么地方可以找到他呢？现在他在磨坊吗？"

"瞧，那儿过来的就是他！"

不错，贾钦托正急匆匆地走来，光着脑袋，头发和衣服上都是白色的面粉，已经有人跑去告诉他，长工来了。

"你上这儿来找什么？"他问道，一面攥住他，摇着他的肩膀。

埃菲克斯瞧着他，一句话也不答，任凭他顺着小路把自己一直接到靠近山谷的两座小房子之间一个封闭的小院子里。一个矮小得几乎像是侏儒的男子正从井里打水，他有一双忧愁的大眼睛，脸色苍白，贾钦托把他介绍给埃菲克斯，说是自己的房东。

"我必须跟你谈谈。"埃菲克斯说道。

"我听着，你说吧。"

他们在厨房坐下，可那男子在准备晚饭，埃菲克斯不愿当他的面谈话，而贾钦托则开着玩笑，放声大笑，并不急于开始谈话。

透过小窗户，可以看到罗尔托贝内山岩壁上的耶稣像，它是那么渺小，仿佛是一只燕子；从菜园里飘来阵阵紫罗兰的香味，不由使人想起远处贵族小姐们的院子。

埃菲克斯觉得一阵心酸，竟不知道怎么说，说什么才好。他只说了一句：

"贾钦托，我觉得你变得快活了！"

"有什么法子呢？难道要我上吊不成？"

正在弯腰煮空心面的矮个子男人抬起他忧伤的眼睛，贾钦托只顾嬉笑，抬头仰望屋顶的房梁。

"你知道吗，埃菲克斯，我来到这儿的最初几天，借住在这个上帝的好心仆人家里，我确实曾经企图上吊。米凯利，您还记得吗？"

矮子示意是的，但摇了摇头表示责备。

"是他救了我，把我像孩子似的放到床上，当他出门的时候，便把我捆绑起来，我当时还发着高烧。可后来一切都过去了，现在我很快活和满足。米凯利，是吗？我不是很快活和满足吗？埃菲克斯，快说吧，你来当然是要破坏我快活的情绪。"

"波多依大娘去世了。"埃菲克斯终于说道。

贾钦托把叉子凑到他的脸跟前，几乎想捅他的脸孔。

"好啊，你这丧门星！我知道你会带来一个死人的消息！还有呢？"

"格莉塞达准备离开家里，过几天你就会看到她上这儿来，这就是我来要告诉你的。"

贾钦托又做出一副从前有过的稚气十足的神气样子，充满忧伤和恐惧。

"啊，别这样，这样不好！我不愿意她来！"

"你不愿意吗？你怎么能够阻止她呢？再说她是你的未婚妻，你答应要娶她的。"

"我不能娶她，是的，我确实不能。米凯利，是吗？我不能娶她，也不愿意！我实在没有结婚的条件，我是一个穷光蛋！我要履行其他的义务，你是知道的。好吧，我可以在这个男人面前说清楚，他了解我的一切，就像你清楚我的底细一样，而且同情我。我必须偿还姨妈们的债务，为此，我曾经想去死，因为我的心已经绝望了。但这个男人对我说：留在我家里吧，不要你付房钱，我让你住，只要有我吃的，我就会供你吃，但是你应该工作，偿还你的债务。"

埃菲克斯惊奇而又半信半疑地望着那矮个子的男人，好像用眼睛在询问他："你为什么如此慷慨大方？"

那男子只顾埋头吃盘子里的面条，此时抬起一双眼，说道：

"因为我们都是基督徒！"

于是埃菲克斯恢复了常态，他想起了这次来的目的。

"贾钦托，总而言之，你应当跟格莉塞达结婚，她过几天就会到这里来的，不要赶走她，不要失去她！"

"可是，我的圣人！难道你没有带耳朵听见我说的话吗？我告诉你，我不能娶她，我不能跟她结婚，我必须偿还姨妈们的债务。"

"你跟她结了婚，也照样可以还债的。"

"她得了一大笔遗产吗？"于是贾钦托放声大笑说道。

然而，埃菲克斯严肃地注视着他，重复了两遍：

"我上这儿来正是为了跟你说这件事的。"

房东明白他待在这儿的时间过长，便悄悄地走开了，尽管贾钦托要留住他，叫他回来。

"让他去吧，"埃菲克斯说，"我对你说的这件事，谁也不应该知道。"

于是只剩下他们单独在一起，两个人都有一种为难的感觉。光线似乎成了他们之间的障碍。他们来到小院子里，坐在台阶上。贾钦托把身后的小门随手关上，仿佛是为了不让光线和炉火偷听。埃菲克斯寻找着合适的字眼，以便倾诉心中难堪的秘密。唉，他觉得他心中的秘密是那样不寻常和沉重，以至于他无法把它完整地从心底里全部掏出来，也许只能掏出一些片段，是的，鲜血淋淋的片段。他蜷曲着身子，吃力地掏着，掏着，好像把一块巨石从水中打捞起来一般。终于，他站起身来，深深叹了一口气，神情疲倦，四肢乏力。

"贾钦托，我对你说吧，世界上的事情是无奇不有的。堂·普列杜想跟诺爱米小姐结婚，可诺爱米小姐不愿意。这全是你的过错。"

贾钦托没有吱声，然而紧紧攥住埃菲克斯的胳膊，好像要把它折断似的，随后又放开了它。

埃菲克斯觉察到他有点气急，仿佛不舒服似的，而当他自己的胳膊被紧紧攥住的时候，也痛苦地喘着气。

"是的，是你的罪过，你的罪过。"他几乎咄咄逼人地重复道，

"你不知道吗？好极了！至少老太婆没有对你说起这件事，但现在你至少得严肃地考虑这事。应当把你的姨妈从痛苦中解脱出来，明白吗？明白吗？"

"我能做些什么呢？"贾钦托终于开口说话。他好像又重新陷入他往日的忧伤之中。他在阴影中蜷缩着身子，打量着他脚边的土地，他瞧见了一道阴森森的深渊。

"你能做些什么？你是明白的，我已经对你说过。你开始尽你的义务，然后她会尽她的……"

"我能做些什么？我能做些什么？你以为能由我们来摆布命运吗？你记得我们在那个小庄园所说的话吗？你难道是由你自己来摆布命运的吗？"

埃菲克斯也蜷曲起身子，他们挨得那么近，以至相互能感到对方身上的热气。他们几乎脑袋挨着脑袋，好像倾听着地下的一种声音。

"真是这样！我们不能摆布命运。"埃菲克斯承认。

"还有，你以为她跟皮埃特罗大叔结婚就能幸福了吗？仅仅靠面包是不能获得幸福的，现在我才发现……还需要别的！"

"可你，告诉我……你……"

"我？"

"是的，你，你知道吗？"

"你要我对你说什么呢？一个男子汉总是能觉察到这些事情的。但是我向你起誓，看在我母亲的分上，我一直是尊重她的，诺爱米，就像一件神圣的东西……还有，是的，我讲给你听，因为我知道我可以告诉你，只有一次，当她晕过去的时候，我俯在她的眼睛上哭了，是的，我可以告诉你，就好像我可以以同样的纯真无邪对我母亲说一样，是的，我们对视着……通过泪水，也许那个时候……也许那个时候……我不知道，就是这些，我没有别的什么对你说了。然而也许就是为了这个缘故，我才离开那儿的，而不是因为我犯了什么过错……"

"让我再问你另一件事，当你最后一次来到小庄园的时候，你已经知道了吗？"

"我已经知道了。"

"好，"埃菲克斯站起身来，说道，"你是一个男子汉！"

"你还想知道什么？"贾钦托受了奉承，很快回答，"我多少懂一点生活，再没有别的什么了。在我的故乡出生的人，会很快地懂得生活。你也懂得生活，当然是以你的方式，正因为这个缘故，我们才能够相互理解，虽然是以不同的语言在交谈。请你回忆一下，我到小庄园的时候……我赌钱，在支票上搞假签字，因为我想偿还赊欠的钱，这样当我回去时我好在债主面前炫耀一下自己。他那时会说，那个不幸的人已经站起来了。相反，我却越来越走下坡路，越来越走下坡路……当时我好像真的落到了失去理智的地步……现在，我睁开了眼睛，我明白什么是真正的拯救。你，你是在什么地方寻找到真正的拯救的？为了别人而生活，我也愿意那样行事，埃菲克斯。"他凑近埃菲克斯的脸孔，继续对他说道："是的，你拯救了我，我愿意像你那样……你说，我讲得有道理吗？在奥列纳，我曾经把你摔倒在地上，不过，就是圣人也会受到虐待的，正因为这样，他们才从来不失为圣人。你说，我讲得有道理吗？"他摇着他的肩膀，重复说。"你还记得我们在小庄园说的话吗？我一直在回忆这些事，我正是这样对自己说的：埃菲克斯和我是两个不幸的人，但我们是真正的男子汉，我们两个是比皮埃特罗大叔，比米莱塞更称得上男子汉的人，肯定是这样的！皮埃特罗大叔吗？皮埃特罗大叔是个什么东西？他让姨妈们孤立无援，承受那么多年的痛苦，让全镇人都知道她们的贫寒，嗤笑她们。现在连他也打算做好事了，因为他想娶诺爱米！他那样做，是因为他喜欢诺爱米，只是把她当作一个女人，就像我喜欢格莉塞达一样，别无其他。那是爱情，还是慈悲呢？她不愿意嫁给他，做得对，做得对！我赞同她这样做！真正的爱是你对她们的爱，如果她们必须爱什么人，必须跟什么人结婚，结婚，是的，我是说结婚，那应该是你，而不是皮埃特罗大叔……相反，她们却把你当成一条老狗一样赶出了家门，现在你越来越不中用了，而你反倒因此更加爱她们，因为你的心是一颗真正的男子汉的心！……好吧，你现在想干什么呢？啊，可怜的人……你感到了羞愧！你还哭得不够吗？快，勇敢些，男子汉！走吧。"

他又从后面扳住埃菲克斯的肩膀，摇着他，但埃菲克斯哭泣着，身子蜷缩成一团，脑袋低垂在两个膝盖之间。寂静的夜晚充满了他的抽泣声，他想起了在奥列纳古老的教堂前面跟贾钦托吵了一场之后他吐血的情景。现在他已觉得所有的血，所有的邪恶的血，所有的罪过的血，都从他的眼睛里向外溢流。他的身体已被掏空，成为一个空架子，只有灵魂还在里面，在犹如夜晚的黑洞洞的、寂寥的空间撞击；可贾钦托充满温情的话语在漆黑的夜空中闪烁，他自己的泪珠像星星那样在他周围照耀着，向他发着光。

　　埃菲克斯在努奥罗待了一个星期。

　　无论是他，还是贾钦托，都等待着格莉塞达，她终会来到这儿，然而几天过去了，她却没有来。

　　贾钦托还没有就此做出决定，但看起来，他显得很平静，他干活，只是在吃饭的时候才回来，跟他的房东开玩笑，请他指点接待姑娘的方式。

　　"当然我不愿意抛弃她，可怜的孤儿！如果我们让您娶她呢？家里需要一个女人。"

　　矮房东以责备的眼光瞧着他，然而没有说话，至少当着埃菲克斯的面是这样。而埃菲克斯不愿意跟命运对抗，他觉得，试图违背上帝的意愿，就是一种罪过。他应该听从命运的安排，就像种子随风飘落一样。上帝是知道要做什么的。

　　埃菲克斯仍然没有决定离开，他等待着格莉塞达：当贾钦托不在家里的时候，他沿着小路走去，坐在河谷边，眺望山下的白色小路。磨坊有节奏的震动声使他感到激动，几乎是惊慌失措。他感受到了心脏的跳动，一颗使得古老荒漠的土地获得青春的新的心脏的跳动。在那节奏声里跃动着贾钦托的血液，埃菲克斯想到他，就体味到一种凄然欲垂泪的感觉。于是他仿佛觉得眼前时常浮现出贾钦托的形象——高高的个子，和蔼的表情，浑身沾着白色的面粉，犹如一株打了霜的生气盎然的植物。劳动和善良的意愿使他获得净化。大家都喜爱他，他也友好地对待大家。妇女们把麦子送到磨坊，围着俯身过磅的他，用慈母般的眼光，用情人的眼光瞧着他。一天，埃菲克斯去找他，碰上了机器的隆隆声和灰白色人影晃动的热烈场面。看到了重重叠叠的黑影，听到了磨面的重压发出的吱吱嘎嘎的声音，他似乎隐约看见了一幅炼狱的缩影，贾钦托在一群罪人中受刑，然而期待着赎罪的结束。

复活节之后的星期天，埃菲克斯到伐尔维尔戴的小教堂去参加一个乡村节日。

那是一个寒冷的下午，刺骨的北风在依萨莱山谷上空呼啸，远处笼罩于云层间的阿尔伯山宛如惊涛骇浪的大海中一艘触礁的船只，冬天似乎仍然显得咄咄逼人。

埃菲克斯跟随在一队村妇的后面，她们身穿长达膝盖的、沉重的紧身束腰长衣。寒风吹打着他的胸脯，他感觉到了某种新鲜的、强烈的东西一直渗透到心底里。人们神色忧郁，但默默无语地走着，仿佛是一列举行宗教仪式的队伍，不是前往节日庆祝活动的场所，而是去参加祈祷。就连远处的手风琴声也重复着圣赞诗的宗教旋律。他不由感到，他的忏悔已经开始。

他来到石坡高处的小教堂，靠近大门坐下，开始祈祷起来。他似乎觉得，小圣母多少有点惊恐地从她那阴冷潮湿的壁龛里打量着前来扰乱她的孤寂的人们。风刮得越来越厉害，太阳迅速地落到河谷，好像要迫使那些令人生厌的信徒离开似的。妇女们也的确更严实地裹好自己的紧身服，念完《玫瑰经》后便开始往回走。

只留下了一个卖果仁饼和白糖黑面玩偶的女人和两个坐着的男

人，其中一个坐在教堂大门外的废墟上。

埃菲克斯坐在离他们不远的地方，神色庄重地望着他们。他认出了他们，他曾在救赎节遇见过他们。这是两个穿着体面得像有钱人一样的乞丐，身穿深蓝色的长裤，绒织上衣，一个还是年轻人，高高的个子，佝偻着身子，干瘦焦黄的脸孔，好像骨头外只包着一层皮似的，耷拉着发青的眼皮，一副突出的大牙上面，灰色的嘴唇喃喃地翕动，他仿佛睡着了似的，在梦中发出呓语，对外部世界感觉淡漠。另一个是上了年纪的乞丐，但身体壮实，脸孔因为充血而涨成紫红色，整个身子不自然地颤抖、晃动，他把帽子放在叉开的两腿之间，不时弯下腰去瞧瞧帽子里面的小钱币。

夜色很快降临了，乌云密布，人们离去了，就连卖甜饼的女人也关上了仍然满满的盒子，开始用蔑视的口气对乞丐们说话：

"不值得跑这么多路！这个节日真没有意思，我的兄弟！"

"日子混不下去啦！"老乞丐说道，把钱币倒在手帕里，然后把帽子重新戴在头上。然而当他站起身来时，忽然跌倒了，好像双腿一软，瘫在门口的石子路面上，脑袋栽在墙壁上，双手趴地。

钱币碰撞石头发出的声音，惊醒了另一名乞丐，他抬起灰土色的脸孔，睁大混浊无神的眼睛，像是听到了一种可怕的声音似的。

老乞丐呻吟着，女人和埃菲克斯扑向他，但怎么也没有把他的脑袋抬起来。

"应该让他平躺。"女人说道，"我这就给他喝点白酒，帮帮我，让他躺下来。"

他被抬着平躺下来，但是她想送入他嘴里的白酒一滴滴地滞留在紧闭的牙齿上，顺着他的下巴向下流。

"他好像死了。你，你还不动弹吗？"她对另一名乞丐说，"他本来就病了？你怎么不说话？"

那人想说什么来着，但从他的嘴里只发出几声哼哼唧唧的声音，之后就忽然号啕大哭起来。

"快，你快去，去叫树林里的牧人……"

"你把他打发到哪里去呀？他是个瞎子。"埃菲克斯说道，他跪下来，用一只手放在老人的心脏上面，心脏在跳动，慢慢搏动几下，然后很快微弱下去。

黑云迅速地密布，每片乌云在附近地平线飘过时，都投下了一重雾霭，大风在教堂的背后呼啸，所有的枞树瑟瑟地颤抖，好像逃跑似的朝河谷方向倒去，闪烁出一片绿色的光芒，由于忧伤和恐惧而痉挛般地晃动。

连那女人也害怕起寂静和突如其来的死亡来了。她把盒子放在头顶上，说道：

"应该去叫人。我上努奥罗去叫医生。"

于是就剩下埃菲克斯一人，置身于奄奄一息的老乞丐和瞎子之间。

"我的同伴有心脏病，"瞎子说道，"前些日子他身子不好，可是谁也不相信，人们从来不相信……"

"他是你的亲戚吗？"

"不是，十年前我们在庆祝圣诞节的时候遇见的，那时我有一个同伴，叫儒昂·马里奥，他待我坏极了，就像待一条狗一样。于是这个可怜的老头儿就让我跟着他，他像待儿子似的对待我。如果我没有坐稳，他就不放手。现在这一切都完结了……"

"现在你打算怎么办呢？"

"你要我怎么办呢？我就待在这儿，等待死神。所有的东西我都带在身边了，愿我的心灵得到拯救。"

"我可以带你到努奥罗。"埃菲克斯说道，突然他呜呜咽咽地哭起来。

他朝着垂死的老头弯下身子，用那女人留下的酒润湿他的嘴唇，把蘸了酒的破布润湿他的额头，试图让他苏醒。然而，悲惨的脸孔不断渗出青色、紫色，在苍茫的暮色中显得越来越僵硬，就连心脏也停止了跳动。埃菲克斯重又体验到他生命中最可怕的时刻，他回想起大桥，在大桥下面，月光投照着摇曳起伏的灯芯草丛，他弯下身子倾听他死去的主人的心脏……

但是他感到宽慰，正如一个长期在崎岖曲折的地方漂泊流浪的人重新找到了迷失的路途，找到了他最初的出发点。

"你，不走吗？"一直待在原地木然不动的瞎子问道。

"上帝一声吩咐，我就会走的。现在，我得生火，因为必须在这儿过夜。"

他去捡拾木柴，狂风越刮越厉害，来自罗尔托贝内山脉的乌云升腾、降落，犹如火山熔岩流，犹如袅袅烟柱，弥漫于整个河谷上空。在努奥罗的上方，是一片天青石般的惨淡的蓝色天空，一轮玫瑰色的新月悬挂在峭壁之间。

埃菲克斯回到棚子附近时，看见瞎子站起身来朝同伴弯下身子，唤着他的名字。他流着眼泪，摸索着钱袋。找到钱袋后，便揣入自己的怀里，又继续哭泣起来。

他们就这样度过了一夜。瞎子叙述自己的经历，穿插着讲《圣经》的故事。他的痛苦很快平息了，就像一场巨大的灾难迅速消失殆尽一样。

"我的兄弟，你相信吗？我出身于富贵的家庭，我的父亲像雅各①一样，然而他没有那么多儿子，他说，我的儿子是瞎子，可这没有关系，他有一双金子造就的眼睛，因为他富有，他照样能看得见的。我的母亲有一副像水果一般甜蜜的嗓音，我记得她说过，只要我的依斯泰内是纯洁无辜的人就行了，其他都无关紧要。对你说，我的兄弟，我的父母去世以后，所有的亲戚和熟人都像吃一串葡萄那样，把我的财产吃光了，让上帝宽恕他们吧。他们逼我去讨饭，但是我保持了纯洁，我可以对你说，我没有对任何人做过坏事。上帝一直保佑我，先是儒昂·马里奥，愿上帝宽恕他，然后是这一位，他们是我的同伴，我的兄弟，就像伴随托比亚的天使们，现在……"

"现在你也不会缺少同伴的，"埃菲克斯严肃地说，"你说你是纯洁的人，你的意思是什么？"

"我的意思是我坚持朝永生走去，"瞎子小声地说，"我朝一个将向我打开的双扇门走去，什么也不去想。如果有面包，我就吃；

---

① 据《圣经·旧约》，雅各是拥有无数牲畜和众多男女奴婢的大富户。

如果没有，我就不吱声。我从没有去碰过别人的东西，我也从来不知道女人是什么味儿。儒昂·马里奥有一次给我找来一个女的，我闻到她身上有一股臭气，就像被邪风吹倒似的趴在地上。我该怎么办，我的灵魂？如果灵魂不安，我还有什么呢，好兄弟？"

"但是你拿走了一个死者的钱，坏蛋！"埃菲克斯说道。

"这是我的钱，对一个死人来说，钱有什么用呢？那么，我对你说，你说得不对，我既没有偷窃，也从不流血，就是约瑟的兄弟也没有流血。犹大对他们说：与其把约瑟杀死，不如把他卖给以实玛利人。①他们真的那么做了，你知道朱塞佩·埃伯列奥的所有故事吗？很可惜，你要走了，如果不走，我愿意讲给你听。"

"不，我不走。"埃菲克斯说道，"从今以后，我就陪伴你，我们手拉手地并肩走。"

瞎子低下了头，过了一会儿，他摸了摸钱袋，对陌生人的决定并不感到奇怪，只是问道：

"你也是一个乞丐吗？"

"是的，"埃菲克斯说道，"你没有发觉吗？"

"那好吧，拿着，你拿着它。"

他把钱袋递给他。

---

① 据《圣经·旧约》，约瑟从小娇生惯养，他的同父异母兄弟们行了不义，把他卖给以实玛利人。后来约瑟当了埃及宰相，并没有对兄弟们施行报复，而是以仁义待之。

第十四章

他们离开那儿，去参加圣灵节。瞎子对每个节日举行的时间和要走的路都了如指掌，实际上是由他来带着同伴走。

经过努奥罗时，埃菲克斯把他带到磨坊，让他靠在一堵墙上，便跑去向贾钦托告别。

"我要到很远很远的地方去了。再见吧。别忘了你的诺言。"

贾钦托在称一袋磨过的麦子，他抬起眼睛，眼睫毛因为沾着面粉而全白了。他笑了起来。

"什么诺言？"

"许诺好好地称。"埃菲克斯说完便走了。

贾钦托称好一袋麦子以后，跑到磨坊外面，只见两个乞丐手拉着手，犹如两个病人的苍白而颤抖的身影，走远了。他叫了一声，然而埃菲克斯没有转过身来，只是向他打了个告别的手势。

他们走出小镇以后，问题就来了，因为尽管背包里装满了食品，但埃菲克斯注意到，瞎子还是要向行人乞讨。

"我们有东西，为什么还要向别人讨？"

"那明天呢？难道你不考虑明天吗？你这是什么样的乞丐？看

得出来，你是新入伙的。"

于是埃菲克斯发现，他不愿意行乞，因为他感到耻辱，他为自己的耻辱而脸红。

天气变坏了。黄昏时分下起雨来了，两个伙伴走近一个牧人的茅舍，但里面的人不让他们进去，他们只好在靠近牲畜的一个用树枝搭的棚子里栖身。一群狗吠叫起来，整个湿漉漉的平原蒙上了一层凄惨的薄纱。雨水和风把埃菲克斯想点燃的小火扑灭了。

瞎子无动于衷地坐着，一副悲戚的面容显出严峻的神情。他从不躺下，只用双臂环抱膝盖，在火光的映照下，大而黄的牙齿闪闪发亮，紫青色的眼皮低垂着，他又开始讲述他的故事。

"你应该知道，为了盖所罗门①的王府，他们整整花了十三年的漫长时光。它坐落在一个名叫黎巴诺的森林中，那里生长着高大的香橼，是一个凉爽的地方。整个宫殿都是用金柱子、银柱子和上好的木梁造成的，地板用大理石铺就，就像高等的教堂里那样，王宫中央有一个院子，那里的喷泉昼夜不停地喷水。墙壁是用锯得像砖块一样整齐的细石砌成。王宫里的金银财宝不计其数，盘子是金的，其他器皿是金的，整个宫殿用金石榴和金百合花装饰，连狗的项链也是金的，马群的鞍具是银的，被面是猩红色的。示巴女王②来了，她早就听说这些事情，她很嫉妒，因为她也非常富有，她想看看到底谁最富有。要知道女人是好奇的……"

---

① 据《圣经·旧约》，所罗门是大卫的儿子，后继位任以色列王。
② 据《圣经·旧约》，示巴女王闻说所罗门王极其富有，才华过人，便前往提出种种疑难问题，所罗门一一作答，示巴女王叹服。

一名牧人被瞎子讲的故事吸引住了，他弯着身子，以免被雨水淋湿，跑到棚子跟前。其他同伴也效法他，接踵而至。

瞎子受到成功的鼓舞，更加精神抖擞，他站了起来，讲述塔马尔和带馅炸糕的故事。

牧人们开心地笑了起来，他们互相用胳膊肘拱对方的腰部。他们给瞎子送来了牛奶、面包，向他施舍钱币。

但是埃菲克斯感到难受，一等到只留下他们两人时，他就训斥起同伴的狡黠和恶劣的行动来。

"你讲话的神气真像我的母亲。"瞎子说道，随即在雨中睡着了。

参加圣灵节的人不多，但都是有钱的人，都是些富有的牧人，他们带着肥胖的妻子和活泼美丽的女儿。脸色紫红、神情傲慢的男子汉们骑马而来，腰间佩着插在皮鞘里的长剑。年轻人都是高高的个子，洁白的牙齿，闪闪发亮的眼睛，他们像阿拉伯半岛和北半球沙漠地区从事游牧的贝都因人那样敏捷，女孩子们柔顺、恬静，就像瞎子所想象的《圣经》中的女人一样。

雾气愈来愈浓，在石头和平原的灌木丛包围下呈现褐色的小教堂四周，万籁俱寂，散发出刺鼻的树林的气息。灰色天空中飘游的浮云，给这块地方添上一种更加奇妙的色彩。

整个上午，从雾蒙蒙的小路上源源不断地拥来骑马的男人，他们一声不吭，犹如在那世界遥远的角落参加某个秘密集会似的。对于跟瞎子一起坐在教堂进口处的埃菲克斯来说，这一切全恍如梦中。

这里没有其他的乞丐，当那些身强力壮和傲慢的男人打埃菲克斯面前走过的时候，从他们的嘴巴和鼻子里呼出一种生命的气息，他不由感到一种莫名的恐惧和羞耻，还有嫉妒。那些人是男子汉，好像都是凌驾于法律之上的强人。他们的手好像是随时准备捕捉稍纵即逝的幸福的利爪。他们当然不会为自己的罪过而懊悔，如果他们有罪的话；他们当然也不会折磨自己，如果他们在生活中敢于为自己雪耻报仇。他觉得他们带着蔑视的眼光瞧着他，把钱币扔给他，为他是一个男子汉而羞愧；他们用脚踢他，就像要踢开一块最肮脏的抹布一样。

但随后他又抬头朝远处眺望，在大雾的那边，他仿佛觉得是另一个世界，瞎子所说的大门，永生的大门开启了。他不禁为自己的羞愧感到后悔。

他的同伴在他身旁继续乞讨，一面慷慨陈词地说话，或者把脸孔转向他，好让路人听得到。

"在这人世间，我们该怎么办？永远成为那些向我们施舍的可怜人的累赘吗？"

"亲爱的兄弟，我们该怎么办呢？"

"是的，我的兄弟，一切都听从上帝意愿的安排，我们是他的工具，他利用我们去测验人们的心肠，就好比乡民用锄头去翻动土地，看它是否肥沃一样。基督徒们，不要把我们当作两个比落叶还悲惨、比麻风病人还肮脏的可怜人，请把我们看作是上帝用来测验你们心肠的工具！"

铜币犹如朵朵坚硬、响当当的花儿落在他们的面前。有两个英俊的努奥罗年轻人，为了赢得姑娘们的青睐，开始向瞎子投掷钱币，他们从远处以瞎子的前胸为活靶子，每当把钱币掷个正着，就狂笑起来。然后，他们又走近埃菲克斯，把他当作另一个活靶子取乐。铜币的每一击都使埃菲克斯整个身子震跳一下，好像他们要用石头击毙他似的。可他又怀着某种贪婪的心情捡着钱币，最后，取乐结束了，他重又感到后悔和耻辱。

这时，妇女们开始做午饭。她们在一棵偏僻的大树下燃起了篝火，袅袅青烟跟尘雾掺和在一起。她们大红色紧身衣的斑点在灰蒙蒙的空间显得比火花还要刺眼。在这小小的节日，既没有歌声，也没有音乐，埃菲克斯觉得这节日似乎是一次强盗和牧人的集会，他们聚合在那里，是想重新见到他们的女人和做神圣的弥撒。

中午时分，所有人都集合在树下，围着篝火，神甫坐在他们的中间。天气转为晴朗，一束金色的阳光从天顶穿透云层，径直投射到大树上方；树下，牧人们围坐在地上，妇女们手里拿着小篮子，神甫把背包当作防御潮气的披肩搭在肩膀上。孩子们开心地笑着，狗群摇动着尾巴，眼睛直盯着它们的主人，期待着主人扔几根骨头给它们啃啃，这一切使人联想起《圣经》里描绘的温馨、和谐的场面。

几个富有怜悯心的妇女给这两个乞丐端来大盘的肉和面包。听到她们在草地上沙沙走动的脚步声，瞎子抬高了嗓门，讲道：

"是的，从前有个国王，他对树木、动物，甚至连火都爱得要命。于是上帝生气了，他让这个国王的仆人们变成坏蛋，让他们联合起来杀死国王。他们那样做了。是的，那国王让众人都去崇拜浑身是金子的上帝，于是，这世界上便留下了对金钱的贪求，以致为了金钱，至亲骨肉之间可以互相残杀。在我身上因此也发生了这等事，我的亲戚看到我是个看不见光明的人，就像秋风扫落叶那样把我剥得赤条条的，洗劫一空。"

众人很快地离去了，两个乞丐又一次孤独地留在空旷、悲凉的地方。

烟雾愈来愈稀薄了，黑黝黝的树林的轮廓，在略带苍白的浅蓝色地平线上愈来愈清晰地显露出来。一切都是那么宁静，仿佛有一双无形的手把坏天气的面纱从这儿或那儿揭开。一道巨大的、颜色鲜艳的七色彩虹和另一道较小的、稍显暗淡的彩虹横架在天空。努奥罗的春色，朝着坐在小教堂门槛上可怜的埃菲克斯微笑。露水润湿的淡黄色毛茛在银白色的草地上闪耀着露珠似的光芒。夜色降临，第一批星星亮了起来，朝着花儿微笑。天和地成了相互辉映的两面镜子。

一只夜莺在淡淡地染上了一重烟雾的、孤独的树枝上啼鸣。夜晚的清新，静谧的远处的和谐，朝着花儿微笑的星星，朝着星星微笑的花儿，年轻、英俊的青年牧人们的欢笑，女人们被大红色紧身衣裹住的激情，等待富人们施舍残羹剩饭的可怜的穷人，遥远的痛楚，遗留在那儿的希望与往昔，离别的乡土，爱情，罪孽，悔恨，祈祷，不停息地行进，不知道在何处过夜，可是却始终感受到上帝指引朝圣者的赞歌。小庄园绿色的寂静，那儿河水的潺潺声，桤木丛絮絮的低语，格莉塞达的欢笑与悲泣，诺爱米的欢笑与悲泣，他，埃菲克斯的欢笑与悲泣，整个世界的欢笑与悲泣，全在这孤独的大树上夜莺的啼鸣中颤抖和震动，那大树似乎比山峦还高，那枝盖仿佛与天空联结，最高的一片叶子仿佛嵌入一颗星星之中。

埃菲克斯又哭泣起来。他自己也说不清楚是什么缘故，但他仍然泪如泉涌。他觉得自己在这个世界上是孤身一人，只有夜莺做他的伴侣。

他仍然感受到努奥罗年轻人把钱币扔到他的胸前，他仿佛被石子击中似的震动，可这却是一种兴奋的战栗，一种殉道的乐趣。

同伴的肩膀紧靠着教堂关闭的门，双手抱着膝盖，打着呼噜，酣然入睡了。

他们去福尼参加圣殉道节。他们总是一小站一小站地行走，在羊圈中歇脚；瞎子在那儿有办法让牧人们围拢来听他说书，他说他能根据气味来识别他们。他向那些普普通通的人，向那些敬畏上帝的人，叙述《圣经·旧约》中最激动人心的故事，自然也叙述那些被歪曲的，因而引起年轻人和放荡不羁的人反感的故事。

同伴的这种表现使埃菲克斯很难受，有时他会产生非常厌恶的感觉，以至他真想扔下他，但反复考虑之后，他觉得，他的悔罪或许正应当是如此艰难。他对自己说：

"就算是牵着一个病人，一个麻风病人吧。上帝最能理解我的慈悲心。"

一路上，他们遇上了参加节日活动的其他乞丐，所有的乞丐都像遇见一个老相识似的向瞎子打招呼，却以一种冷漠的眼光打量着埃菲克斯。

"你还身强力壮，"一个年轻的瘸子对他说道，"怎么也来讨饭呢？"

"我得了一种说不清楚的毛病，弄得我精疲力尽，没法干活。"

埃菲克斯回答道，但他为自己的谎言感到羞愧。

"上帝吩咐，只要力所能及，便要尽力劳作，如果我能干活……噢，那些能够干活的人是多么幸福！"

埃菲克斯想到贾钦托，他在找到工作之后，变得快活而又善良。他内疚地扪心自问，他这样抛弃自己可怜的女主人们，是否又一次铸成大错。

就这样，他走啊走啊，但怎么也不得安宁，他总是惦念着那片故土，在小庄园的芦苇和桤木丛之间的那片土地。特别是晚间夜莺歌唱时，思乡之情更是深深折磨着他。

"堂·普列杜在想什么呢？他正等着我给他捎去诺爱米小姐的回音。不过，上帝将会做出安排的，会妥当安排的，现在我带着自己致命的罪过，带着自己的灾难，远远地离开了她们。"

他在乞丐的行列里走着，走着，经过了马莫雅达绿色的河谷；他朝着福尼的方向走着，走着，走上了小路，在乌云朦胧的夜晚，捷那尔捷杜山脉带着城墙、城堡、巨石、坟墓、银色的城市、烟雾笼罩的蓝色森林等奇幻的形态，巍然耸立于眼前。然而，他觉得自己的身体像一只已经被狂风撕裂的口袋，肮脏，空洞，唯一的用处只能是扔在破布堆中。

他的伙伴们的情况并不比他更美妙。他们往前走啊，走啊，不知道要上什么地方去，也不知道为什么要去。他们所去打尖的地方，对于他们来说是冷漠的，是既无欢乐也无忧伤的偏僻去处，他们只是在那儿歇歇脚，弄点吃的东西。

他们之间不时发生争吵，用令人作呕的脏话吼叫，说些亵渎上帝的浑话，他们有着幸运的人们所怀有的一切欲念。埃菲克斯累得要死，浑身火辣辣地发烧，他不想去劝说他们，也不觉得要可怜他们。他仿佛置身于梦中，追随一群魔鬼游荡，就像在那小庄园里经历的许多次夜晚一样。他似乎已经死去，只是又被阴间的王国驱逐了出来，所以仍然在人世间漂泊流浪。

在福尼，乞丐们聚集在教堂附近的院落里。那里挤满了来自远方的人群，埃菲克斯开始尝到新的折磨，他担心会被人认出来，便竭力躲在他的同伴的身后。

挨着他们的是另外两个乞丐，一个是上了岁数的瞎子，另一个是年轻人，后者在上这儿来之前，在胸口右侧扎了一道口子，涂了一种毒草的汁液，使皮肉红肿，在众人看来恰似一个毒瘤。

埃菲克斯对这种骗局感到愤怒。当钱币落入他同伴的帽子里的时候，他的脸孔竟然涨得通红，就像他也欺骗了那些好心人一样。

钱币不停地朝乞丐们扔过去。他从来没有想到世界上会有这么多的好心人。妇女们尤其显得慷慨大度，每当年轻的乞丐的假毒瘤在衬衣的皱褶之间显得肿胀起来，像无花果似的时，她们的眼帘便映出一丝隐约的温情。

几乎所有的女人都停住脚步，俯下身来询问。一些女人身材细长，身穿撒丁岛手织的粗毛呢衣，罩着绣有杏黄和浅绿色古埃及象形文字的围裙，头戴猩红的风帽，好像是从遥远的地方，从古老的埃及来的。另一些女人胯部坚实有力，宽阔的面颊像两个熟透的苹果，热情、湿润而富有肉感的嘴唇，就像盛满蜜汁的盘子的边缘一样。

埃菲克斯低垂双眼，回答妇女们的询问，伤感地收集着向他施舍的钱币。但也有些男人围着年老的瞎子和佯装身患毒瘤的病人，其中一个人弯下腰来，察看瘤子。

"是的，愿上帝这样帮助我，"他说，"正是这样，它才长出一年。"

"只一年吗？"那人嚷道，"啊，我一千件事里还做不完三件呢。拿去吧！"

他扔给假装患病的乞丐一枚银币。于是爆发了一场竞争，看谁向这个垂死的乞丐施舍得最多。银币像雨点般落入他的背囊，以致埃菲克斯的同伴气得脸色发青，声音由于嫉妒而发抖。中午，他拒绝吃饭，而后沉默不语，看来他正在酝酿某种卑劣的伎俩。事实正是这样，当人们重新聚集在院落里时，在路过的妇女从口袋里掏出钱币向假病人施舍的当口儿，他终于大声嚷起来：

"你们好生看看吧！他比你们谁都更健康，那玩意儿是他用一根毒针在自己身上刺的。"

于是有人弯下身子，去察看那只假瘤子；那乞丐脸色发白，一动也不动，也不说话，毫无反应。然而，他的同伴，年老的瞎子，突然跳将起来，他高高的个子，晃晃悠悠的，犹如一棵受到狂风袭击的树干，他移动了几步，扑到埃菲克斯同伴依斯泰内的身上，挥动两只槌子般的拳头，狠狠揍他。

起先，依斯泰内垂下脑袋，几乎把它藏到膝盖中间，然后站起身来，攥住袭击者的大腿，用力摇动，但无法把他扳倒，便狠命咬他的膝盖。他们都不吭一声，他们的沉默使这个场面更加富于悲剧意味。然而，过了一会儿，一群人围拢来，妇女的尖叫声和男人们的笑声打成一片。

"可我想知道，他怎么看得出来的！"

"他果真是瞎子！让灾难来收拾这帮家伙，他们彻头彻尾是伪装……"

"我向他施舍了三次，一共九个莱阿利①！你是怎么装成有瘤子的？……告诉我，我再给你另外九个莱阿利，这样我也好来伪装自己，还可以逃避服兵役。"

"瞧，当兵的来了！"

"你们别吵了，什么也别给了。"

围观的人群闪开，让宪兵走过，他们身材高大，鲜红、深蓝色飘动的羽翎使他们显得像一只只奇妙的鸟儿。他们居高临下地俯视着在地上扭作一团的乞丐。

老瞎子气得直打哆嗦，但没有吭声，另一个瞎子回到原先的位置上，用悲哀的声调说，他什么也不知道，他根本没有动，只感到一个人像一堵倒塌的墙整个地压在他的身上。

宪兵喝令他们站起来，把他们带走了。人们排成一列，像举行宗教仪式的队伍跟随在后。埃菲克斯也跟在后面，但他的两条腿不停地颤抖，他的眼睛好像蒙上了一层雾。

"现在他们就要逮捕我了，他们会知道我是谁，会知道一切，会把我判刑的。"

然而，谁也没有去注意他，两个瞎子被带进兵营之后，人们就一

---

① 西西里王国货币名。

哄而散了。只留下他独自一人，坐在离兵营不远的一块石头上等着。

他心里乱作一团，可实在没有任何理由让他抛弃瞎子。他在那里待了一个钟头，两个钟点，三个钟点。四周静悄悄的，人们已在不远的地方开始节日庆祝活动，他所在的那个小镇的角落，仿佛是一片荒漠。阳光投射在像茅屋似的低矮、潮湿的屋顶上，下午的和风挟带着青草的芳香，送来远处的几声叫喊、几声乐曲。

宁静更增添了埃菲克斯的不安。他第一次感到他清醒了，犹如被凉风吹拂的山上的岩石，他明白了自己苦行悔罪的错误。不，这绝不是他所梦想的救赎。

他的可怜的女主人们，在那儿受苦受难，她们孤苦伶仃，如今莫非已经被遗弃了吗？他第一次萌生出归乡的念头，他渴望拜倒在她们的脚边，像一条忠实的狗一样，了结自己的余生。返回故土。谴责自己的灵魂，但不能让她们遭受折磨，这才是真正的忏悔。然而，他不能置同伴于不顾。这时，兵营的大门打开了，两个瞎子手牵手像亲兄弟一样从里面走了出来。

埃菲克斯迎上前去，拉起他同伴的手。就这样，他们回到了教堂的院子，他们转了一圈，寻找那个假装有病的乞丐。人们唱歌，跳舞，奏乐。晚霞把钟楼、屋顶、四周的高树全抹上了一层玫瑰色。从教堂里走出来一个人，唱起赞美诗，为舞者助兴。香火的芬芳气息跟菜园的气味混合在一起了。

尽管他们找了又找，可装病的乞丐既不在院子里，也不在教堂里，周围的马路上也没见他的人影。有人说他害怕宪兵抓他，逃之夭夭了。于是，埃菲克斯留下来，跟这两个瞎子待在一起。

第十五章

日复一日，埃菲克斯搀扶着他们行走。

他们或者是三人成行，或者是跟其他乞丐结队而行，去参加一个又一个节日的庆典活动，仿佛他们命定要去一个永无尽头的惩罚罪孽的地方。

节日活动都大同小异，主要的节日都在春季和秋季，在偏僻的乡村小教堂，在山上，在高原上或者在河谷边举行。于是，整整一年杳无人迹的荒郊，被遗弃的野地，突然间变得热闹而又繁华起来，还带来了生活与欢乐。村民们身穿色彩鲜艳的服装，深红色的紧身衣，菊黄色的饰带，像火焰一般耀眼的红围裙，犹如朵朵鲜花，点缀在绿色的乳香黄连木和收割后的象牙色庄稼地里。

人们到处饮酒，唱歌，跳舞和欢笑。

埃菲克斯也穿得像其他的乞丐一样，他牵着两个乞丐，似乎觉得这就是他的命运、他的罪过和他的惩罚。他不喜欢他们，却以无比的忍耐心对待他们。

他们也不喜欢他，但又为得到他的关照而相互嫉妒，不断地吵架。

八月和九月，他们马不停蹄地赶路，艰难地朝前行走。先是为了参加救世主节，登上罗尔托贝内山。

那是八月份，一轮满月从海面升起，高高挂在天空，把银色的光辉洒遍树林。是的，在罗尔托贝内山上，埃菲克斯看到了遥远的故乡的山；整整一夜，他在那仿佛把深蓝色的天空和灰暗的大地连接起来的黑十字架下面祈祷。黎明时分，他听到远处传来吟唱赞美诗的声音。一列信徒的队伍从河谷上走来。瞬息间，山岩染成一片乳白色和橘红色。灌木丛绽开了孩子们微笑的面容，上年纪的牧人像皈依了宗教的古代克尔特人，在盘旋山道上跪下。

在石头祭坛上方，圣餐杯在阳光下熠熠生辉，救世主慢吞吞地从岩山后面显出脸孔，在灰暗的地面和蔚蓝的天空之间竖起十字架。灌木丛后面传来一阵伤心的哭泣声，那是搀着两个瞎子的一个乞丐。他是埃菲克斯。

九月，他们登上了戈那列山。又遇上了坏天气，狂风暴雨不停，汹涌、浑浊的水流把坡地冲刷出道道犁沟，树木在狂风的抽击下歪歪斜斜，整个山林在隆隆的雷声中震颤。然而，信徒们照样拥来，他们沿着一条条弯弯曲曲的小径，沿着一道道蜿蜒迂回的山路，云集在小教堂里，像各条血管的血液统统流向心脏似的。

埃菲克斯与同伴们在石壁的凹处歇息，他眺望着雾霭中穿越云层的各种奇形怪状的形象，他觉得，年轻瞎子所讲述的世界大洪水的故事[①]，就是他们的遭遇。可不，一些族长获得了拯救，他们

---

① 据《圣经·旧约》，上帝见人类互相残杀，人世间充满仇恨、暴力与罪恶，大为震怒，决意发大洪水，毁灭这罪恶的人类，只留下善良的诺亚。

要在山上安身，他们带着自己的女人和儿女来了，他们既悲伤又快活，因为他们失去了一切，同时又拯救了一切。

女人们特别喜欢从坐骑的高处，从她们的披巾中伸出脸孔，以迷惘但不时闪烁喜悦的光芒的大眼睛，四处张望着。一些东西使她们害怕，一些东西使她们高兴，或者就是她们自己的恐惧使她们高兴。远处的呼喊在云雾中激起的回声，仿佛奔驰的野马随风飘荡的嘶鸣。

埃菲克斯一直担心被认出来，尽管他穿着破衣烂衫，粗硬、灰色的胡子就像半只用驴子的鬃毛做的面具。他打量着从他面前的小路上走过的香客，只要有人注视他，他就突然缩成一团，闭上眼睛，就像玩捉迷藏游戏的小孩藏起来的时候一样。

一个多少有点放纵的男人，骑着一匹黑马，缓缓地上来，他身穿手织粗呢大衣，镶上猩红色的衬套。风儿吹开了这种酷似西班牙斗篷的外衣的下摆，让人窥见了绣花的背包，骑士粗壮的双腿夹住像银子一样闪光的马刺。头上戴的一顶帽子在一张温厚而富有嘲弄意味的脸孔上投下了阴影，他朝着乞丐们转过身来，轻轻地冷笑了一声，扔下了几枚钱币。

埃菲克斯重新睁开眼睛，慢慢地站起来。

"你知道那个人是谁吗？"他对年轻的瞎子说道，"是我的主人！"

雨停了。三个同伴继续登山。他们默不作声，佝偻着身子，仿佛在小路上寻找什么丢失的东西似的。浮云在山岩和灌木丛上空掠过，树木在大风中剧烈地扭曲着身子，好像发狂似的要脱离大地，而后又想折回来，依附于大地。雷声仍然隆隆作响，一切都陷于极大的骚动和不安。埃菲克斯觉得自己像被旋风卷走的一片枯叶。

他们在小路的十字标记旁边坐下。

狂风呼啸，但是晚些时候，太阳穿云而出，把乌云驱赶到地平线的尽头，山峦和河谷周围的一切全变得金灿灿的，河谷上的薄雾全聚集到银光闪闪的湖面上。

乞丐们在阳光下暖身子，埃菲克斯收拾着得到的施舍物，每一声脚步都使他颤抖，他害怕再次看到堂·普列杜，不过他还是不时抬起头来，似乎在倾听一个遥远的声音。

他仿佛觉得自己仍然坐在小庄园的茅屋的前面，细听狗群的沙沙声，于是，他心中的声音对他说：

"埃菲克斯，如果你在那儿是为着真正地忏悔罪过的话，那干吗要担心被认出来呢？当你的主人路过时，你站起来，向他问候。"

蓦地，一阵喜悦之情使他跳了起来，这种感觉像一股暖流渗透了全身，如同阳光烤干了衣服，温暖了他那冻僵了的四肢。于是他又想到他的女主人们，他仍然爱着她们，他等待着堂·普列杜，以便向他询问她们的消息。

然而，堂·普列杜没有下山。

听完弥撒之后，他朝山下走去。一长串像玫瑰花似的漂亮姑娘，甜蜜地笑着，紧紧地互相依偎。

"你看见了那个领圣餐的肥胖男人吗？"一个姑娘说道，"他是贵族，一个有钱的人，着了魔的男人。"

"是的，我知道。他应该娶一位贫寒的姑娘，可没有娶她。这姑娘让他着了魔。"

"去，吊死你，玛丽娅，你说些什么？如果让他着魔，那是为了让他娶自己……"

"哎，别为了这个来推我！拧断你的脖子，弗朗齐斯卡，好吧！"

她们的牙齿洁白闪光，却满口是不堪入耳的话语，打埃菲克斯的面前走过。有个姑娘放慢了脚步，朝乞丐们扔了一个钱币，微风撩起了她的绣花头巾的边角。

埃菲克斯等待着堂·普列杜。族长们，默不作声的女人们，腿脚敏捷的年轻人，身材矮小的牧人们，都下来了，他们因孤独而神色忧伤；但是，仍然看不见堂·普列杜的影子。

埃菲克斯等待着。午后，人们都下了山，回到林中空地的棚屋里。堂·普列杜仍然没有出现。

于是，埃菲克斯带领同伴们来到小教堂，教堂前面只有几个年轻人靠着岩石观看半山坡的赛马。风儿似乎停止了，在山下的小路上，戴着风帽的村民们跃马奔驰。

埃菲克斯让瞎子们靠墙坐着，他踮起脚尖走进小教堂，来到祭坛的小台阶前。堂·普列杜一动也不动地跪在那儿祈祷，马刺搁在脚边。他仰起脸孔，在大蜡烛金色光芒的照耀下，他的头发几乎染成了蓝色，大衣的红衣边微微卷起，很像是朝圣的巴洛尼贵族。埃菲克斯常常在教堂中见到这样古老的场面。

堂·普列杜专心致志地祈祷，当埃菲克斯轻轻地扯动他的大衣时，他惊讶地转过身来，但没有认出乞丐是谁，只是粗暴地说道：

"见鬼去吧！连在这儿你也不让我安宁吗？"

"堂·普列杜，我的主人！我是埃菲克斯，您认不出我来了吗？"

堂·普列杜急忙撩起衣边，跳将起来，几乎想拥抱他的仆人，他们像两个老朋友似的对视着。

"一切都好吗？"

"好吗？"

"是的，"堂·普列杜首先恢复常态，说道，"贾钦托向我讲述了你的英勇行为，傻瓜蛋！你干起了一门不费力气的职业，懒鬼！好职业，是的！好吧，拿着！"

他递给他一个钱币，可是埃菲克斯用一双像一条忠实的狗一样的眼睛望着主人，他没有生气，只是长叹了一声。

"堂·普列杜，我的主人，请告诉我关于我的女主人们的消息。"

"你的女主人吗？谁看得见她们呢？她们像水貂一样关闭在自己的巢穴里。"

"那么贾钦托呢？"

"我在努奥罗看见过他，那个饿死鬼，为什么你没有让他跟你一起要饭呢？而现在，你知道他干了什么吗？他娶了另一个饿死鬼格莉塞达，是的，蠢货！"

"这很好，他这么许诺过的。"埃菲克斯说，他重又感到满心欢喜。"这样她就如愿以偿了，我的主人。"他思忖道。

埃菲克斯朝着骂骂咧咧的堂·普列杜微微一笑。堂·普列杜为自己最初的慈悲行动而后悔，他不该把埃菲克斯当成一个乞丐来对待。

过了圣·科斯马节和达米亚诺节以后，埃菲克斯跟瞎子们一起到毕蒂镇去参加圣母奇迹节。在抵达目的地以前，他们在奥鲁内歇脚，埃菲克斯尽管感到劳累不堪，但他不敢闭上眼睛，因为担心同伴把他最近辛辛苦苦积攒来的、放在背包中的钱偷去。他平心静气地祈祷，不时半张开眼睛，瞥一眼在一棵橡树下入睡的同伴们。

虽说还是夜晚，但东方朝着大海方向的山峦之间已泛出鱼肚白，那儿已经是黎明了。这时，埃菲克斯由于困倦，以为自己已经闭上眼皮，进入了梦乡。他看见老瞎子坐起来，身子朝前倾斜，侧耳细听，用手撑着橡树的树干，站起身来，随后犹豫了一会儿，便走到他跟前，在黑暗中伸出一只钩子似的手，犹如钓鱼一般抓过背包。

埃菲克斯一动也不动，没有作声。老头儿离去了，没有回头，在山峦的蓝色阴影中，消失于丛林和岩山间。

只有当他不再看得见老头儿的时候，他才发现自己并没有做梦。他跳了起来，但他觉得仿佛有一只手把他往下攥，迫使他重新坐下来，不要动弹。慢慢地，一阵兴奋的冲动，奇特而喜悦的心情，一种想纵声大笑的愿望，取代了原先的惊奇，他笑了起来，在他的周围，天空抹上了蔚蓝和玫瑰色，鸟儿在丛林间歌唱。

"这就是了，"他思忖道，"上帝替我解脱了我的同伴中的一人，啊，给我卸掉了多么沉重的负担！"

他把另一个同伴叫醒，对他讲了刚才发生的事。

"你看到了吧？埃菲克斯，现在你信服了吗？我早就知道他是假装的，我不是很快就揭露了他吗？你牵着他向前走，你跟他日夜折磨我。现在我们去揭发他，找到他，砸碎他的骨头。"

埃菲克斯笑了。在节日活动中，他几乎很快活。一群他没有见到过的香客把教堂、周围的田野和通向小镇的小路挤得水泄不通。在圣殿四周不断涌动的人流，犹如一条红与白、黄与黑相间的长蛇，迎风飘展的旗帜就像许多大蝴蝶纷飞，赞美诗合唱的和声，马儿的奔驰声，欢快的喧闹声，跟朝圣者的歌声融合在一起。妇女乌黑光亮的头发披散在肩头，犹如垂下黑色的面纱。男人们跟在后面，他们没有戴帽子，手里拿着蜡烛，光着脚丫子，脚上落满尘土，好像来自世界的另一尽头似的。所有人的眼睛里都充溢着疑虑和希望。

马群慢悠悠地沿着山路往上走，它们充满欢乐或是痛苦。容光焕发、热血沸腾的小伙子策马而行，脸色苍白的姑娘们把激情隐藏于内心，犹如埋在灰烬中的火炭一样，病者和狂人的眼睛里也都透出生和死的神色。

埃菲克斯站在稍稍离开教堂、没有许多人经过的地方。瞎子不住地唠叨，怨这怨那，脸色阴沉，带着威胁的神气。

到了傍晚，乞讨的收入仍然很少，瞎子发泄着不满，责备埃菲克斯杀害了另一个同伴，以便解脱自己和侵吞钱财。

埃菲克斯微微一笑。

"过来，"他一面说，一面拉起他的一只手，走了一段路，"你听到了吗？"

瞎子听见了另一个同伴的声音，他在他们面前乞讨。

"现在你们不要再像上次那样胡闹。"埃菲克斯说道，"如果你们再厮打，他们会拘留你们，我呢，说实在的，我就洗手不干了。"

于是真瞎子朝着假瞎子弯下身子，咬牙切齿地低声对他说：

"为什么你要这样干，骗子！"

"因为我觉得应当这样做，高兴这样。"

埃菲克斯笑了。瞎子似乎"看见了"他的笑容，不禁恼火起来，把他对小偷同伴的一腔怒火统统发泄到善良的同伴身上。

"我再也不愿意跟你在一起了，宁愿栽在地上死去。你是一个蠢货，一个不中用的家伙；你跟我在一起，你觉得快活有趣，却让我受尽折磨，你去上吊吧，滚到地狱的最底层去吧。"

"你这么说，因为你知道我不会抛弃你的。"埃菲克斯说道，"你尽管是瞎子，但是你了解我，而我尽管看得见，却不了解你。如果你以为能够找到另外的伙伴，那你就去找吧。我会帮助你的。"

假瞎子紧紧抱着偷来的背包，侧耳细听，他抓起依斯泰内的手，对他说道：

"留下跟我在一起吧，魔鬼！"

他们手拉手地站在一起，就像埃菲克斯看见他们从福尼兵营中走出来的时候一样，他觉得他们以向他挑战的神气，等着他开口。于是他掏出那天乞讨得来的一小袋钱币，在他们眼前晃了几晃，笑嘻嘻地打量着他们，然后把钱币塞到真瞎子的手里，离去了。

他自由了！可是他觉得他身后还牵引着那同伴似的，他依旧摆脱不了对他们的想念。

他马不停蹄地昼夜赶路，沿着依萨莱河谷来到海边。他扑倒在地上，躺在两堆灌木丛间，他觉得他仿佛经历了一次周游世界的长途跋涉之后回到了自己的小镇。

但他在梦中又看到了瞎子，蜷曲着身子，半张着的青灰色嘴唇，露出充满野性的牙齿，他感到瞎子在嘲笑他，可怜他。

"你以为你洗手不干，得到安宁了，瞧着吧，埃菲克斯，现在，你的道路真正开始了。"

他沿着大路行走。随着愈来愈接近小庄园，他听到手风琴如泣如诉的乐音，他恍惚觉得这是自己已习惯于节日活动的耳朵的一种幻觉。

众多遥远的往事又浮现在他的脑海，周围所有的树叶都摇曳多姿地向他致意。眼前是篱笆、河流、山丘、茅屋。他没有感到激动，然而，那朦胧柔和的琴声，使他觉得它仿佛来自一泓宁静的绿水，像声声亲切的召唤吸引着他。

他走进小庄园，抬头望去，立即发现小庄园照管得很不好，这儿像是一个没有主人的地方，树上的果实几乎都掉光了，这儿或那儿悬挂着断裂的树枝。

扎南托尼坐在茅屋前的葡萄藤架下拉着手风琴，单调的琴声向四周飘散，犹如梦幻的面纱笼罩着这荒僻的地方。

小伙子看见一个佝偻着走来朝茅屋里张望的陌生男人，便停止演奏，他那柔和的眼睛变得警惕起来。

"你要干什么？"

男人脱下了帽子。

"埃菲克斯大叔！"小伙子叫了起来，重又拉起了手风琴，同时笑着滔滔不绝地诉说，"您没有死去吗？有人说您到了美洲，发了大财，给您的女主人寄了很多很多钱。现在我是这里的看守人。我可以像对待小偷那样把您赶走，但我不这样做。您想要葡萄吗？您摘吧。我的主人，堂·普列杜不在乎这块地，他有许多别的庄园。这里出产的东西，我的主人都拿来送给他的表妹们——您的女主人了。可是她们总是闭门不出，就像刺猬总是龟缩在自己的皮囊中一样。噢，埃菲克斯大叔，我要对您说一件事。有一天晚上（平时，晚上我就把自己关在茅屋里，因为我害怕幽灵，我总是觉得祖母在敲门），我害怕极了，我感到有一个软绵绵的东西在我的脚下乱动，我叫了起来，出了一身汗。天亮的时候，我才发现是一只受伤的野兔子，它挣脱掉绳套，逃跑了，但它的一只脚掌断了。它用两只像基督徒一般的眼睛望着我，我替它包扎了脚掌，但后来，它发高烧，在我的两只手中烫得像团火，慢慢地变成黑颜色，死去了。"

埃菲克斯坐在茅屋前，眺望着远方。

"你看，"他严肃地问道，"堂·普列杜会继续让我帮他干活吗？"

小伙子变得咄咄逼人起来。

"那么说您要把我赶走喽？那我该怎么办呢？格莉塞达一结婚就走了。我怎么办呢？我去讨饭吗？不，还是您去讨吧，您是老头儿。"

"你说得对。"埃菲克斯说道，耷拉着脑袋。小长工的顺从使他产生了怜悯心。

"堂·普列杜是个大富翁，他照样会雇您的，他可以把您派到其他庄园去，因为我喜欢待在这儿，这儿是一个好地方，格莉塞达也是这么说的。"

"格莉塞达现在在干什么？"

"缝制她的结婚礼服。"

"告诉我，扎南托尼，堂·贾钦托来过镇上吗？"

"我的姐夫，"小伙子骄傲地说，"是的，他七月份来过。格莉塞达身体越来越差，差一点儿要死了。是的，他来过……"

他沉默了，把脸孔埋到手风琴上，忧伤的眼睛充满了对往事的回忆。

"你把一切全都告诉我，你可以跟我说，扎南托尼，我就是你家里的人。"

"是的，我这就对您说。当时，格莉塞达身体很不好，瘦得不成样子了，晚上发烧，像个疯子似的爬起来，嚷嚷要到努奥罗去。可她打开房门，又没法子办了。您明白吗，祖母在外面，把门关上，不让她走。这样，有一天，我便上努奥罗去了。我找到了堂·贾钦托，他在一个简直跟地狱差不多的磨坊里。我把一切都告诉他了。于是他请了三天假，跟我回来。他租了一匹马，因为价钱比叫一辆马车便宜，他让我坐马后面，那太棒了，骑在马上就像巨人似的。他终于向格莉塞达求婚，圣人节时他们结了婚。"

"他向谁去提出求婚的？"

"不知道。向她本人！"

"告诉我，扎南托尼，堂·贾钦托上他姨妈家，到我的女主人那儿去了吗？"

小伙子又迟疑了一会儿。

"是的。"他随后说道，"他去过，我想他们肯定吵架了，因为他出来的时候双眼通红，好像哭过似的。格莉塞达望着他，苦笑了，但硬是咬紧了牙关。他说：这是她们最后一次见我了。"

埃菲克斯不再问什么了。他留在茅屋中过夜，外面刮起了大风，路边的芦苇犹如受刑的灵魂一般不断呻吟，使得小长工恐惧不安。埃菲克斯开始学着瞎子的声调，讲述《圣经》的故事。

"是的，从前有个国王，他借口树木都是神灵，让人们崇拜树木，还有牲口，甚至火。于是上帝生气了，他让这个国家的仆人们变成坏蛋，让他们联合起来杀死他们的主人。是的，那个国王让人们崇拜一个浑身是金子的上帝，于是，这世界上便留下了对金钱的贪求，为了金钱，至亲骨肉之间可以相互残杀，甚至无辜的灵魂也崇拜金钱。"

然后，他开始描述所罗门的庙宇和宫殿。他滔滔不绝地讲述着，扎南托尼却呼呼入睡了。外面，坡地上的芦苇发出如此强烈的窸窣声，使人恍若觉得它们在厮杀。

黎明时分，埃菲克斯走出茅房，只见大片芦苇倒伏，长长的苇叶像折断的利剑那样遗弃在地面。幸存的芦苇也稀稀拉拉的，仿佛弯下身子来俯视同伴的尸体，用自己受伤的叶子抚摸它们。

"给您葡萄，埃菲克斯大叔。"小伙子对他说，若有所思地跟他打招呼，"如果堂·普列杜打算派您上这儿来，我很高兴，这样，我们可以一起讲故事，消磨时间。请您上格莉塞达那儿去问候她。"

埃菲克斯重又上路了，朝着小镇的方向走去。清晨凉丝丝的，白色的山丘仿佛被雪花覆盖，一片洁白。小镇上方的山峦点缀在平原上，它们在城堡后面像覆盖的木柴堆那样冒着热气。在玫瑰色的晨曦中，一切全悄无声息，死一般的寂静。然而，埃菲克斯重新寻找到了自己的灵魂，他好像一个浪子，在自己所有的希望泯灭以后，回到了他痛苦的家。

他直奔女高利贷者家里。他高兴地发现，尽管她没有马上认出他来，但相当和蔼地接待了他，把他当作一个外地人，是某个地产业主打发来的仆人向她借债的。

"卡莉娜，让乌鸦啄伤你，认不出我来了吗？可你也瘦多了。"

她手里拿着两只鞋，她让它们一只只掉在地上，然后又弯腰拾起来。

"埃菲克斯，你看见了吗？我是如何诅咒你的，你竟拍拍屁股走了！你连衣服也变了。你想起来了吗，你什么时候想杀我？"

"随时都想，如果你不住嘴的话！告诉我，你日子过得怎样？"

"不怎么样，我总是头痛，有一段时间了，疼痛和睡不着觉让我瘦成这副模样，背驼了，人也瘦了，就像吸血鬼附身似的。"

"正是这样！"埃菲克斯这么思忖，但他没有说出口。

"这是一种很讨厌的病，头痛，我的埃菲克斯，现在，我甚至已经许诺到圣·方济各那里去朝圣，在十月份……"

"你听着，"埃菲克斯说道，他坐在炉子前面，丝毫没有离开的意思，"你去朝圣是无济于事的，如果你要忏悔的话，就在你家里忏悔吧。"

"我没有必要忏悔！如果我去，也只是出于我的虔诚。我的灵魂披露在上帝的面前，而不是在一个像你这样的罪人面前。"

他垂下脑袋。

"你听着，"他又说道，"我需要衣服和钱。你应该帮助我，卡莉娜，如果你愿意，你能够做到的。我就像一个上过前线的士兵，现在回来了，但是不能还穿这身衣服。"

"至少你应当告诉我，你究竟去干什么了？"

"是这样，我想在世界各处走一下，我一直走到遥远的东方，在那里有所罗门国王的庙宇和宫殿……那宫殿整个都是金的，门是金的……盘子和其他器皿是金的，甚至连钥匙和门闩都是金子的……"

女人窥视着他，一面系上新的鞋带，可并不扔掉旧鞋带，因为系什么别的东西的时候还可以派上用场。为什么他这么讲话呢？以乞丐所特有的富于节奏的腔调呢？他是在挖苦她，还是在发烧呢？

"埃菲克斯，我的宝贝，你周游世界，磨坏了你的鞋子和脑子了！"

不过，她还是把钱借给了他。

他却仍然不走。

"我不能就这样出去，让堂·普列杜的刻薄的女佣笑话我。你得设法给我弄套衣服，去吧，你不睡觉的时候还考虑什么呢？去吧，去吧，你也是一个基督徒。"

"怎么，我也是吗？我的宝贝。我比你更像基督徒，我不会扔下我的家和小镇去周游世界……"

"你再不住嘴，我去拿门闩了，卡莉娜，住嘴吧！"

整个上午，他们不断地唇枪舌剑，半是开玩笑，半是说正经话。下午，她出门去，从一个丈夫到美洲去的妇女那里买了一套几乎全新的衣服。

傍晚时分，埃菲克斯回到他的女主人那儿。是的，他就像一个流浪汉百无聊赖，自由自在地逛荡了一天似的。四周一片静寂、凄凉；山峦耸立在黑黝黝的房屋上方，黄昏的暗绿色天空，悬挂着一轮新月，夜的星辰在月亮的上方颤动。

大门紧紧闭着。墙根和小台阶上杂草丛生，使人觉得面前仿佛是一幢被遗弃的房屋。埃菲克斯突然害怕起来，竟有点不敢去敲门了。

他瞧见格莉塞达的小门透出亮光，犹如一堵漆黑的墙上镶嵌着的一块金色长方形，于是他想起了扎南托尼的嘱托。

格莉塞达正在炉火前烤烘浸湿的裙子。她赤着双脚，伸直的小腿犹如紫铜似的闪亮。她瞧见陌生的男人，便赶紧放下裙子，当她认出埃菲克斯时，她立即发出欢乐的叫声，大声笑起来。

"怎么，格莉塞达！你还到河边去？新郎让你去吗？"

"他不也是劳动吗？莫非他是一位贵人吗？等他成了贵人，我也该入土了……好吧，您不走过来吗？您坐下，那个背包您可觉得沉？里面也许全是金子吧？您不声不响，神不知鬼不觉地交上了好运，您真是个魔鬼！"

他坐了下来，把背包放在地上，打量着格莉塞达。格莉塞达也狡黠地打量着他，让他明白，她知道事情的真相。

"我们，埃菲克斯大叔，还有我们，我和贾钦托，也会干一些事的。我们也会成为富翁，埃菲克斯大叔。谁知道呢？世界上什么事都可能发生的。我相信，什么事都会发生。"

"你们不是已经是富翁了吗？谁能比你们更富有呢？"

她像过去那样，娇媚而稚态可掬地朝他弯下身子。

"这是我过去一直说的！当您的女主人们嫌我穷，不愿意我和贾钦托结婚的时候，我说过，我难道不是年轻姑娘吗？我不是爱他的吗？也许诺爱米小姐和堂·普列杜把他们的所有财产加在一起，比我们更富有吧！许多年来，是的，他们只想着发财，而不想其他！"

埃菲克斯浑身打了个哆嗦。

"他们结婚了吗？"

"当然，他们这就要结婚！他像我今年春天那样消瘦。有人说他病了，是的，他病了！痴爱病。他甚至到奥列纳去请教巫婆。最近，上个星期，他到戈那列去朝拜圣母，捐了三枚银币，希望出现奇迹。那些不怀好意的人是这么说的！"

埃菲克斯的脑袋埋在膝盖之间，心事重重地注视着地皮。

"我应该回来吗？"他暗暗自问，"她们不会认为是什么幸运的风把我吹来的吧？"

就在这瞬间，他突然为诺爱米在他回来之前就接受这门亲事而感到遗憾。不过，他马上很谦卑、羞愧地站起身来。唉，他好像依然是一个罪人！

"你看堂·普列杜会在那儿吗？"他出门之前，转过身来问道。

"我可是在这儿，并不在您女主人家，埃菲克斯大叔！"格莉塞达说道，她微笑着走到他跟前，"我也没法对您说，我去看看，因为您的女主人们只要瞧见我去，就把大门关得紧紧的！"

他走了，但他的心又一次扭曲了，不安地颤动着。他仿佛觉得，他敲女主人门的声音，好像在叩击他的心一样。

第十六章

出来开门的是诺爱米。埃菲克斯瞧见她出现在自己的面前，庭院蓝绿色的背景衬托着她高高的、细细的身材和白皙的脸孔，这真是丽娅姑娘，简直是丽娅姑娘的再现。

诺爱米在让他进门之前，仔细地打量着他，好像在审视一个陌生人，然后只是说道："噢，噢，是你呀？"这种冷漠的，多少带点嘲讽意味的表示，足以增添他的羞辱和不安的感觉。

"瞧，我的诺爱米小姐，我回来了。"他一边说，一边跟随她穿过院子，"浪子回来了，艾丝苔尔小姐好吗？能允许我去看看她吗？"

半明半暗的青光笼罩着所有的东西，一切都原封未动，阴沉的阳台从灰暗的墙壁上伸展出去，水井旁依旧是红花，楼梯依旧绑着绳索。

从厨房里透出一缕亮光，但不是格莉塞达家那种明亮的火光，只是一盏小油灯放在陈旧的长板凳上，留下一圈黑影。

不，什么变化也没有，一切依然是死气沉沉的。埃菲克斯难过地思忖：

"看来诺爱米小姐答应那门亲事的说法不是真的。"

他本能地寻找挂背包的木桩，可木桩不见了，没有人重新竖上它，他只好挎着背包，就像一个马上要离开的客人。

艾丝苔尔坐在旧板凳前面的一张小凳子上，安安静静地看书。油灯投射出她修长的影子，一只猫蹲在她的黑影里，一直用眼睛注视她双手的动作。蓦地，它纵身跳到她的大腿上，好像要躲藏起来，然后又从她的大腿跳到长凳下面去。她抬起头来，瞧见了陌生人，便用闪闪发光的眼睛盯着他，书在她的手心颤动。

"是的，是我，我的女主人！我回来了。浪子回来了。艾丝苔尔小姐，该怎么说才好呢？您的身体好吗？"

"埃菲克斯！埃菲克斯，埃菲克斯！"她喃喃地说道。

"我正是埃菲克斯，您的眼睛不好，艾丝苔尔小姐，您戴眼镜了吗？"

"你，埃菲克斯！你坐下。是的，我因为眼泪流得太多，把眼睛弄坏了。"

诺爱米以狡黠的眼光望着他们，似乎在欣赏这一场面。

"是的，艾丝苔尔！你戴眼镜了，因为你已经上岁数了。"

"你坐下。"诺爱米又对埃菲克斯说道，用手拍拍长凳。埃菲克斯挨着上了岁数、因他的意外出现而颤抖的女主人坐下。起初，他们不知道讲些什么才好，他紧紧搂着背包，不好意思地耷拉着脑袋。她摘下眼镜，把它夹在书里，似乎想要靠在长工的旁边。

终于，他们都转过脸来对视，她以一种责备的神情摇晃着脑袋。

"好极了！你周游了世界，现在回来了！可是你为什么从来不写一封信，哪怕三言两语，或者捎个问候的口信？连去美洲的人都回来了！”

埃菲克斯张嘴想要回答，可是他看见诺爱米在窃笑，好像她知道实情似的，便愈加觉得羞愧，便默不作声了。

“你就那么走了，埃菲克斯！好像我们欺侮了你似的，甚至连一声招呼也不打，埃菲克斯！你想想看，你想想看，我一直在扪心自问：为什么埃菲克斯要那样做呢？能不能最终知道是什么缘故呢？”

“唉，这世上的事儿！人愈老，便愈糊涂了。”他打了一个含糊的手势，回答道，“现在我回来了……我们别再谈这些了。”

“那么现在你打算干什么呢？你回到堂·普列杜那儿去吗？或者像人们所说的，你真的发了财了？可你干吗不把背包放下来呢？至少你应当在这儿吃一点东西。”

“我该走了，我的艾丝苔尔小姐……我只是来问候您的。”

“你在这儿待到明天吧。”诺爱米说，她几乎用猫一样灵敏的动作帮他解下背包，把它放到长凳上。

他们相互凝视，于是他明白了，她们两人有话要说，想继续中断了的谈话。

“埃菲克斯，你听着，至少你要对我们讲讲你的事情，因为你从没有写过信，现在，你该有多少事情要讲，噢，埃菲克斯，谁也不会相信，你上了年纪反倒要去周游世界！”

“虽然去得晚，但总比不去好，我的艾丝苔尔小姐！不过值得一提的事儿很少。”

“那就讲很少的那些事吧。”

“好吧，好，我给你们讲……”

诺爱米默默地摆好餐具，还是那只因年代久远而发黑、磨损的小篮子，还是原先的那种面包和小菜。埃菲克斯一面吃，一面叙述，他讲话含含糊糊，甚至羞怯地编造一些谎言。可是当他把面包屑和杯子里的剩酒撒在地上的时候——因为土地总是要从人那儿获得自己的一份营养——他伸直了脊背，眼睛四周的皱纹舒展开了。

　　"一路上，我们竟遇到那么多可怜的人，我们走啊，走啊，但并不清楚什么地方才是尽头，可是始终满怀着发财的希望。我们列队朝前走着，真像一群罪人。"

　　"你们没有去过大海吗？"

　　"大海，当然去过，我说了些什么？在海上遇到了暴风雨，有好多次我们浑身都湿透了。没有挨过饿，没有；话又说回来，谁会觉得饥饿呢？我没有这种感觉。有几次我觉得好像有一只手狠命揪住我的肠胃，要把它掏出来似的，于是，我吃了起来，喝了起来。到了目的地，大伙儿开始干起活来。"

　　"干些什么样的活？"

　　"噢，不费力气的活儿，就这样……从一个地方把土挖起来，然后搬到另一个地方……"

　　"要造一条运河，让海水流到运河里，是真的吗？不过，海水会流到运河里来吗？"

　　"是的，海水流进了运河，那是由像水泵一样的机器来抽水，总之，我也讲不清楚！"

　　诺爱米默不作声地听着，用手轻轻抚摸着躺在她大腿边打鼾的猫。她听着，然而她的思绪已经飞向远方。

"你到过那儿的乡下吗？人们说那儿什么都贵得要命，你记得去参加那儿救赎节的移民们说的话吗？还说那是个没有娱乐的地方。"

"噢，过救赎节的时候可快活了！谁想玩就只管玩！有人奏乐，有人跳舞，有人祈祷，有人酗酒，尽兴以后才散去……"

"都散去吗？去什么地方？"

"我想说……回他们的棚子里休息。"

"他们说什么话？"

"语言吗？他们来自四面八方。我跟我的同伴说撒丁方言……"

"噢，你有撒丁岛人做伴？"

"是的，一个是上了岁数的，一个是年轻人。我好像觉得眼下他们还在我身边似的，当然绝不像尊重我的女主人那样。"

诺爱米的眼睛闪烁出狡黠的光芒。

"我相信我们是最清白不过的了！"她拍拍他的肩膀，说道。

"是的，一个上了年纪的人和一个年轻人，他们总是吵架，他们脾气很坏，贪婪，嫉妒，可是从根本上说，他们是好人。人生来就是这样，亦好亦坏，又善又恶。而且他们都是不幸的人，有钱人也是这样，经常是不幸的，唉，就是这样！"

于是，诺爱米的握紧他胳膊的手，使他回想起在努奥罗的院子里贾钦托紧握的手，回想起阻碍诺爱米接受堂·普列杜求婚要求的隐秘。

"堂·普列杜就是一个例子。"他几乎是不由自主地说了出来。他望着年轻的女主人，随即补充说道："难道他不是有钱的人，同时又是不幸的人吗？"

可女主人又笑了，他禁不住恼火起来。

"有什么可笑的呢？堂·普列杜难道不是不幸的人吗？而您，我的诺爱米，您不会可怜他的……尽管他是个好人。"

这时，艾丝苔尔小姐站起身来，一只手扶住长凳的椅背，神情严肃地望着他们。

"他有什么好的，"诺爱米收敛起笑容，"现在他是个老头儿，再也不能嘲弄未来，这就够了！我们别再谈论他了。"

"不，我们就要谈这件事。"艾丝苔尔小姐固执地说，"埃菲克斯，给我说说你的意见。"

"我的艾丝苔尔小姐，我该对您说些什么呢？说堂·普列杜愿意娶诺爱米小姐吗？"

"噢，你也知道了吗？你是怎么知道的？"

"第一个媒人就是我。"

"你是第一个，也是最后一个。"诺爱米大声说道，把猫像扔一团毛线一样扔了出去，"够了，我不愿意你再提起这件事了。"

然而，埃菲克斯反抗了。

"可是，我的诺爱米小姐，我压根儿就没有把结果告诉他！我怎么能把您的答复告诉他呢？我不敢，我正是为了这个而出走的。"

艾丝苔尔又在他身边坐下，他感到她整个人都在颤抖。

"噢，埃菲克斯，"她喃喃地说，"他那个时候就有这个想法了，而你什么也没有说，是吗？而你逃走了？可为什么要这样呢？说实话，我觉得一切都是一场梦。我好像蒙在鼓里，什么都不知道，只有别人来跟我提起过这件事，而且是外面的人。而你，我的妹妹，你……你……"

"艾丝苔尔，我该对你说什么呢？难道他从没有提出过求婚吗？难道当时他一点儿也没有说清楚吗？他送来礼品，他来过几次，坐下来跟你聊天，跟我几乎不说一句话。难道是我把他赶走，是我吗？"

"你没有把他赶走，可你的表现比赶他走更坏。他来的时候，你总是冷笑，你对他冷嘲热讽。"

"正是这样，种瓜得瓜，种豆得豆。"

"诺爱米，为什么你这样讲？最近一段时间，你在这里好像变成了疯子！你别再申辩了。为什么你说他戏弄你，如果他派人来对你说他爱你呢？"

"他打发一个长工来对我说这事！"

艾丝苔尔小姐瞥了埃菲克斯一眼，然而埃菲克斯低着头，默不作声，就像过去他的女主人们发生争论时一样。总之，他等待着，他确信诺爱米瞧不起他，但会找他，他们两个人会单独谈谈。

"埃菲克斯，你听到她怎么说的吗？我告诉你，不只是你提到这件事，连贾钦托……"

这个名字立即在周围造成一种可怕的空虚。埃菲克斯瞧见诺爱米痉挛般地跳起来，又气又恨，连脸色都发青了。

"艾丝苔尔！"她厉声说道，"你曾经发过誓，再也不提他的名字。"

她怒气冲冲，无法抑制，昂头走了出去。

"是的，"艾丝苔尔小姐俯身对着埃菲克斯的耳朵嘀咕，"她恨他到了这种地步，让我起誓再也不提他的名字。他最近一次来的时候告诉我们他要跟格莉塞达结婚，并且劝诺爱米接受普列杜的求婚，她大发脾气，把贾钦托赶了出去，就像你方才看见的那样。他哭泣着离去了。可你告诉我，告诉我，埃菲克斯，"她伤心地继续说道，"难道这就是我们可悲的命运吗？贾钦托让我们破了产，娶了那个穷丫头，诺爱米却又拒绝飞来的好运。这是为什么，埃菲克斯？你说说，你周游过世界，这世上处处都是这个样子吗？命运为什么如此地折磨我们这些像芦苇一样的可怜人呢？"

"是的，"他回答道，"我们正像风中芦苇一样，我的艾丝苔尔小姐。这就是为什么这样的缘故！我们是芦苇，而命运是风。"

"好吧，就算是这样，可为什么会是这种命运呢？"

"您说这风，为什么？只有上帝知道。"

"但愿按上帝的意愿行事。"她说着，脑袋耷拉到胸口。埃菲克斯看到她是那样逆来顺受，那样苍老，那样悲伤，几乎觉得自己是个坚强有力的人了。为了安慰她，他便想给她叙述瞎子讲过的众多故事中的一个。

"人是永远不会满足的。您知道示巴女王的故事吗？她长得很美，统治着一个遥远的王国，拥有许多无花果和石榴花园，还有一座完全用金子砌成的宫殿。后来她听人说，所罗门国王比她更富有，她便坐立不安，夜不能眠了。她嫉妒万分，甚至不惜远道跋涉半个世界去看个究竟……"

艾丝苔尔小姐朝另一边俯下身去，拿起夹着眼镜的那本书。

"这些故事都在这里面，这是《圣经》。"

埃菲克斯惭愧地望着书，不再继续说什么了。

他一个人留了下来，独自躺在席子上；但是，尽管他困乏得厉害，却无法入眠，他恍惚之中觉得瞎子们就蜷缩在他身边，而室外和四周则是笼罩在黑暗之中的一个陌生的地域。他的女主人们仍然待在那儿，坐在长凳上望着他，苍老的艾丝苔尔小姐流露出几乎是哀求的神色，诺爱米小姐微笑着，然而比她严肃的时候更加可怕。

奇怪的是，他觉得自己不再顺从艾丝苔尔小姐，不再惧怕诺爱米小姐，他似乎真的摆脱了长工的地位，在他的贫寒的女主人们面前变成了富人。

"我能够帮助她们，我仍然能够帮助她们，即使她们不愿意……明天……"

他焦急地等待着明天，这就是他睡不着的缘故。明天他将跟诺爱米谈谈，继续他们几个月之前中断了的谈话；也许，他可以给堂·普列杜带去满意的答复。

于是他开始祈祷，起先轻声地，后来声音越来越高，直到他觉得仿佛置身于向奇迹圣母朝圣的唱诗行列之中。

明天……一切都会好的，明天，一切将会谈妥，一切将会明朗。他仿佛最终明白，为什么上帝驱使他扔下自己的女主人们，背井离乡漂泊天涯，那是为了使贾钦托有时间恢复理智，使诺爱米治愈自己的创伤。

"如果我当时立即把答复告诉堂·普列杜，那一切早就结束了。"他宽慰地想道。他幻想着，渐渐进入了梦乡。朦胧的亮光，照耀着周围的平原，巨大的黑弧上升起一圈洁白的光环。黎明降临。瞎子们站起身来，让他坐在他们的手上，要他用胳膊抱住他们的脖子，这样，他们把他抬起来，一面唱着颂歌，一面向远方走去，就像孩童们玩游戏一样。

他笑了，他从来不曾这样幸福过。然而，在厨房黑暗的尽头，艾丝苔尔小姐和诺爱米小姐一动不动地坐在长凳上，他又觉得自己顺从她们中的一个，惧怕另一个。于是他又闭上眼睛，好像是假装自己也是一个瞎子。他们就这样三个人走着，唱着赞美圣灵的颂歌，在松软、湿润的土地上行走。然而，一只手突然从背后拉住他的大衣。他跌倒在地，哼哼唧唧地嘀咕着。他睁开了眼睛，瞧见诺爱米小姐手里拿着一盏灯，站在他面前。

"埃菲克斯，你明天一早就要走，所以我又下楼来了！"

他一跃而起，坐在席子上，坐在她的脚边，而她手里执着一盏灯，一动不动地站着，一道光环围绕着一圈黑影，就像他梦中见到的一样。

"再说我想单独跟你谈谈，埃菲克斯。有些事情艾丝苔尔不清楚。你跟她瞎扯是要坏事的，你也真不明事理。"

他默不作声。他明白了，是的，他必须像一个仆人那样沉默和作假。

"埃菲克斯，有些事情你不清楚，因此你说得太多了！如果那天你只是报告消息，而不是给我出主意的话，事情可能会好一些。相反，我们谈了许多徒劳无益的事情。现在，我只想知道，你是否把我们的谈话内容告诉了普列杜。"

"什么也没有说，我的诺爱米小姐！"

"埃菲克斯，我想问你另一件事，但是你要对我说实话，你……"她犹豫了一会儿，然后提高了嗓音，"你跟贾钦托谈过这件事吗？对我说实话。"

"没有。"他以坚定的口气吐出这句谎言，"我向您发誓，我没有谈过这件事。"

"那么你认为这件事是普列杜对他说的吗？"

"我想是这样，我的诺爱米小姐。"

"还有一件事，告诉我，你为什么要出走呢？"

"我也不知道。我方才入睡的时候也正在想这件事。我想，也许是上帝要我走的。当时我害怕，也羞于把您的那个答复告诉堂·普列杜。是的，诺爱米小姐，堂·普列杜之所以让我为他干活，只是为了这个缘故，我明白这一点。他爱您，想让我来当中间人。于是，当您说不同意的时候，我只好逃走了……"

诺爱米笑了起来，但那是一种轻松的笑，跟以往狡黠的笑全然不同。这是她对埃菲克斯的怜悯，对堂·普列杜的怜悯，但这又是满意和欣喜的表示，埃菲克斯还从来没有见到过她这样的笑容。他回想起那副笑容，那张朝他低垂的小脸，那个黑影以及四周颤动的亮光。他的心猛烈地跳动，几乎要跳出了脸膛。

丽娅在那个出逃的黑夜，就是这样站在他的面前的。

"还有一件事，别的再也没有了。听着，你认为贾钦托真的会娶格莉塞达吗？"

"是的，这是肯定的。"

“他们什么时候结婚？”

“圣诞节之前。”

她把灯拿得低一些，好像要把他的脸孔看得清清楚楚，而灯光也确实清清楚楚地映照出他的脸。她是那么苍白，她的脸孔是那么年轻，同时又是那么苍老！

傲慢，激情，打破自己老一套的清贫生活的渴求，以破裂的碎片重建另一种崭新的、富有的生活的愿望，在她的一双眼睛里燃烧。

“听我说，埃菲克斯，”她移开了灯光，说道，“好吧，你去对普列杜说，我同意了。但是我们必须立即结婚，赶在那两个人之前。”

第十七章

埃菲克斯重又来到小庄园。丰收季节结束了，水果已经收获。扎南托尼按照主人的吩咐，在小镇周围盛长灯芯草的地里放牧羊群，他高高兴兴地去了。

埃菲克斯重又坐在茅屋前的老地方，四周是蓝绿色的芦苇丛。白色山丘上方的天空呈现一片绛红色；风儿轻轻吹过，芦苇瑟瑟颤动，仿佛向他喁喁细语。

"埃菲克斯，你记得吗？埃菲克斯，你记得吗？你背井离乡，如今又重返家园，你就像我们家庭中的一员，重又回到了我们中间。有人屈服了，有人被压垮了，有人今天挺住了，但是明天就会屈服，后天就会被压垮。埃菲克斯，你记得吗，你记得吗？"

他一边编织席子，一边做祷告。他不时感到腰部的阵阵剧痛，使他不得不硬是挺直身子，但仿佛有人用铁钎插进他的五脏六腑一般，他又重新弯下身去，脸色铁青，浑身颤抖，恰似一株风中芦苇。然而，一阵痉挛过后，他随即觉得身子异常软弱，却又觉得异常平静，因为他希望早点儿离开人世。他的末日来临了。

只要他能够挺住，他就留在小庄园里，依靠着大地，大地吮吸了他的全部力量和泪水。

秋色愈来愈浓，十月的晴朗日子渐渐逝去，十一月的初寒渐渐降临。河谷尽头的山峦犹如火山一般，苍白的炊烟向乳白色的云雾飘去，好像火山蓝色熔岩的热气和火柱在那边的海面上升腾。

傍晚时分，天空豁然开朗，世界上所有的银矿仿佛都聚集到地平线上，隐隐约约的一群工人在那儿劳动，他们建造房屋、宫殿和整座城市，随后又立即把它们毁坏，在暮色中再让一片片废墟染成白色，上面铺以金色的草儿和玫瑰色的灌木丛。银灰色和黑色的马群驰过，一星黄色的光亮在被毁坏的城堡后面闪烁，好像是隐士或在那边避难的强盗发出的火光。一轮明月升起来了。

慢慢地，月光给全部神秘的景物洒上一重银白色，仿佛魔指一点，一切全消失得无影无踪。淡蓝色的湖水浸没了地平线，秋天的夜晚明净、凉爽，夜色裹着天空的大星星，地面远处的灯火，从山脉伸向海边。万籁俱寂，河谷沉睡了，河水像脉管中的血液似的潺潺流动。埃菲克斯觉得死亡临近了。死神由一伙游荡的妖魔伴随着，慢慢地、默不作声地从小路逼近了，他从远处小河岸边拍打衣服的声音中，从变幻为树叶和鲜花的那些无辜的幽灵的飘荡中，感觉到了这些妖魔……

一天夜晚，他在茅屋里昏昏欲睡，突然好像有人摇晃他似的，他惊醒过来了。

他恍惚觉得，一个神秘莫测的家伙，压到他的身上，把匕首捅进他的胸膛，使劲搅动他的五脏六腑，他身上所有的血液从扎伤的窟窿里汩汩地涌出，浸透了他的头发、脸孔、双手和席子。

他开始大声呼叫，就像真的有人要杀死他那样，然而，在黑夜中，只有喃喃的流水回答他。

于是他害怕起来，他想回到小镇去。但是在漫长的黑夜中，他虚弱得无法动弹，仿佛已流尽了最后一滴血。他整个身子都被虚汗浸透了。

黎明时分，他准备启程。别了，这一次当真要走了，他把茅屋中所有的东西摆放整齐，农具放在茅屋最里头，旁边是卷好的席子，罐子翻过来放在圆木桩上，灯芯草捆放在墙角，打扫干净炉膛，一切都拾掇得整整齐齐，就像一个善良的长工要走了，让接替他的人对他有个好印象那样。

他把背包带走，从篱笆上摘下了一朵茉莉花。他转过身来朝四周打量了一遍，似乎觉得整个河谷都像茉莉花那样洁白而温馨。

一切都悄然无声，幽灵们都隐退到晨曦的帷幕后面，连流水的淙淙声也变得更加轻微，似乎要让埃菲克斯沿着小路走的脚步声更加响亮；只有坡地上的像剑一样的芦苇叶子，在空中碰撞和震颤。

"埃菲克斯，永别了！埃菲克斯，永别了！"

他回到了他的女主人那儿，躺在一条席子上。

"你回到这儿来是对的。"艾丝苔尔给他盖上一条被单，说道。

诺爱米也朝他弯下身子，摸摸他的脉搏，抓住他的一条胳膊，竭力说服他躺到床上去。

"您让我待在这儿，我的诺爱米小姐。"他露出微笑，呻吟着说。然而，他的眼睛一点儿生气也没有，就像瞎子的眼睛一样罩上了一层死亡的阴影。"这是我的地方。"

过了一会儿，他的病势加重了，他抽搐着，脸色发黑。女主人们赶忙打发人去请医生，他开始昏迷不清，说胡话。

厨房里到处是幽灵、令人骇然的怪物，它们不停地抽打他，在他的耳边嚷道：

"你忏悔！你忏悔！"

艾丝苔尔小姐也在芦席前面跪下，喃喃地说道：

"埃菲克斯，我的灵魂，你想要我们去叫帕斯卡雷神甫吗？他给你念福音书，这样你会觉得轻松些……"

然而，埃菲克斯只是用混浊的眼睛直愣愣地望着她。发黑的脸上，汗水发出幽光。对生命了结的恐惧几乎令他窒息，他害怕他的灵魂突然抛弃他的身躯离去，就像他突然抛弃女主人的家离去一样。他害怕他的灵魂被驱逐出正直人的世界，同河谷的幽灵相伴，去接受惩罚，去漂泊。于是他回答道："不，不要，不要神甫。"他宁愿遭受惩罚，宁愿去死，但害怕泄露自己的秘密。

堂·普列杜来了，他挨着席子坐下，开始开玩笑。堂·普列杜兴致很好，因为又发胖了，金链子也就不再挂在他黑色的大肚子上了。

"你干吗要回到这儿呢？傻瓜，如果你上我家里来，待在那儿不好吗？你就像一只猫，尽管装在麻袋里送得远远的，仍然要回到老家。起来，我们走吧，我把你安置在斯苔法娜的床上去。"

诺爱米也朝他弯下身子，手里端着一只冒着热气的碗，一面给他擦去脸上的汗珠，竭力模仿胖未婚夫的口气说道：

"醒一醒，喝一点汤，你愿意像条光棍似的死去吗？"

"那么，"埃菲克斯抬起头来，但拒绝喝汤，说道，"我们走吧……"

"你说什么呀？你还想走吗？还想当流浪汉……"

"喂，男子汉，你要干什么？我们到斯苔法娜那儿去，她给你留了一只石榴……醒醒，小伙子！"

但是埃菲克斯又垂下了脑袋，闭上了眼睛，他并没有因他的主人们的玩笑而生气，他只是觉得离他们很远，离所有的人非常遥远。很远，越来越遥远；然而，他身上的负担是那么沉重，他既不能前进，又无法后退。情况比他牵着瞎子们在身后走的时候更糟糕。

医生终于来了。他触摸埃菲克斯的全身，用指关节在他硬邦邦的腹部敲打，就像在一面鼓上敲似的，又把他的身子翻过来，转过去，把被单盖在他身上，就像盖在一块发酵的面包上那样。

"是肝脏在开不祥的玩笑。埃菲克斯，你应该躺到床上去。"

病人伸出一只食指，表示不愿意。

"我既然快要死了，就让我像长工那样死去吧。"

"在上帝面前是没有长工和主人之分的。"艾丝苔尔小姐说道。

堂·普列杜弯下身去，想用两只胳膊把他抱起来。

"别作声，傻瓜。别作声！"

但埃菲克斯开始呻吟起来，虚弱地晃动身子，就像一头受伤的小鸟挣扎着要飞一样。

"你们是想让我早些死去……"

于是医生摇摇头，打了个手势，两眼望着天空。堂·普列杜把病人放下，给他盖好被单，不再开玩笑了。

他们就让他这样躺着。过了一个又一个小时，一天又一天。处于昏迷状态的埃菲克斯梦见自己跟瞎子们一起朝前走，朝前走，经过河谷和高地的茅棚。他梦见节日的庆祝活动、人们向他扔过来的钱币、好心的妇女，骑着白色斑马奔驰在山脚的漂亮青年，纷纷从远处朝他扔钱币，一面说着挖苦的话。

然而，高高的、被熏黑的墙面，长满红色斑点的树枝，还有一条长板凳，始终挡住地平线。他无法逾越这些障碍，可他必须穿越过去，以摆脱他的沉重的负担，解除他的病痛。

大约有两次，诺爱米瞧见他起来，想走到院子外面去。于是她们取走了大门的钥匙。

艾丝苔尔小姐朝他弯下腰去，替他放好枕头和身上的被子，摸摸他的脉。

"埃菲克斯，院长要来看你。"

他紧闭双眼，伸出一只食指，表示不要。

开头几天，有人要求来看他，但是诺爱米只打开大门的一条缝，打发走了所有的来访者。他在里面听见了。人们还记得他，记得他这个如此遥远、已走到世界尽头的人，这使他惊奇，使他不安。

"刚才是谁来找我呀？"一天早上，他问艾丝苔尔小姐。

"好像是扎南托尼。"

"我的艾丝苔尔小姐，如果他再来，谢谢您让他进来……该开始告别了……"

"埃菲克斯，你说什么？为什么有这样的念头？干吗你不肯让院长来呢？他会给你念福音书，你就不会害怕死……"

他不再说什么。不，他们欺骗他，但死的时辰还没有来到，他只是硬留着一口气，因为他害怕把自己身上的重负留在女主人的家里。

他周围的生活呈现出一派新气象：每当堂·普列杜来到时，欢愉的气氛笼罩了整个家庭，艾丝苔尔小姐腼腆地笑着，诺爱米和未婚夫或是商议未来的计划，或是闲谈，有时为了尊重病人起见，又突然默不作声。

于是，他觉得自己碍事，想远远地走开。

一天清晨，为了照料他而在楼下房间睡觉的艾丝苔尔小姐很早就起身，一面小声地自言自语，一面把一切东西都整理得干干净净，然后端着一小杯牛奶，朝他弯下身子，说道：

"埃菲克斯，醒一醒，快活点儿！今天普列杜要确定婚礼的日子了，你高兴吗？"

他点点头表示高兴；随后，他用被单蒙住脑袋，在被单下面，他似乎已是一个死人，然而他照样为自己女主人的鸿运高照而感到欣慰。

诺爱米也起得很早，跟姐姐商议着什么事，傲慢地说道：

"为什么必须由他而不是我来决定日子呢？我不是一个随大流的乡下女人。"

"你真不耐心！婚礼已经预告了，今天就要商量其余的事情了。"

诺爱米激动不安，埃菲克斯听见她在屋子里来回走动，步子轻快而急躁。终于，她倚靠着门坐下来，安静地缝起衣服。

堂·普列杜来时，她挪开一点儿凳子，把衣服移到一边，好让他走过。她只是稍稍抬起脸，微微地点一下头，回答他的问候。这时，扎好头巾的艾丝苔尔小姐很快走下楼来，充当这两位未婚夫妇的调解人，因为他们之间不断发生误会。诺爱米对什么都不满意，从反面来理解谈论的一切，不管堂·普列杜出于良好的愿望提出什么想法。

他一进来，首先走到埃菲克斯跟前，站在那儿俯视着他。

"怎么样？我觉得情况不错。咱们起来吧，勇敢点儿！"

因为堂·普列杜弯下身去摸他，埃菲克斯便抬起深深陷下去的、表情漠然的眼睛，伸出手去，好像是要推开碰到自己快要衰竭的身子的那个庞大的身躯。

"请走开，请走开……"

于是堂·普列杜走开了，坐到未婚妻的旁边。

"今儿个情绪怎么样？"

"普列杜，放手，别扯衣料，你让针扎了我……"

"这正是我愿意的！"

"普列杜，放手，你真像个小孩子！"

"这是你的过错，你施展魔法让我变得孩子气……"

"普列杜，住手！"

"你知道那位女哲学家斯苔法娜说什么吗？她说你现在施展的全然是另一种魔法，起先你让我一天天瘦下去，如今你让我一天天发胖……"

"普列杜，你真会开玩笑，可你的女佣们都是些嚼舌头的女人。"

"不过，一个明显的事实是，我确实发胖了。只是找不到一种破魔法的法子……"

艾丝苔尔小姐倚着诺爱米的椅子，默不作声地瞧着表弟，等待着。果然，他朝她转过脸孔，双手往膝盖上一拍，说道：

"对了，我们什么时候打破这条锁链呢？"

"普列杜，由你来决定。"

诺爱米继续缝着衣服，她仰起脸孔，双眼闪烁着光芒，但很快又低垂眼睛，什么话也没说。

"艾丝苔尔，我说在基督降临节前。"

"好吧，就在基督降临节前。"

"你觉得这个月中旬一切都会准备好吗？"

"一切都会准备好的，普列杜。"

"那好吧。"

短暂的沉默。诺爱米继续缝衣服，艾丝苔尔小姐从背后瞧着她的肩膀。终于，堂·普列杜几乎是胆怯地问道：

"你说呢？"

"你们在谈什么？"

"诺爱米！"艾丝苔尔抗议了，但诺爱米的未婚夫向她示意别作声，他又开始扯动未婚妻膝盖上的衣料。

"关于魔法，我们正在谈魔法！想法子在我没有太发福的时候破它。你说，该怎么破呢？好吧，就这样，就这样！为看见我们的人祝福！"

堂·普列杜搂住诺爱米的肩膀，在艾丝苔尔勉强的笑声和诺爱米的抗议声中，响起一声热烈的亲吻声。

"我真高兴！现在我可以死去了！"埃菲克斯在被单下暗想。可是他却觉得他无法迈出步子，他无法从围困他的半圆形大墙走出去。

堂·普列杜整天都待在那儿，表姐妹留他吃午饭。他谈笑风生，又开始对未来说些调侃的话，但常常沉默不语，因为诺爱米似乎不太注意他。于是，在埃菲克斯周围笼罩着一片深沉的寂静，他明白，他在那儿是碍事的，他已成为女主人和堂·普列杜的负担和累赘。

他应该走了，应该让这对未婚夫妇自由自在，相亲相爱，开玩笑，清除他们眼前死亡的形象。

蓦地，在黑暗中，在被单下，他似乎明白了他不能离去的缘故。有件什么事把他继续留在女主人的家里，就像有一笔账目没有偿还而应当偿付一样。

当艾丝苔尔小姐以为他已经睡熟，朝他弯下身子，轻轻地掀起被单角时，看见他的眼睛睁得大大的，涨红了脸孔，嘴唇在发抖。

"埃菲克斯，你怎么啦？"

他轻轻眨了眨眼睛，向她示意靠近些，然后用微弱的声音向她喃喃说道：

"我的艾丝苔尔小姐，劳驾，请您给我叫一下帕斯卡雷神甫。"

忏悔之后，他不再说话，不再呻吟了。他蒙着脑袋，不过艾丝苔尔小姐常常掀起被单，瞧瞧越来越瘦削，越来越发紫，而且布满褶皱、活像一只干瘪的李子的脸孔。一天晚上，他睁开眼睛，用那令人怜悯的、可怕的眼睛盯着她，用微弱得几乎听不见的声音说道：

"我的艾丝苔尔小姐，太漫长了！请你们再忍耐点儿。"

"埃菲克斯，什么东西太漫长了？"

"路……总也走不到尽头！"

他好像是一直在行走。他登上了一座山，经过了一条轮船的油舱；他来到了另一座山，来到了另一处平原的尽头，这儿是浩渺的大海。

不过，现在他走得很平静，他只是很遗憾，他的身子总是走不出他的女主人家；然而，有一天，或是一个夜晚，他不再知道是什么时候，他似乎来到了芦苇丛边小庄园的矮墙跟前，沉重地躺在石头上。芦苇瑟瑟作响，朝他弯下身子，用犹如手指、犹如舌头的充满生机的叶子，温柔地触摸他，舔他。它们对他喁喁细语，一片叶子触弄他的耳朵，好让他听得清楚；那是一种神秘的、持续的低语，重复着河谷里那些精灵的喃喃声、河水的潺潺声、朝圣者们吟唱的颂歌声、磨坊的颤动声、扎南托尼手风琴的呜咽声。他趴在地上，用手扶住矮墙，侧耳倾听着，他瞧见他的女主人的厨房，但在另一个方向，他又瞧见雾蒙蒙的一片，犹如遥远的戈那列山。

艾丝苔尔小姐从河谷走上来，她的脸孔被一条黑纱半掩着；她掀开黑纱，露出痛苦、阴暗的脸孔，眼睛里充满怜悯的神色。然而，她走到矮墙跟前，便往后退却，好像害怕摔倒似的。于是又出现了其他的身影，所有的影子的脸孔都被一条黑色面纱掩盖着，他们走到矮墙跟前，然后由于害怕坠入深渊似的又很快地退却了。

埃菲克斯认识所有的影子，他听见他们谈话，明白他们是活生生的人，同时他又恍如置身于梦中，他们都是生活之梦的影子。

这些影子当中有神甫，有米莱塞、扎南托尼、堂·普列杜的女仆，还有堂·普列杜和诺爱米，他们当中不时有人大着胆子走上前来，想方设法帮助他，想帮助他离开矮墙，但都没有成功。

他开始对他们感到厌烦，把脸转到另一边去，注意着雾蒙蒙的河谷。慢慢地，雾气变得稀薄，金黄色的树林从蔚蓝色的豁口中显现出来；在他上方的坡地上，一株石榴树像瞎子所讲述的一样，垂下沉甸甸地绽开红果实的树枝，撒下珍珠般的颗粒。

然而，走近矮墙的人们不让他平静地注视清楚，于是他不再转动身子。直到有一天，一只手放在他的肩头，耳边一声声缓慢的叫唤惊醒了他。

"埃菲克斯，埃菲克斯！"

在他的上方是贾钦托的脸孔和一双充满温情的、湿润的眼睛，在许多死去的形象中，那是唯一仍然活着的。他是那样生气勃勃，以至他的一双热乎乎的手几乎能够把他拉起来，重新使他在这个世界上站立起来。

然而，只是瞬息的工夫，这个形象也模糊了，失去了生气，眼前重又出现幻影。埃菲克斯感到异常痛苦，仿佛死去的是贾钦托，而不是他。

"埃菲克斯，醒醒，醒醒！你怎么啦？你什么也不对我说吗？我是专门为你而来的，我在这儿。她们不肯让我进来，我是跳墙进来的。看着我，醒醒！"

埃菲克斯望着他，然而再也看不见他的眼睛了。

"诺爱米姨妈一看见我就飞也似的跑了！因为她永远也不会饶

恕我！告诉我，她对你说了些什么？是不是她再也不愿看见我，她发誓不再提起我的名字了？我知道，但这不要紧。她要出嫁了，我为她高兴。你知道我前一次来的时候发生过什么事吗？我对她说，诺爱米姨妈，您结婚吧，普列杜大叔是个有钱的人，他爱你，他会使你幸福的。她却轻蔑地望着我，我很清楚，她永远也不会做出决定的。埃菲克斯，你听着（我们小声点儿，但愿没有人偷听）。于是，我想到你的建议。我望着她的眼睛，对她说：'诺爱米姨妈，我将要娶格莉塞达，因为只有格莉塞达，像我一样贫穷，像我一样年轻和孤身一人，她可以成为我的伴侣。'那时，诺爱米姨妈的脸色像个死人一样苍白。我感到害怕，便离开了，我哭了，她对你说起过吗？埃菲克斯，醒醒，你没在听我说话，醒醒！艾丝苔尔姨妈来了。艾丝苔尔姨妈，埃菲克斯为了不出席我的婚礼和诺爱米姨妈的婚礼，不给我们送礼，假装生病了，这不是真的吧？而人们都在说，你旅行回来，随身带了许多钱……"

埃菲克斯听到了这些话，也明白这些话的意义，然而这些话没有声音，仿佛是写出来的。

"醒醒，至少请你告诉我，你发生了什么事。你不用给我讲去过什么地方。你还记得，当你到磨坊来的时候，我问你到什么地方去吗？你回答说，到一个美好的地方去。你想不起来了吗？你睁开眼睛，看看我。你究竟去什么地方了？"

埃菲克斯又觉得非常腻味，他睁开了一会儿眼睛，马上又闭上了，眼皮因死亡的梦魇而异常沉重。贾钦托的声音，好像在矮墙那一边，跟芦苇的瑟瑟声，跟风儿吹拂的嗡嗡声融为一体了。

突然间，他觉得又振作起来，重新有了生机。夜间，病痛猛烈地发作，仿佛在伤疤上撒了一把盐似的折磨他。剧痛使他既聋且哑，但是他瞧见堂·普列杜做出一种反感的手势，凝视着诺爱米。由于婚礼定于明天举行，如果他死去，将会给新婚夫妇带来不祥的兆头，或者迫使他们推迟婚礼举行的日子。于是与死神搏斗的愿望，犹如远处的一星灯光，在已经团团包围他的一片黑暗之中闪烁着。

他露出面孔，说道：

"艾丝苔尔小姐，我好些了。请给我喝点儿水。"

两个女人都觉察到了，诺爱米亲自抬起他的脑袋，给他喝水。

"埃菲克斯，好极了！这样好，你知道今天要发生什么事吗？"

他一面喝水，一面点头表示知道。

"埃菲克斯，你打心眼里高兴，是吗？你是多么向往这一天，是吗？你或许会觉得这是一个梦。"

他又点头表示同意，同意。一切，一切都是个梦。

然后，她们留下他独自一人，因为诺爱米该更衣打扮。他抬起脑袋，环顾四周，偷偷地继续做出同意的表示。一切进展顺利，婚礼在新郎的家里进行，在这里，没有任何东西会打破古老的平静。诺爱米出于对病人的关怀，没有打扫厨房，虽然按照风俗举行婚礼的人是要打扫的。屋子里，院子里，静悄悄的。长凳上的猫蹲在那儿一动也不动，乌黑的皮毛，绿色的眼睛，仿佛静物中的偶像一般，寂静中可以听见腐蚀了的木制阳台吱吱嘎嘎作响。埃菲克斯略略抬起脑袋，最后一次看一眼破残的墙壁、古老陵园中的青草和骨花。

蓦地，一个他认不出来的身影出现在门口，苗条、修长的身材，身穿一件镶着许多黑色花儿的紧身衣服，头戴一顶玫瑰花环，脸上、身上、脚上，有什么东西在闪闪发光，还有眼睛、首饰、鞋子……

他睁大眼睛，认出了诺爱米，在她的身后，艾丝苔尔小姐正在给她平整帽子上的玫瑰花和衣服上的褶皱，她的黑色披巾搭在肩膀上。他觉得艾丝苔尔仿佛是新娘的影子。

"我这身打扮还不错，是吗？"诺爱米一面站在他面前平整衣服的袖口，一面说道，"你不觉得这件衣服紧吗？现在时兴这样的。你看这衣服多漂亮，是普列杜送的。"

尽管衣服紧身，她还是弯下腰来让他看一串念珠和一个大的金十字架。

"你瞧见了吗？这金十字架是古代一位大主教的，后来归普列杜的祖母，就这样在家里传下来。它挺好看，是吗？你瞧瞧耶稣，好像在微笑，可眼泪和鲜血在往下滴……你瞧……背面……"

埃菲克斯不出声地瞧着，一双干枯的黑手抓住被单边，他已经是一具死尸，似乎从世界那边又复苏过来，以便最后一次分享他的女主人的幸福。

诺爱米更深地弯下了腰，屈着膝盖，以至她的脸孔几乎能够碰到他的脸孔。

"你瞧，这是什么样的礼物，埃菲克斯！"

在镶着黑色花朵的衣服映衬下，她的脸色显得苍白，狡黠的眼睛里噙满泪水。

然而，埃菲克斯已经感觉不到痛苦了。

"我们生来就像耶稣一样要受苦的。唯有哭泣和沉默……"他用微弱的一口气说着。

这是他的祝愿。

从那时起，他不再说话了。他觉得他似乎抓住了被单边，以免坠落到那边去；他觉得他似乎从高墙上观望着人世间的众生相。

堂·普列杜和亲戚们来接新娘了，他们走进门来，他们像梦幻中朦胧的影子，带着特别奇怪的表情，在厨房周围列队站着。

堂·普列杜身穿一套黑礼服，崭新而紧身的衣服迫使他必须时时进行深呼吸，但是埃菲克斯看不清他的脸孔，却瞧见米莱塞长长的、像塞满米饭似的绷得紧紧的，又略带嘲笑的嘴巴，瞧见女主人们的一位女亲戚的大肚子——她将护送新娘，瞧见两只白净的小手擎着两支扎着玫瑰红带子的大蜡烛。

所有的人表情都很严肃，好像是来接他这个垂死的人，而不是来接待嫁的女主人似的。他们轻轻地走路，为了不使他感到难受。

艾丝苔尔小姐在安排接新娘的队伍，滑落的披巾在肩头上飘动。队伍最前面是手里擎着蜡烛的儿童，然后是新娘和亲戚，后面是少数客人，米莱塞跟随在最后面，似乎在悄悄地讥笑所有的人。

"现在他们留下我一个人了。"埃菲克斯有点苦涩地想道，"我独自一人。可全是我成全了这一切！"

诺爱米在门口转过身来，用金十字架向他做了个告别的手势。别了。而他就像对待贾钦托一样，反而有一种是她要去死的感觉。

众人离开了园子，走出了大门。艾丝苔尔小姐朝他弯下身子，好像要用自己的黑披巾盖在他身上。

"我把他们送到那儿，就赶回来陪你；我是必须去的。你安静点儿，别动弹，别动弹。"

是的，他在自己的位置上一动也不动，孤独地躺着。附近传来扎南托尼为庆祝新婚夫妇演奏的手风琴声，他重又回想起许许多多往事。努奥罗地方磨坊的嘈杂声，戈那列山峦上空的云彩，山坡边芦苇的瑟瑟声……

"埃菲克斯，你想起来了吗？埃菲克斯，你想起来了吗？"

厨房变得多么宽大！它显得阴暗而又温馨，远处的墙，神秘的背景，犹如黑夜中的油舱。夜莺在歌唱，瞎子讲述着所罗门国王的金色宫殿的故事。

"……一切全是金的，就像在真实的世界中，一切全是纯洁的，闪闪发光的，金的石榴，金的器皿，金的席子……"

他见过堂·普列杜的家，石榴树的累累果实，棕榈树枝，遮掩着串串葡萄和金色南瓜的席子。

"诺爱米会很好的……在那儿……吃得好，将会发胖，会给艾丝苔尔小姐一笔钱，修复阳台。她会生活得很好的……她将会像示巴女王一样。然而，她也像示巴女王一样，不会满足……诺爱米也会厌倦金十字架，而像丽娅那样远走高飞的，像示巴女王，像所有人那样……"

然而，这再也不能激起他的好奇心了；到很远很远的地方去，他应该走得远远的，到另一块土地上去，那儿有比我们更伟大的事业。

他去了。

他闭上了眼睛，把被单蒙住脑袋。他重又找到了小庄园的矮墙，芦苇丛在瑟瑟絮语。丽娅和贾钦托默不作声地坐在茅屋前面，眺望着大海。

他好像熟睡了。然而，他身躯突然震跳了一下，似乎觉得从矮墙上掉了下去。

他掉到了那一边——死亡的河谷。

艾丝苔尔小姐看到被单下的他是这样平静，一动不动。

她摇他，叫唤他，发现他已经死去。他们让他孤独地死去，她开始失声痛哭，沙哑的抽泣使她自己害怕起来。她竭力让自己镇静，然而不行。似乎一个灵魂在她身躯里面违背她的意愿而哭泣。于是她走去关上大门，不让外人因为瞧见她对长工之死是如此绝望而感到惊奇，不让家里人知道在一个大喜日子里扔下他独自一人死去。

她为了等待时光的过去，便开始搬动干瘪的、轻得像小孩一般的尸体，给他擦洗，穿上衣服，一面祈祷，一面小声地对他说话，告诉他婚礼进行的情况，诺爱米踏进自己富丽的新屋时因为幸福而哭泣的情形，告诉他新房里的礼物摆得满满的，人们向新婚夫妇的院子里撒下麦子和鲜花，祝愿他们幸福，总而言之，所有的人都兴高采烈。

"你就这么走了……这么走了，悄悄地走了……什么话也没留下……像上次一样……唉，埃菲克斯，你不该这样……今天，恰恰在今天！"

他似乎在平静地听着，半闭着混浊的眼睛，但是决定像一个恭恭敬敬的好长工那样不回嘴。

艾丝苔尔小姐想起埃菲克斯喜欢鲜花，便从井边摘下一枝天竺葵，放在他摆成十字形的手指之间，最后用一条绿色的丝毯盖在他身子上面，这丝毯本是为婚礼而取出的。但毯子不够长，他的双脚露在外面，按风俗脚朝着门口。长工仿佛睡着了，仿佛在开始永恒的跋涉之前，最后一次在贵族家里休息似的。

附 录

授奖词

诺贝尔基金会主席　亨里克·许克

瑞典文学院将 1926 年的诺贝尔奖授予意大利作家格拉齐娅·黛莱达。

格拉齐娅·黛莱达出生在撒丁岛的一个小城努奥罗。在那里她度过了她的童年和青年时代，她从那里的自然环境和人民的生活中获得的感受，后来成了她文学创作的灵感和灵魂。

从她家的窗口她可以看见附近的奥托贝内山，看见那浓密的树林和高低不同的灰色山峰。远眺是绵延的石灰石山岭，随着光线的变化，它们看上去有时发紫，有时发黄，有时发蓝。天边则显露出白雪皑皑的吉那吉图山之巅。

努奥罗城是个与世隔绝的地方。游客稀少，他们通常骑马而来，女人在马背上坐在男人后面。小城单调的生活，只有到了传统的宗教节日或民间节日时，才被狂欢时节主要街道上的欢歌闹舞打破。

这种环境培养了格拉齐娅·黛莱达非常坦率质朴的生活观。在努奥罗城，做强盗并不令人可耻。黛莱达一篇小说里的一个农村妇女说："你认为那些强盗是坏人吗？啊，那你就错了。他们只是想显示他们的本事，仅此而已。过去男人去打仗，而现在没有那么多的仗好打了，可是男人需要战斗。因此他们去抢劫，偷东西，偷牲畜，他们不是要做坏事，而是要显示他们的能力和力量。"所以，那里的强盗得到的更多是人们的同情。如果他被抓住关进监狱，那里的农民有句意味深长的话，叫作他"碰上麻烦了"。一旦他获得了自由，恶名也就与他无关了。事实上，当他回到家乡时，他听到的欢迎词是："百年之后让这样的麻烦来得更多些吧！"

家族间的仇杀仍然是撒丁岛的习俗，向杀害亲人的凶手报仇雪恨的人，受到人们的尊敬。因而，出卖复仇者被看成是犯罪。一个作家写道："即使能获得比他的头值钱三倍的奖赏，在整个努奥罗地区也找不到一个人肯出卖复仇者。那里只有一条法律至高无上：崇尚人的力量，蔑视社会的正义。"

格拉齐娅·黛莱达成长时期所在的那个小城，当时受意大利本土的影响甚微，周围的自然环境有如蛮荒时代那样美丽，她身边的人民像原始人那样伟大，她住的房子具有《圣经》式的简朴特色。格拉齐娅·黛莱达写道："我们女孩子，从不许外出，除非是去参加弥撒，或是偶尔在乡间散步。"她没有机会受高等教育，就像这个地区的其他中产阶级家庭的孩子一样，她只上了当地的小学。后来她跟人自学了一些法语和意大利语，因为在家里她家人只讲撒丁岛的方言。她所受的教育，可以说，并不高。然而她完全熟悉而且喜欢她家乡的民歌，她喜欢其中的赞美圣人的赞歌、民谣和摇篮曲。她也熟知努奥罗城的历史传说，而且，她在家里有机会谈到一些意大利文学著作和翻译小说，因为按照撒丁岛的标准，她家算得上是相当富裕的。但是也就仅此而已。然而这个小姑娘热爱学习，她十三岁时就开始发表作品，后来写出了一篇想象奇特的带有悲剧特色的短篇小说《撒丁人的血》(1888)，成功地发表在罗马的杂志上。可努奥罗城的人们并不喜欢这种显示大胆的方式，因为女人除了家务事不应过问其他事情。但是格拉齐娅·黛莱达并不依附于习俗，她反而全身心地投入小说的写作：第一部较有影响的小说《撒丁岛的精华》发表于 1892 年，之后是《邪恶之路》(1896)、《深山里的老人》(1900) 和《埃里亚斯·波尔托卢》(1903) 等，她以这些作品为自己赢得了名声，渐渐得到公认，成为意大利最优秀的年轻女作家之一。

实际上，她已经完成了一项伟大的发现——发现了撒丁岛。早在 18 世纪中叶，欧洲的文坛上就兴起了一个新的运动。那时的作家厌恶千篇一律的古希腊罗马的故事模式。他们需要新的东西。他们的运动很快就与同时代出现的另一个运动相吻合，后者以卢梭为代表，崇尚人的未受文明影响的自然状态。这两个运动形成了一个新的流派，尤其在浪漫主义的顶峰时期，它得以发展壮大。而这一流派最后的优秀代表就是格拉齐娅·黛莱达。应该说，在描写地方特色和农民生活方面，她有不少的前辈，甚至在她自己的国家也是如此。意大利文学中人们称为"地方主义"的流派曾经出现过值得注意的代表人物，如维尔加，他对西西里的描写，与福加扎罗对伦巴第与威尼托地区的描写就是如此。但是，对撒丁岛的发现绝对属于格拉齐娅·黛莱达。她熟知家乡的每一个角落。在努奥罗城她一直住到二十五岁，到那时她才敢于前往撒丁岛的首府卡利亚里。在那儿她认识了莫德桑尼，他们在 1900 年结为伉俪。婚后她和丈夫前往罗马,她在那儿把她的时间用于写作和搞家务。她迁居罗马后所写的小说,仍然继续反映撒丁岛人的生活,如小说《常青藤》(1908)。但是,《常青藤》之后的小说,情节发生的地方色彩就不那么强了,例如她最近的小说《逃往埃及》(1925),这部作品受到瑞典文学院的研究和赏识。然而,她的人生观和自然观,一如既往的,基本上带有撒丁岛人的特点。虽然她现在艺术上更成熟了,但仍然与过去一样,是个严肃、动人而并不装腔作势的作家,就像她写《邪恶之路》和《埃里亚斯·波尔托卢》时那样。

让一个外国人来评判她的创作风格的艺术特色是困难的。因此我要引用一位著名的意大利批评家有关这方面的评论。"她的风格,"他说,"是叙述大师的风格,它具有所有杰出小说的特点。在今天的意大利,没有谁写的小说具有她那样生机勃勃的风格、高超的技艺、新颖的结构,或者说社会的现实意义,而这些在格拉齐娅·黛莱达的一些小说中,甚至在她最近的作品中,如《母亲》(1920)和《孤独人的秘密》(1921)中都可以看到。"人们也许注意到她的作品不甚严谨,有的段落出乎意料,常给人变化仓促的感觉。但是,她的许多优点从总体上对这个缺陷给予了补偿。

作为一个描绘自然的作家,在欧洲文学史上很少有人可以与她比美。她并非无意义地滥用她那生动多彩的词句,但即使如此,她笔下的自然仍然展现出远古时代原野的简洁和广阔,显示出朴素的纯洁和庄严。那是奇妙新鲜的自然与她笔下人物的内心生活的完美结合。她像一个真正伟大的艺术家,把对于人的情感和习俗的再现成功地融合在她对自然的描绘中。其实,人们只需回忆一下她在《埃里亚斯·波尔托卢》中对前往鲁拉山朝圣的人们所作的经典性描写就可以明白。他们在五月的一个清晨出发，一家接一家地向着山上古老的给人以祝福的教堂行进，有的骑马，有的乘旧式的马车。他们带上足够吃一个星期的食品，阔气些的人家住在搭设于教堂旁边的大棚里。这些人家是教堂创建者的后代。每家人在墙上有一个长钉，在炉边放有一块地毯，表明这块地方的归属，别人不可走进这块地方。每天晚上家人们分别围坐在各家的地毯上，一直到聚会结束。在漫长的夏夜，他们在炉火旁一边烧着吃的，一边讲着传说、故事，或者弹琴、唱歌。在小说《邪恶之路》中，格拉齐娅·黛莱达生动地描写了奇特的撒丁岛人的结婚和葬礼的风俗。当举行葬礼时，所有的人家都关上门窗，家家都熄灭炉火，不允许做饭。受雇的送葬队伍悲哀地唱着排练好的挽歌。小说对这种古老习俗的描写是那样栩栩如生，那样简朴自然，我们不禁要把它们称为荷马史诗之作。格拉齐娅·黛莱达的小说，比起大多数其他作家的小说来，更能使人物与自然景物浑然一体。那里的人仿佛就是生长在撒丁岛土壤里的植物。他们之中大多数是纯朴的农民，有着远古时期人们的感觉和思维方式，同时又具有撒丁岛自然风光宏伟庄严的特点。有的人几乎与《圣经·旧约》中重要人物的身材相似。无论他们与我们所知的人看上去是如何不同，他们给我们的印象无疑是真实的。他们来自真实的生活，一点儿也不像戏剧舞台上的木偶。格拉齐娅·黛莱达无愧是熔现实主义与理想主义于一炉的大师。

她不属于那类围绕主题讨论问题的作家。她总是使自己远离当时的论争。当埃伦·凯试图引她加入那种争论时，她回答说："我属于过去。"也许她的这种表态并不完全正确，因为格拉齐娅·黛莱达体会到她与过去、与其人民的历史有紧密的联系。但是，她也懂得如何在她自己的时代生活，知道该怎样给以反映。虽然她对理论缺乏兴趣，但她对人生的每个方面都有着强烈的兴趣。她在一封信中写道："我们的最大痛苦是生命之缓慢的死亡。因此，我们必须努力放慢生活的进程，使之强化，赋予它尽可能丰富的意义。人必须努力凌驾于他的生活之上，就像海洋上空的一片云那样。"准确地讲，正因为生活对于她来说是那样丰富和可爱，因而她从不参与当今在政治、社会或文学领域的论争。她爱人类胜过爱理论，一直在远离尘嚣之处过着她那平静的生活。她在另一封信中写道："命运注定我生长在孤僻的撒丁岛的中心。但是，即使我生长在罗马或斯德哥尔摩，我也不会有什么两样。我将永远是我——是个对生活问题冷淡而清醒地观察人的真实面貌的人，同时我相信他们可以生活得更好，不是别人，而是他们自己阻碍了获取上帝给予他们在世上的权利。现在到处都是仇恨、流血和痛苦；但是，这一切也许可以通过爱和善良加以征服。"

这最后的话表达了她对生活的态度，严肃而深刻，富有宗教的意味。这种态度虽然是感伤的，却绝不悲观。她坚信在生活的斗争中善的力量最终会获胜。在小说《灰烬》的结尾，她清楚明确地表达出她的创作原则。安纳尼亚的母亲受到污辱，为了不影响儿子的幸福，她结束了自己的生命，躺在儿子的面前。当儿子还在襁褓中时，她曾送给他一个护身符。现在他将护身符打开，发现里边只是包着灰烬。"是啊，生命，死亡，人类，一切都是灰烬，这就是她的命运。而在这最后的时刻，他站在人类最悲惨的尸体面前。她生前犯了错，也受到恶行的各种惩罚，现在为了别人的幸福而死去。他忘不了在这包灰烬中，常常闪烁着灿烂而纯净的火花。他怀着希望，而且仍热爱着生活。"

阿尔弗雷德·诺贝尔曾要求将诺贝尔文学奖授予这样的作家，其作品能给人类带来甘露，使人的身体和精神都因此而富有活力，遵循他的这一愿望，瑞典文学院这次把文学奖授予格拉齐娅·黛莱达，因为"她那为理想所鼓舞的著作以明晰的造型手法描绘海岛故乡的生活，并以深刻而同情的态度处理了一般的人类问题"。

在祝贺获奖的宴会上，瑞典文学院成员内森·瑟德布卢姆对获奖者致贺词说：

亲爱的夫人——俗话说："条条道路通罗马。"在您的文学创作道路上，条条道路都通向人类的心灵。您从不厌倦地满怀深情地倾听那心灵的传说，它的秘密、冲突、焦虑和永恒的渴望。习俗以及国家的社会制度会随着时间的流逝而不同，民族的特点和历史，信仰和传统，应该像宗教信仰一样受到尊重。反其道而行之，把万事万物视为一体，则是对艺术和真实的犯罪。然而，人类的心灵和心灵的问题也是与此相同的。懂得如何描写人的本色，能够用最生动的色彩表现心灵的变迁，而且更重要的是，知道如何挖掘并揭示人类的心灵世界——这样的作家才是属于全人类的，即使他写的只是他那个地方的事情。

　　您，夫人，并不使自己局限于仅仅写人；您首先要揭示的是，人的兽性和人的灵魂所向往的崇高目标之间的斗争。对您来说，道路宽广。您已经看见了那路标，而许多行人却视而未见。对您来说，这道路通向上帝。为此您尽管看到了人的堕落和弱点，却仍然相信人的再生。您知道人们能够留下这片沼泽地，只有这样它才会变成坚实的沃土。因此，在您的书里可以看见明亮的光芒。您让那给人以安慰的永恒之光在人类的痛苦与黑暗中闪烁。

　　　　　　　　　　　　　　　　　（童燕萍　译）

黛莱达生平与创作年表

1871 年　生于意大利撒丁岛努奥罗城。

1888 年　在罗马杂志《新潮》上发表短篇小说《撒丁人的血》。

1890 年　出版短篇小说集《在蓝天》。

1891 年　出版小说《东方的星辰》。

1892 年　出版小说《皇族的爱情》和第一部较有影响的小说《撒丁岛的精华》。

1894 年　出版短篇小说集《撒丁岛的故事》。

1895 年　出版小说《正直的灵魂》《引诱》和散文集《撒丁岛努奥罗的民间风俗》。

1896 年　出版成名作《邪恶之路》和诗集《撒丁岛风光》。

1897 年　出版小说《宝库》。

1898 年　出版小说《客人》。

1899 年　出版小说《正义》。

1900 年　结婚并迁居罗马；出版小说《深山里的老人》；在文学杂志《新作选编》上发表《埃里亚斯·波尔托卢》，该书于 1903 年出单行本。

1901 年　出版小说《黑暗女王》。

1902 年　出版小说《离婚之后》。

1903 年　在《新作选编》上发表小说《灰烬》，后于 1904 年出单行本。

1905 年　出版小说《人生游戏》。

1906 年　出版小说《思乡》。

1907 年　出版小说《现代爱情》和《过去留下的阴影》。

1908 年　出版小说《祖父》和《常青藤》。

1910 年　出版小说《我们的主》和《临终》。

1911 年　出版小说《沙漠》。

1912 年　出版小说《鸽子与雀鹰》、短篇小说集《变迁》；出版与 C.A. 特拉维尔西共同改编的剧本《常青藤》。

1913 年　出版小说《风中芦苇》。

1914 年　出版小说《不是你的罪过》。

1915 年　出版小说《玛丽安娜·西尔卡》。

1916 年　出版小说《看不见的小男孩》。

1918 年　出版小说《橄榄园里的火灾》。

1919 年　出版小说《浪子回头》和《偷来的女孩》，在《时代》杂志上发表小说《母亲》（1920 年出单行本）。

1921 年　出版小说《狐朋狗友》和《孤独人的秘密》，出版与 C. 瓜斯塔拉、V. 米凯蒂合著的剧本《恩典》。

1922 年　出版小说《活人的上帝》。

1923 年　出版短篇小说集《森林中的笛声》。

1924 年　出版小说《项链舞蹈》和《向左》。

1925 年　出版小说《逃往埃及》。

1926 年　获诺贝尔文学奖，出版短篇小说集《为爱情保密》。

1927 年　出版小说《阿纳莱娜·比尔希尼》。

1928 年　出版小说《老人与儿童》。

1930 年　出版小说《圣诞节的礼物》和《诗人的家》。

1931 年　出版小说《风的家乡》。

1932 年　出版小说《海边葡萄园》。

1933 年　出版小说《夏日炎炎》。

1934 年　出版小说《河堤》。

1936 年　出版小说《孤独教堂》；在罗马逝世；逝世后出版自
传体小说《柯西玛》（1937）和中篇小说《黎巴嫩
雪松》。

（肖天佑　整理）

图书在版编目（CIP）数据

风中芦苇 /（意）格拉齐娅·黛莱达著；蔡蓉译
.-- 桂林：漓江出版社，2023.12
（诺贝尔文学奖作家文集.黛莱达卷）
ISBN 978-7-5407-9535-1

Ⅰ.①风… Ⅱ.①格…②蔡… Ⅲ.①长篇小说－意
大利－现代 Ⅳ.① I546.45

中国国家版本馆 CIP 数据核字 (2023) 第 170629 号

FENG ZHONG LUWEI
风中芦苇
[意]格拉齐娅·黛莱达　著
蔡蓉　译

出版人：刘迪才
责任编辑：黄彦
书籍设计：石绍康
责任监印：张璐

出版发行：漓江出版社有限公司
[广西桂林市南环路 22 号　邮编：541002]
发行电话：010-85891290　0773-2582200
邮购热线：0773-2582200
网址：www.lijiangbooks.com
微信公众号：lijiangpress
印制：北京中科印刷有限公司
[北京市通州区宋庄工业区 1 号楼 101 号　邮编：101118]
开本：880mm×1230mm　1/32
印张：9.25　字数：188 千字
版次：2023 年 12 月第 1 版
印次：2023 年 12 月第 1 次印刷
书号：ISBN 978-7-5407-9535-1
定价：52.00 元